गुमनाम नायकों की गौरवशाली गाथाएँ

गुमनाम नायकों की गौरवशाली गाथाएँ

विष्णु शर्मा

प्रभात पेपरबैक्स
www.prabhatbooks.com

प्रकाशक

प्रभात पेपरबैक्स

4/19 आसफ अली रोड, नई दिल्ली-110002

फोन : 23289777 • हेल्पलाइन नं. : 7827007777

इ-मेल : prabhatbooks@gmail.com ❖ वेब ठिकाना : www.prabhatbooks.com

संस्करण

प्रथम, 2018

अ.मा.पु.स. 978-93-5266-552-5

★

GUMNAAM NAYAKON KI GAURAVSHALI GATHAYEN
by Vishnu Sharma

Published by **PRABHAT PAPERBACKS**
4/19 Asaf Ali Road, New Delhi-110002

ISBN 978-93-5266-552-5

भारत के वीर
गुमनाम नायकों को
जिनके कारण हम
आज स्वतंत्र हैं।

ब्लॉग्स से पुस्तक तक का सफर

स्कूली इतिहास की किताबों के दायरे से जब आगे बढ़ा तो खुद ही रिसर्चर बन गया। स्कूल में तो भगत सिंह, चंद्रशेखर आजाद और नेताजी बोस ही दिलोदिमाग में छाए हुए थे। फिर कहीं पढ़ा वीर सावरकर, तो कभी ऊधम सिंह का नाम सुना, जब यह पता चला कि उन्होंने जलियाँवाला बाग का बदला लंदन में जाकर लिया था तो चौंकना लाजिमी थी। आखिर इनके बारे में स्कूल में क्यों नहीं बताया गया? कॉलेज में आए तो शहर में कुछ साइबर कैफे भी खुल गए थे, मेल से आगे बढ़े तो किसी ने गूगल से परिचय करवाया। तब जो भी ऐसा नाम सुनते, उसको गूगल में ढूँढ़ने लग जाते। ये 1998-99 के दिनों की बात है।

फिर तो ऐसे नामों की फेहरिश्त सी बनती चली गई, लगा कि ये बाघा जतिन तो बड़ा जबरदस्त बंदा था, जहाँ अंग्रेज को देखता था, वहीं पीट देता था। जब किसी विदेशी का यह बयान पढ़ा कि अगर बाघा जतिन की योजना कामयाब होती तो वे देश के राष्ट्रपिता होते। किताबों में यह भी नहीं पढ़ाया गया कि बासुदेव बलवंत फड़के की वीरता की कहानियों को वंदेमातरम् वाले बंकिम चंद्र चटर्जी के उपन्यास आनंदमठ में लिया गया था। किसी ने यह भी नहीं पढ़ाया कि भगत सिंह से ज्यादा साहस तो उनके गुरु करतार सिंह सराभा ने उनसे भी कम उम्र में दिखाया था, जिनकी फोटो भगत अपनी जेब में रखते थे।

किसी किताब में बटुकेश्वर दत्त की उस दुर्दशा की कहानी भी नहीं पढ़ी, जो उन्हें जेल से बाहर आने के बाद झेलनी पड़ी। दिमाग में यह भी खयाल आया कि जब भगत सिंह और चंद्रशेखर आजाद को इतने बड़े क्रांतिकारी के तौर पर हम पढ़ते आए हैं, तो उनको हिंदुस्तान रिपब्लिकन एसोसिएशन

(एच.आर.ए.) से जोड़ने वाले सचिन सान्याल को क्यों नहीं पढ़ाया जाता, वे तो उन दोनों के मेंटर थे, जिंदगी भर काला पानी की सजा काटते रहे। भगत सिंह के केस के लिए तमाम दिग्गजों ने पैसा इकट्ठा किया, सचिन सांन्याल किसी को याद नहीं आए। ऐसे ही जब यह पता चला कि गुलाम भारत में सबसे बड़े अंग्रेज अधिकारी, यानी एक गर्वनर जनरल को भी किसी ने मार डाला था और वह किसी शेर अली ने, तो सहज सवाल मन में उठा कि कौन है ये शेरअली, किसी किताब में क्यों नहीं मिलता? कोई बताता क्यों नहीं इसके बारे में।

कॉलेज में गए तो टीचर्स ने बताया कि शेर अली अफरीदी कोई क्रांतिकारी नहीं था, अंग्रेजों का मुलाजिम था, किसी मामले में काला पानी की सजा हुई तो उसने गवर्नर जनरल को मार दिया। तो किसी ने कहा कि जेहादी था। बात गले नहीं उतरी, तो थोड़ी रिसर्च की। मन में लगा भी कि अंग्रेजों के मुलाजिम तो बंकिम चंद्र चटर्जी और राजा राममोहन राय तक रहे, गांधीजी भी तो प्रथम विश्वयुद्ध के दौरान भर्ती करनेवाले सार्जेंट कहे जाते थे। उनका मन भी तो साउथ अफ्रीका में ट्रेन से उतार दिए जाने के बाद ही बदला; करतार सिंह सराभा भी तो अमेरिका में अपमान के बाद बदले, ऐसे हृदय परिवर्तन के तो कई मामले हैं। फिर शेर सिंह को सीधे गवर्नर जनरल से ही क्या दुश्मनी थी। वैसे भी उसे फाँसी से पहले मक्का की तरफ मुँह करके नमाज पढ़ने और अल्लाह के आदेश से मारने की बात कहने पर ही जेहादी कह दिया गया, फिर तो आखिरी वक्त में गांधीजी के मुँह से 'हे राम' शब्द को भी हिंदू सांप्रदायिकता से जोड़ा जा सकता था। फिर भी जब गलती से एक डी.एस.पी. को मारने के इलजाम में फाँसी पाकर भगत सिंह महानायक बन सकते हैं तो शेर अली के बारे में कम-स-कम जानने का तो सबको हक है ही।

ऐसे कई लोग मुझे लगे, जिनके बारे में बताना जरूरी था, झंडे और वंदेमातरम् के लिए जान देनेवाली 72 साल की एक अनपढ़ वृद्धा मातंगिनी हाजरा हो या नासिक मजिस्ट्रेट को मारनेवाला 18 साल का अनंत लक्ष्मण कन्हेरे। जल-जंगल-जमीन का नारा देने वाला कोमारम भीम हो या फिर 'इंडियन एंड डॉग्स आर नॉट एलाउड' के बोर्ड को हटाने के लिए अपनी जान कुरबान कर देनेवाली प्रीति लता वाड्डेदार, पूरे देश को इनके बारे में

जानना जरूरी है। भगत सिंह की जान बचानेवाली दुर्गा भाभी और उनके पति क्रांतिकारियों के मास्टर ब्रेन और बम बनाने में चैंपियन भगवती चरण बोहरा जिस सम्मान के हकदार थे, वह उन्हें नहीं मिला।

कभी मन में सवाल उठता था कि यहाँ से सुभाष चंद्र बोस कांग्रेस से इस्तीफा देकर गए और सिंगापुर में, जापान में एक लाख की आजाद हिंद फौज खड़ी कर दी, यह काम चुटकी में होने वाला तो नहीं था, बाद में मोहन सिंह और रास बिहारी बोस की कहानी सामने आई। पहले हम उन्हें नेताजी बोस का भाई समझकर कमतर आँकते थे, बाद में पता चला कि हॉर्डिंग बम कांड से लेकर गदर क्रांति तक और जापान में नेताजी को आजाद हिंद फौज की कमान सौंपने तक रास बिहारी किसी भी स्थापित क्रांतिकारी के मुकाबले कई गुना बड़े थे। यह तो सबको पता है कि इंदिरा गांधी का चुनाव अवैध करार दिया गया और एक जज ने उन्हें 6 साल के लिए चुनाव लड़ने से बैन कर दिया, तो इंदिरा ने इमरजेंसी लगा दी। लेकिन किसी को इतना बड़ा फैसला लेनेवाले बहादुर जज का नाम भी पता है, किस तरह के दवाब उसे झेलने पड़े? देश के सर्वोच्च शक्तिशाली व्यक्ति के खिलाफ ऐसा कड़ा फैसला लेनेवाले ऐसे जज दुनिया में गिनती के हैं। मुझे लगा कि वे भी एक गुमनाम नायक हैं, जिनके बारे में लोगों को पता चलना चाहिए। हालाँकि किसी मशहूर नायक को इस पुस्तक के जरिए मेरा कम आँकने का उद्‌देश्य नहीं, लेकिन मुझे लगता है, इन गुमनाम नायकों को भी इनकी सही जगह मिलनी जरूरी है।

लेकिन इस किताब की नींव रखी गई, जब मैंने संजय लीला भंसाली की फिल्म 'बाजीराव मस्तानी' देखी, लगा यह वह बाजीराव तो नहीं, जिसे हम पढ़ते आए हैं। वैसे स्कूलों में तो वह भी नहीं पढ़ाया जाता, कॉलेज में जब बाजीराव को जाना तो लगा कि यह कई मायनों में शिवाजी से भी बड़े कद का था। शिवाजी तो मुगलों से सीधे टक्कर नहीं ले पाए, लेकिन बाजीराव ने तीन दिनों तक मुगल बादशाह को दिल्ली के लाल किले में कैद होने को मजबूर कर दिया था। मगर भंसाली की फिल्म में वह एक आशिक मिजाज के तौर पर था, जो किसी की याद में पागल होकर मर जाता है। इसके लिए भंसाली का दिल से धन्यवाद कि उनकी वजह से आगे आनेवाली पीढ़ियाँ कम-से-कम बाजीराव को जानेंगी तो सही, लेकिन वे असली योद्धा बाजीराव को नहीं

जानेंगी, वे एक आशिक मिजाज बाजीराव को जानेंगी। वे अपने बीस साल के कॅरियर में 41 युद्धों के दौरान एक भी युद्ध न हारनेवाले जनरल को नहीं जान पाएँगी, न नई पीढ़ी को यह पता चलेगा कि उसने कैसे मुगल बादशाह को करारी शिकस्त दी थी। मेरे बाजीराव पर लिखे उस ब्लॉग को आई.बी.एन. खबर डॉट कॉम में उस वक्त कार्यरत मेरे मित्र विजय रावत और ब्लॉग एडीटर सारंग ने अपनी साइट पर लगा दिया, पढ़नेवालों की प्रतिक्रिया अप्रत्याशित थी। एक महीने के अंदर उस ब्लॉग को पचास हजार लोग सोशल मीडिया पर शेयर कर चुके थे, करीब तीन लाख लोग पढ़ चुके थे।

यहाँ से मेरी गुमनाम नायकों की ब्लॉग सीरीज शुरू हो गई, उनके बारे में रिसर्च करना, कई सोर्सेज से उनको पुष्ट करना और फिर एक पत्रकार के सरल अंदाज में लिख देना, यह आदत में आ गया। कभी नोबेल के लिए नामित होनेवाले, विदेशी धरती पर पहली भारतीय सरकार बनानेवाले हाथरस के राजा महेंद्र प्रताप, 1857 की क्रांति के भीष्म पितामह वीर कुँवर सिंह, 1857 की क्रांति के सीक्रेट हैंड अजीमुल्लाह खान, स्वामी विवेकानंद की शिष्या सिस्टर निवेदिता जैसे तमाम गुमनाम नायक इस ब्लॉग यात्रा मे जुड़ते चले गए, सोशल मीडिया पर लोग उन्हें पढ़ते रहे, शेयर करते रहे, मेरा उत्साह बढ़ता रहा। जिसमें और भी इजाफा किया ए.बी.पी. न्यूज के सालाना बेस्ट ब्लॉगर अवॉर्ड ने, लगा मेहनत को पहचान भी मिल गई। बाजीराव वाला ब्लॉग मेरे एक सहयोगी शोभित जिंदल की रेडियो मिर्ची में आरजे मित्र प्रकृति भार्गव ने संजय लीला भंसाली तक भी पहुँचा दिया, उन्होंने उसमें से कई फैक्ट्स पढ़कर फौरन रणवीर सिंह को भी फोन करके बताया, दोनों ने मेरे ब्लॉग की चर्चा फोन पर की, वे दोनों भी हैरान थे। बाद में उस आरजे को बताया भी कि सबकुछ समेटना एक फिल्म में मुमकिन नहीं था।

इस तरह की बातों से भी ब्लॉग यात्रा जारी रखने में मदद मिली। ऐसे 25 नायकों की गाथाएँ इस पुस्तक में आपके लिए सहेजी गई हैं, लेकिन गुमनाम नायकों की गाथाओं पर काम लगातार जारी है। तमाम नींव के पत्थर हैं इस देश में, जिनको पहचान मिलना जरूरी है। ऐसे में कई अपने हैं, जो इस यात्रा में मेरी मदद करते रहे हैं, जिनमें आगरा यूनिवर्सिटी के हिस्ट्री डिपार्टमेंट के प्रोफेसर श्री अनिल वर्मा और डॉ. बी.डी. शुक्ला का मैं खासतौर पर नाम लूँगा,

दोनों ही मेरे तथ्यों को परखने, दुरुस्त करने, नई जानकारी जोड़ने में मदद करते रहे हैं। आई.बी.एन. खबर डॉट कॉम में विजय रावत और सारंग के अलावा इंडिया न्यूज की वेबसाइट इन खबर डॉट कॉम पर ब्लॉग यात्रा को वीडियो रूप (फेसबुक लाइव) में बदलने के लिए इन खबर के साथियों रीतेश वर्मा, अतुल गुप्ता और मानस शुक्ला का भी आभारी हूँ। इंडियन हिस्ट्री के मेरे फेसबुक पेज पर वीडियो एडीटिंग और ग्राफिक्स में मदद करने के लिए अमित नौटियाल और अमित कुमार को भी धन्यवाद।

यह पहली किताब है सो परिवार के अभिभावकों मम्मी और पापा को समर्पित है, पापा भी हमारे लिए इन्हीं गुमनाम नायकों की तरह हैं, हमारे निजी नायक। छोटे भाई यतेंद्र ने इन ब्लॉग्स को कुछ ठीक हाथों में पहुँचाया, जिसके लिए धन्यवाद की तो जरूरत नहीं, लेकिन जिक्र जरूरी है। जबकि पूरे दो साल इस ब्लॉग यात्रा और किताब को पूरा करने में सबसे ज्यादा समय खोया तो पत्नी पूजा और बेटी रितिषा ने, कई-कई दिन तक रिसर्च चूँकि ऑफिस के बाद घर पर ही होती थी, सो उनकी शामें बरबाद होती थीं। और हाँ, इस किताब को पूरा करते करते एक मेहमान परिवार में आ गया, विराज। तो ये किताब उसके लिए तोहफा भी है, बड़े होकर शायद उसी उत्साह से पढ़े, जिस उत्साह से लिखी गई है।

अनुक्रम

हो जाता 'वह' प्लान कामयाब तो 'राष्ट्रपिता' गांधीजी नहीं ये होते…! बाघा जतिन

आजादी की लड़ाई का इतिहास लिखे जाने के वक्त नाइनसाफी का शिकार होनेवालों में एक ऐसा क्रांतिकारी भी था, जिसकी योजना अगर कामयाब हुई होती, साथी ने गद्दारी नहीं की होती, तो देश को न गांधी की जरूरत पड़ती और न बोस की। देश भी 32 साल पहले ही यानी 1915 में आजाद हो गया होता। उस दौर का हीरो था वह, जब खौफ में लोग घरों में भी सहमकर रहते थे, वह अकेला जहाँ अंग्रेजों को देखता, उन्हें पीट देता था, यतींद्र नाथ मुखर्जी के बारे में यही मशहूर था। एक बार तो एक रेलवे स्टेशन पर यतींद्र नाथ ने अकेले ही आठ-आठ अंग्रेजों को पीट दिया था।

बलिष्ठ देह के स्वामी यतींद्र नाथ मुखर्जी साथियों के बीच 'बाघा जतिन' के नाम से मशहूर थे। बंगाल के नादिया में पैदा हुए थे जतिन जो अब बांग्लादेश में है। पिता की मौत के बाद माँ शरतशशि ने ही अपने मायके में उनकी परवरिश की, शुरू से ही उनकी रुचि शारीरिक ताकतवाले खेलों में रही, तैराकी और घुड़सवारी के चलते वे बलिष्ठ शरीर के स्वामी बन गए। 11 साल की उम्र में ही उन्होंने शहर की गलियों में लोगों को घायल करनेवाले एक बिगड़ैल घोड़े को काबू किया, तो लोगों ने काफी तारीफ की। उनकी माँ कवि

स्वभाव की थीं, और उनके वकील मामा के क्लाइंट रवींद्र नाथ टैगोर के साथ उनके परिवार का अकसर मिलना होता था। जतिन पर इस सबका बहुत प्रभाव पड़ा। उनके बलिष्ठ शरीर और समाज-सेवा के कामों की घर-घर चर्चा होने लगी। एक वृद्ध मुसलिम महिला का घास का गट्ठर रोज उसके घर पहुँचाना, उसके साथ खाना खाना और उसको हर महीने मदद के लिए कुछ पैसा भेजना, लोगों के बीच चर्चा का विषय बन गया। दूसरी तरफ वो ध्रुव, प्रह्लाद, हनुमान और राजा हरिश्चंद्र जैसे रोल नाटकों में करने लगे। इन किरदारों को जीने का भी उनके विचारों पर काफी प्रभाव पड़ा। इसी दौरान उन्होंने एक भारतीय का अपमान करने पर एक साथ चार अंग्रेजों को पीट दिया। अंग्रेज उनसे उलझने से बचने लगे।

कलकत्ता सेंट्रल कॉलेज में पढ़ने के दौरान वे स्वामी विवेकानंद के पास जाने लगे, जिनसे उन्हें भरोसा मिला कि स्वस्थ फौलादी शरीर में ही स्वस्थ मस्तिष्क निवास करता है। स्वामी विवेकानंद ने उन्हें अंबू गुहा के देसी जिम में भेजा, ताकि वे कुश्ती के दाव-पेच सीख सकें। विवेकानंद के संपर्क में आकर उनके अंदर ब्रहचारी रहकर देश के लिए कुछ करने की इच्छा तेज हुई। फिर वे 1899 में मुजफ्फरपुर में बैरिस्टर पिंगले के सेक्रेटरी बनकर पहुँचे, जो बैरिस्टर होने के साथ-साथ एक-एक इतिहासकार भी थे, जिसके साथ रहकर जतिन ने महसूस किया कि भारत की एक अपनी नेशनल आर्मी होनी चाहिए। शायद यह भारत की नेशनल आर्मी बनाने का पहला विचार था, जो बाद में मोहन सिंह, रासबिहारी बोस और सुभाष चंद्र बोस के चलते अस्तित्व में आई। हालाँकि इसी बैरिस्टर पिंगले के काफिले पर बम फेंकने के चलते 1908 में खुदीराम बोस को फाँसी हुई थी, यह अलग बात है निशाने पर एक दूसरा मजिस्ट्रेट किंग्सफोर्ड था। दिलचस्प बात है कि जिस कॉलेज में जतिन पढ़े, आज उसी कलकत्ता सेंट्रल कॉलेज का नाम खुदीराम बोस कॉलेज है।

फिर घरवालों के दबाव में जतिन ने शादी कर ली। लेकिन उनके पहले बेटे की अकाल मौत के चलते आंतरिक शांति के लिए जतिन अपने भाई और बहन के साथ मिलकर हरिद्वार की यात्रा पर निकल पड़े। लौटकर आए तो पता चला कि उनके गाँव में एक तेंदुए का आतंक है, तो वे उसे जंगल में ढूँढ़ने निकल पड़े लेकिन सामना हो गया रॉयल बंगाल टाइगर से। वह खतरनाक बाघ

देखकर ही कोई सदमे से मर जाता, लेकिन जतिन ने उसको अपनी खुखरी से मार डाला। बंगाल सरकार ने एक समारोह में उन्हें सम्मानित किया। अंग्रेजी अखबारों में जमकर उनकी तारीफ हुई, लोग उन्हें 'बाघा जतिन' के नाम से पुकारने लगे।

लेकिन 1900 में ही अनुशीलन समिति की स्थापना हुई, उस वक्त का क्रांतिकारियों सबसे बड़ा संगठन। बाघा जतिन ने इसकी स्थापना में अहम भूमिका निभाई। अरविंदो घोष यानी महर्षि अरविंदो से मिलने के बाद इस काम में तेजी लाई गई। बंगाल के हर जिले में इसकी शाखा खोली गई, फिर बिहार और उड़ीसा का रूख किया गया। इसी बीच 1905 में हुआ कलकत्ता में प्रिंस ऑफ वेल्स का दौरा हुआ—ब्रिटेन के राजकुमार। अंग्रेजों की बदतमीजियों से खार खाए बैठे जतिन ने प्रिंस के सामने ही उनको सबक सिखाने की ठानी। प्रिंस ऑफ वेल्स का स्वागत जुलूस निकल रहा था, एक गाड़ी की छत पर कुछ अंग्रेज बैठे हुए थे, और उनके जूते खिड़कियों पर लटक रहे थे, गाड़ी में बैठी महिलाओं के बिल्कुल मुँह पर। भड़क गए जतिन और उन्होंने अंग्रेजों से उतरने को कहा, लेकिन वे नहीं माने तो ऊपर चढ़ गए बाघा जतिन और एक-एक करके सबको पीट दिया। तब तक पीटा जब तक कि सारे नीचे नहीं गिर गए।

चूँकि यह घटना प्रिंस ऑफ वेल्स की आँखों के सामने घटी थी, तो अंग्रेज सैनिकों का भारतीयों के साथ ये बरताव उनके साथ सबने देखा। भारत सचिव मार्ले को पहले ही इस तरह की कई शिकायतें मिल चुकी थीं। बाघा जतिन के बजाय उन अंग्रेजों को ही दोषी पाया गया, लेकिन इस घटना से तीन बड़े काम हुए। अंग्रेजों के भारतीयों के प्रति व्यवहार के बारे में उनके शासकों के साथ-साथ दुनिया को भी पता चला, भारतीयों के मन से उनका खौफ निकला और बाघा जतिन के नाम के प्रति क्रांतिकारियों के मन में सम्मान और भी बढ़ गया।

फिर जतिन ने वारींद्र घोष के साथ देवघर में एक बम फैक्टरी शुरू की, लेकिन साथ-साथ जतिन विवेकानंद के प्रभाव में गरीबों के लिए, भारतीय सैनिकों के लिए महामारी या कुंभ जैसे बड़े आयोजनों के वक्त मेडिकल कैंपस चलाने जैसे कई सोशल कामों में भी लगे रहे। हालाँकि उस दौर के अंग्रेज लोगों के मुताबिक इस सोशल कामों के जरिए वे नए क्रांतिकारियों की भरती करने और अलग-अलग इलाकों में अपने क्रांतिकारी संगठनों की मीटिंग करने के

लिए इस्तेमाल कर रहे थे। तीन साल के लिए उनको दार्जिलिंग भेजा गया, जहाँ उन्होंने अनुशीलन समिति की एक शाखा 'बांधव समिति' शुरू की। लेकिन एक दिन सिलीगुड़ी स्टेशन पर फिर अंग्रेजों के एक मिलिटरी ग्रुप से उनकी भिड़ंत हो गई। कैप्टन मर्फी की अगुवाई में अंग्रेजों ने जतिन से बदतमीजी की तो जतिन ने अकेले उन आठों को जमकर मारा। इंगलिश न्यूज पेपर्स में उनका मजाक बनाया गया, कि अकेले भारतीय ने आठ अंग्रेज मिलिटरी ऑफिसर्स को जमकर पीटा। मजिस्ट्रेट ने भी उन अफसरों से कहा कि केस वापस ले लो, जतिन ने खेद जता दिया, लेकिन इस चेतावनी के साथ कि अगर मेरे देश के लोगों के साथ ऐसा होगा, तो मैं भी ऐसे ही करूँगा। बाद में जतिन से उसने पूछा भी कि तुम कितने लोगों को एक साथ पीट सकते हो? तो जतिन का जवाब था, 'ईमानदार हो तो एक भी नहीं, बेईमानों की गिनती नहीं।'

अलीपुर बम कांड में ज्यादातर बड़े क्रांतिकारी नेता फँस गए, ऐसे में सारी जिम्मेदारी सर पर आ गई बाघा जतिन के। ऐसे में उन्होंने क्रांतिकारी गतिविधियाँ जारी रखने के लिए एक सीक्रेट संस्था खड़ी की, जुगांतर पार्टी की भी कमान सँभाली। अरविंद घोष की इस संस्था से उस वक्त बंगाल के सभी बड़े क्रांतिकारी जुड़े थे, बाद में सबको या तो कालापानी की सजा मिली या किसी राजनीतिक पार्टी से जुड़कर बच गए। जतिन मुखर्जी ने अलग-अलग नामों से कई संस्थाएँ शुरू कीं, कोई कॉटेज इंडस्ट्री के लिए काम कर रही थी, कोई वयस्कों के लिए नाइट स्कूल चला रही थी, कोई होमियोपैथी डिस्पेंसरीज खोल रही थी, तो कोई एग्रीकल्चर में एक्सपेरीमेंट के लिए काम कर रही थी, यहाँ तक कि सर डेनियल की मदद से जतिन ने कई स्टूडेंट्स को देश से बाहर पढ़ने के लिए भेजा। उन्हीं में से कुछ को नॉर्थ अमेरिका भेजा गया, जहाँ उनको मिलिटरी ट्रेनिंग मिली, हिंदू और सिख आप्रवासियों ने उन्हें मदद की, जो बाद में गदर पार्टी की स्थापना का आधार बना। उन्हीं में से हेम दास और पांडुरंग एम. बापट ने रूसी क्रांतिकारी/अराजकतावादी निकोलस सेफ्रांस्की से बम बनाने की ट्रेनिंग भी ली।

इसी बीच फोर्ट विलियम में तैनात जाट रेजीमेंट को भड़काने के आरोप में जतिन दा को गिरफ्तार कर लिया गया। यह इसलिए और भी अहम हो जाता है, क्योंकि उन दिनों फोर्ट विलियम से देश की सरकार चलती थी। उस

वक्त कलकत्ता अंग्रेजों की राजधानी थी। अंग्रेज सरकार बाघा जतिन, अरविंदो घोष, रासबिहारी बोस जैसे कई बंगाली क्रांतिकारियों से तंग आ गई थी, उनको कलकत्ता सुरक्षित नहीं लग रहा था। अंग्रेजों ने अगर अपनी राजधानी 1912 में कलकत्ता से बदलकर दिल्ली बनाई, तो इसकी बड़ी वजह ये क्रांतिकारी थे, उनमें शायद सबसे बड़ा नाम बाघा जतिन का था। तमाम सामाजिक कामों और क्रांतिकारी गतिविधियों के लिए धन जुटाने की खातिर जतिन ने भारत में एक नया तरीका ईजाद किया, जिसके बारे में अंग्रेजी इतिहासकारों ने लिखा है 'बैंक रॉबरी ऑन ऑटोमोबाइल्स टैक्सी कैब्स'। हथियारों की कई खेप जतिन की अगुआई में लूट ली गईं। लेकिन जतिन का नाम सामने नहीं आता था। सीक्रेट सोसायटी ने इन्हीं दिनों भारतीयों पर अन्याय करनेवाले सरकारी अधिकारियों चाहे अंग्रेज हों या भारतीय उनको मारने का ऑपरेशन भी शुरू कर दिया। लेकिन एक सरकारी वकील और अंग्रेज डी.एस.पी. को खत्म किया गया, तो एक क्रांतिकारी ने जतिन का नाम उजागर कर दिया।

वायसराय लॉर्ड मिंटो ने उस वक्त कहा था, " A spirit hitherto unknown to India has come into existence , a spirit of anarchy and lawlessness which seeks to subvert not only British rule but the Governments of Indian chiefs."। इसी स्पिरिट को बाद में इतिहासकारों ने 'जतिन स्पिरिट' का नाम दिया। जतिन को डी.एस.पी. के मर्डर के आरोप में गिरफ्तार किया गया, फिर जाट रेजीमेंट वाली हावड़ा कॉन्स्पिरेसी के आरोप में गिरफ्तार किया गया, राजद्रोह का आरोप लगाया गया। जितने दिन जतिन पर ट्रायल चला उतने दिन जतिन ने साथी कैदियों के सहयोग से अपने संपर्क के चलते एक नई योजना में लगाए। ये शायद उनकी जिंदगी का सबसे बड़ा प्लान था, देश को आजाद करवाने का प्लान।

इतिहास में इसे 'जर्मन प्लॉट' या हिंदू-जर्मन कॉन्स्पिरेसी के नाम से जाना जाता है। अगर वह कामयाब हो जाता, तो देश को न बोस की जरूरत पड़ती और न गांधी की। इधर कई सीक्रेट समितियों में अंग्रेज जतिन का कोई कनेक्शन साबित नहीं कर पाए और जतिन को छोड़ना पड़ा, लेकिन अलीपुर, हावड़ा, जाट रेजीमेंट, डी.एस.पी. मर्डर जैसे कई केसेज में जतिन का नाम आने से जतिन के लिए अब खुलकर काम करना मुश्किल हो चला था। उन्होंने अपनी सरकारी नौकरी छोड़ दी और रेलवे लाइन से जुड़ा एक कॉन्ट्रेक्ट ले लिया। इसी दौरान

जतिन ने हरिद्वार और वृंदावन की यात्राएँ कीं, कई संन्यासी जो क्रांतिकारियों को मदद कर रहे थे, उनसे मुलाकात की। कलकत्ता में उन्हीं दिनों जर्मनी के राजा की यात्रा हुई, नरेन भट्टाचार्य के साथ जतिन उनसे मिले और वायदा लिया कि हथियारों की बड़ी खेप की सप्लाई उनके विद्रोह के लिए जर्मनी सप्लाई करेगा।

इधर अंग्रेजों ने राजधानी 1912 में बदल ही ली, रासबिहारी बोस और विश्वास ने हाथी के ऊपर बैठकर दिल्ली में घुसते गवर्नर लॉर्ड हार्डिंग के ऊपर चाँदनी चौक में बम फेंका तो जतिन के लिए भी उस साल मुश्किल हो गई, रासबिहारी अंडरग्राउंड हो गए। 1913 में जब दामोदर नदी में बाढ़ आई, तो जतिन ने बड़े पैमाने पर राहत कार्य शुरू किए, रासबिहारी भी उनकी मदद के लिए आ गए। दोनों ने मिलकर 1857 जैसा विद्रोह फिर से करने की योजना बनाई। सुभाष चंद्र बोस से पहले रासबिहारी ने जतिन में ही असली नेता पाया था। जतिन का प्रभाव भी इंटरनेशनल था, जतिन दुनिया भर में फैले भारतीय क्रांतिकारियों के संपर्क में थे। सिएटल, पोर्टल, बैंकूबर, सैन फ्रांसिस्को हर शहर में क्रांतिकारी तैयार हो रहे थे, लाला हरदयाल और श्यामजी कृष्ण वर्मा लंदन और अमेरिका में आंदोलन की आग जिंदा जलाए हुए थे।

प्रथम विश्वयुद्ध जिसके लिए गांधीजी अंग्रेजी सेना के लिए भर्ती अभियान चला रहे थे, उनको भर्ती करनेवाला सार्जेंट भी कहा गया था, उस विश्वयुद्ध को क्रांतिकारियों ने अपने लिए सुनहरा मौका माना। वीरेंद्र चट्टोपाध्याय के नेतृत्व में ज्यूरिख में बर्लिन कमेटी बनाई गई, तो लाला हरदयाल, सोहन सिंह भाखना ने अमेरिका और कनाडा के सिख क्रांतिकारियों को लेकर गदर पार्टी शुरू की और भारत में इसकी कमान जुगांतर पार्टी के नेता बाघा जतिन के हवाले थी। अब तैयार हुआ जर्मन प्लॉट, जर्मनी से हथियार आना था, और पैसा चुकाने के लिए जतिन के साथियों ने कई डकैतियाँ डालीं।

बंगाल, उत्तर प्रदेश, पंजाब, सिंगापुर जैसे कई ठिकानों में 1857 जैसे सिपाही विद्रोह की योजना बनाई गई। फरवरी 1915 की अलग-अलग तारीखें तय की गईं, पंजाब में 21 फरवरी को 23वीं कैवलरी के सैनिकों ने अपने ऑफिसर्स को मार डाला। लेकिन उसी रेंजीमेंट में एक विद्रोही सैनिक के भाई कृपाल सिंह ने गद्दारी कर दी और विद्रोह की सारी योजना सरकार तक पहुँचा दी। सारी मेहनत एक गद्दार के चलते मिट्टी में मिल गई।

अगले दिन पंजाब मेल को हावड़ा में लूटने की प्लानिंग थी, लेकिन

पंजाब सीज कर दिया गया, ट्रेन रद्द कर दी गई। आगरा, लाहौर, फिरोजपुर, रंगून में विद्रोह सूचना का खुलासा हो जाने की वजह से दबा दिया गया। रासबिहारी बोस ने दो दिन पहले यानी 19 फरवरी को ही विद्रोह करवाने की कोशिश की, लेकिन उतनी कामयाबी नहीं मिली। मेरठ और बनारस में भी विद्रोही नेता गिरफ्तार कर लिये गए। केवल सिंगापुर में पाँचवीं लाइट इनफेंट्री में विद्रोह कामयाब रहा, लेकिन केवल एक हफ्ते तक। ऑपरेशन नाकामयाब हुआ, तो रासबिहारी बोस को सुरक्षित जापान रवाना कर दिया गया। गदर पार्टी के कई नेताओं को गिरफ्तार कर लिया, कालापानी की सजा दी गई, सराभा, पिंगले आदि को फाँसी दे दी गई।

लेकिन बाघा जतिन अभी भी अंडरग्राउंड रहकर क्रांतिकारियों के बीच सक्रिय थे, योजना बनी कि जर्मनी से जो हथियार आएँगे वे अप्रैल 1915 में उड़ीसा बालासोर तट पर उतरेंगे, वहाँ से तीस किलोमीटर दूर मयूरभंज में जतिन को भेजकर अंडरग्राउंड कर दिया गया। हथियारों की खेप मँगाने के लिए एक फर्जी कंपनी यूनीवर्सल एंपोरियम भी खड़ी कर दी गई। इधर जतिन ने नरेन भट्टाचार्य, यानी एम.एन. रॉय को जर्मनी के अधिकारियों के पास हथियारों की बातचीत के लिए भेजा। उनको बताया गया कि हथियारों की खेप निकल चुकी है, लेकिन एक चेक जासूस इमेनुअल विक्टर वोस्का, जो डबल एजेंट भी था और अमेरिका के लिए भी काम करता था, को भनक लगी और उसने सारा खेल खराब कर दिया। चेक के ही रॉस हेडविक ने बाद में लिखा कि 'इस प्लान में अगर इमेनुअल विक्टर वोस्का न घुसता तो किसी ने भारत में गांधी का नाम तक न सुना होता और राष्ट्रपिता बाघा जतिन को कहा जाता।'

वहाँ से खबर अमेरिका को मिली, अमेरिका से अंग्रेजों को मिली, इंग्लैंड से खबर भारतीय अधिकारियों के पास आई और उड़ीसा का पूरा समुद्र तट सील कर दिया गया। उस वक्त ऐसा कोई संचार साधन नहीं था कि समंदर में जहाज पर खबर हो पाती। इधर पुलिस को सुराग मिला कि जतिन और उसके साथी कप्तिपाड़ा गाँव में हैं। जतिन के साथ मनोरंजन और चित्तप्रिया थे। वहाँ से वे निकल भागे, जतिन और उनके साथी जंगलों की तरफ भागे, अंग्रेजों ने जतिन पर भारी इनाम का एलान कर दिया, अब गाँववाले भी उन्हें ढूँढ़ने लगे। इधर भारी मात्रा में जर्मन हथियार बरामद कर लिया गया। क्रांति बिखर चुकी थी, नाकामयाब हो चुकी थी। सपना मिट्टी में मिल चुका था।

जतिन का आखिरी वक्त करीब आ चुका था, वे घिर चुके थे। आसपास से भी तमाम अंग्रेजी फोर्स को बुला लिया गया था। यतीश नामक एक क्रांतिकारी बीमार था। साथियों ने कहा भी कि आप निकल जाओगे तो दोबारा से आजादी की नई योजना बना लोगे, लेकिन जतिन उसे अकेला छोड़कर जाने को तैयार नहीं थे। चित्तप्रिय नामक क्रांतिकारी उनके साथ था। दोनों तरफ से गोलियाँ चलीं। चित्तप्रिय वहीं शहीद हो गया। वीरेंद्र तथा मनोरंजन नामक अन्य क्रांतिकारी मोरचा सँभाले हुए थे। इस बीच जतिन का शरीर गोलियों से छलनी हो चुका था। गिरफ्तारी देते वक्त जतिन ने कलेक्टर किल्वी से कहा, 'गोली मैं और चित्तप्रिय ही चला रहे थे। बाकी के तीनों साथी बिल्कुल निर्दोष हैं।' अगले दिन बालासोर हॉस्पिटल में उनकी मौत हो गई।

उस वक्त तक गांधीजी साउथ अफ्रीका में ही थे, जब वे भारत आए, तो गांधीजी ने कलकत्ता पुलिस के डिटेक्टिव डिपार्टमेंट के हेड और बंगाल के पुलिस कमिश्नर रहे चार्ल्स टेगार्ट से कहा था कि 'जतिन एक डिवाइन पर्सनेलिटी (दिव्य व्यक्तित्व) थे।' टेगार्ट ने अपने साथियों से कहा था कि 'अगर बाघा जतिन अंग्रेज होते तो अंग्रेज लोग उनका स्टैच्यू लंदन में ट्रेफलगर स्क्वॉयर पर नेलशन के बगल में लगवाते।' जतिन के शब्द लोग आज भी याद करते हैं, वे कहा करते थे, 'अमरा मोरबो, जगत जागबे' यानी 'हमारे मरने से देश जगेगा' और उनकी मौत के बाद वाकई में ऐसा हुआ भी, बिस्मिल, आजाद, भगत सिंह जैसे सैकड़ों क्रांतिकारियों की फौज खड़ी हो गई।

उनकी मौत के बाद चले ट्रायल के दौरान ब्रिटिश प्रोसीक्यूशन ऑफिसर ने कहा, "Were this man living, he might lead the world." इस वाक्य से अंदाजा लगाया जा सकता है कि कितना खौफ होगा बाघा जतिन का उस वक्त। चार्ल्स टेगार्ट ने तो लिखा है कि अगर जर्मनी से वो हथियारों की खेप क्रांतिकारियों के हाथ में पहुँच जाती, तो हम जंग हार जाते। उसके बावजूद इस योद्धा की मूर्ति देश की राजधानी में मिलना तो दूर किसी बच्चे को उसका नाम नहीं पता होगा। हाँ, कलकत्ता के विक्टोरिया मेमोरियल पर जरूर उनका एक स्टैच्यू है। पश्चिम बंगाल के अलावा शायद ही किसी राज्य में बच्चे इतिहास की किताबों में बाघा जतिन का नाम पढ़ते होंगे।

□

किसी मुगल बादशाह को हरानेवाला पहला मराठा पेशवा बाजीराव बल्लाल भट्ट

सन् 2015 में जब से बॉलीवुड के मशहूर निर्देशक संजय लीला भंसाली ने बाजीराव मस्तानी नाम की फिल्म बनाने का एलान किया था, तब से लग रहा था कि शायद अब तक हिंदुस्तान के इतिहासकारों ने मराठा इतिहास के सबसे बड़े नायक के साथ जो अन्याय किया है, उससे कुछ राहत मिलेगी। शिवाजी ने एक सपने की नींव रखी थी, लेकिन उस सपने को पूरा किया था बाजीराव बल्लाल भट्ट यानी पेशवा बाजीराव प्रथम ने। कितने आम लोग उसे जानते थे? संजय लीला भंसाली ने एक तरह से इतिहास पर एक उपकार किया, मराठा और हिंदुस्तानी इतिहास के साथ न्याय किया, लेकिन वह इनसाफ अभी भी अधूरा है।

उनकी मजबूरियाँ थीं कि फिल्म को हिंदू-मुसलिम दोनों तरह के दर्शकों की कसौटी पर खरा उतारते हुए फिल्म का रोमांटिक चरित्र ही बनाए रखना था, इसके चलते उन्होंने वह किया जो नहीं करना चाहिए था। क्या था शिवाजी का सपना? जिसे बाजीराव बल्लाल भट्ट ने पूरा कर दिखाया, जब औरंगजेब के दरबार में अपमानित हुए वीर शिवाजी और आगरा में उनकी कैद से बचकर भागे थे शिवाजी तो उन्होंने एक ही सपना देखा था, पूरे मुगल साम्राज्य को कदमों पर झुकाने का, मराठों की ताकत का अहसास पूरे हिंदुस्तान को करवाने का, अटक

से कटक तक केसरिया लहराने का और हिंदू स्वराज लाने का। जिसे किसने पूरा किया ? पेशवाओं ने, खासकर पेशवा बाजीराव प्रथम ने। उन्नीस–बीस साल की उम्र में मराठा सेना की बागडोर अपने हाथ में लेनेवाले पेशवा ने तीन दिन तक दिल्ली को बंधक बनाकर रखा, मुगल बादशाह को लाल किले से बाहर निकलने की हिम्मत नहीं हुई, यहाँ तक कि 12वाँ मुगल बादशाह और औरंगजेब का नाती दिल्ली से बाहर भागने ही वाला था कि बाजीराव मुगलों को अपनी ताकत दिखाकर वापस लौट गया। नहीं दिखाया भंसाली ने यह सब, जबकि उनके हर तीसरे सीन में बाजीराव यह कहता दिखाया गया कि दिल्ली को तो हम कभी भी झुका देंगे। लगा था कि भंसाली मराठा साम्राज्य का वह सपना पूरा होता हुआ परदे पर दिखाएँगे, लेकिन वह चूक गए।

आगे की पीढ़ियाँ बाजीराव को जानेंगी, भंसाली को इसका श्रेय मिलना चाहिए, लेकिन एक रोमांटिक हीरो की तरह जानेंगी, एक ऐसे योद्धा की तरह जानेंगी, जिसने कट्टर ब्राह्मणों से टक्कर लेकर भी अपनी मुसलिम बीवी को बनाए रखा, बेटे का संस्कार न करने पर उसका नाम बदलकर गुस्से में कृष्णा से शमशेर बहादुर कर दिया, इसलिए जानेंगी। जोधा अकबर की तरह बाजीराव मस्तानी को भी जाना जाएगा। लेकिन क्या वे यह जानेंगी कि हिंदुस्तान के इतिहास का बाजीराव अकेला ऐसा योद्धा था, जिसने 20 साल में 41 लड़ाइयाँ लड़ीं यानी हर छह महीने में एक और एक भी नहीं हारी, जबकि शिवाजी का भी इतिहास ऐसा नहीं है। दूसरे विश्वयुद्ध में अंग्रेजी सेना के कमांडर रहे मशहूर सेनापति जनरल मांटगोमरी ने भी अपनी किताब 'हिस्टरी ऑफ वॉरफेयर' में बाजीराव की बिजली की गति से तेज आक्रमण शैली की जमकर तारीफ की है और लिखा है कि बाजीराव कभी हारा नहीं। आज वह किताब ब्रिटेन में डिफेंस स्टडीज के कोर्स में पढ़ाई जाती है। बाद में यही आक्रमण शैली दूसरे विश्वयुद्ध में भी अपनाई गई, इस शैली को 'ब्लिट्जक्रिग' बोला गया। निजाम पर आक्रमण के एक सीन में भंसाली ने उसे दिखाने की कोशिश भी की है।

बाजीराव पहला ऐसा योद्धा था, जिसके समय में 70 से 80 फीसदी भारत पर उसका सिक्का चलता था। वह अकेला ऐसा राजा था, जिसने मुगल ताकत को दिल्ली और उसके आसपास तक समेट दिया था। पूना शहर को कस्बे से महानगर में तब्दील करनेवाला बाजीराव बल्लाल भट्ट था, सतारा से लाकर कई अमीर

परिवार वहाँ बसाए गए। निजाम, बंगश से लेकर मुगलों और पुर्तगालियों तक को कई-कई बार शिकस्त देनेवाली अकेली ताकत थी बाजीराव की। शिवाजी के नाती शाहूजी महाराज को गद्दी पर बैठाकर बिना उसे चुनौती दिए, पूरे देश में उनकी ताकत का लोहा मनवाया था बाजीराव ने। आज भले ही नई पीढ़ी ने उसे भंसाली की फिल्म के जरिए हिंदू-मुसलिम एकता की मिसाल के तौर पर पेश किया हो, लेकिन यह कौन बताएगा कि देश में पहली बार हिंदू पद पादशाही का सिद्धांत भी बाजीराव प्रथम ने दिया था? हर हिंदू राजा के लिए आधी रात मदद करने को तैयार था वह, पूरे देश का बादशाह एक हिंदू हो, उसके जीवन का लक्ष्य यह था, लेकिन जनता किसी भी धर्म को मानती हो, उसके साथ वह न्याय करता था। उसकी अपनी फौज में कई अहम पदों पर मुसलिम सिपहसालार थे, लेकिन वह युद्ध से पहले 'हर-हर महादेव' का नारा भी लगाना नहीं भूलता था। पर उसको प्रतिभा की इस कदर पहचान थी कि उसके सिपहसालार बाद में मराठा इतिहास की बड़ी ताकत के तौर पर उभरे। होल्कर, सिंधिया, पवार, शिंदे, गायकवाड़ जैसी ताकतें जो बाद में अस्तित्व में आईं, सब पेशवा बाजीराव बल्लाल भट्ट की देन थीं। ग्वालियर, इंदौर, पूना और बड़ौदा जैसी ताकतवर रियासतें बाजीराव के चलते ही अस्तित्व में आईं। बुंदेलखंड की रियासत बाजीराव के दम पर जिंदा थी, छत्रसाल की मौत के बाद उसका तिहाई हिस्सा भी बाजीराव को मिला।

कभी वाराणसी जाएँगे तो उसके नाम का एक घाट पाएँगे, जिसे खुद बाजीराव ने 1735 में बनवाया था, दिल्ली के बिरला मंदिर में जाएँगे, तो उसकी एक मूर्ति पाएँगे। कच्छ में जाएँगे तो उसका बनाया आईना महल पाएँगे, पूना में मस्तानी महल और शनिवार बाड़ा पाएँगे। मुगल बादशाह अकबर की तरह उसको जिंदगी में ज्यादा वक्त नहीं मिला, कम उम्र में मर गया, नहीं तो भव्य इमारतें बनाने का उसको भी शौक था, शायद तभी आज की पीढ़ी उसको याद नहीं करती। नहीं तो अकबर के अलावा कोई और मुगल बादशाह नहीं था, जिससे उसकी तुलना बतौर योद्धा, न्यायप्रिय राजा और बेहतर प्रशासक के तौर पर की जा सके।

दिल्ली पर आक्रमण उसका सबसे बड़ा साहसिक कदम था, वह अकसर शिवाजी के नाती छत्रपति शाहू से कहता था कि मुगल साम्राज्य की जड़ों यानी दिल्ली पर आक्रमण किए बिना मराठों की ताकत को बुलंदी पर पहुँचाना मुमकिन नहीं, और दिल्ली को तो मैं कभी भी कदमों पर झुका दूँगा। छत्रपति शाहू सात

साल की उम्र से 25 साल की उम्र तक मुगलों की कैद में रहा था, वह मुगलों की ताकत को बखूबी जानता था, लेकिन बाजीराव का जोश उस पर भारी पड़ जाता था। धीरे-धीरे उसने महाराष्ट्र को ही नहीं, पूरे पश्चिम भारत को मुगल आधिपत्य से मुक्त कर दिया। फिर उसने दक्कन का रूख किया, निजाम जो मुगल बादशाह से बगावत कर चुका था, एक बड़ी ताकत था। कम सेना होने के बावजूद बाजीराव ने उसे कई युद्धों में हराया और कई शर्तें थोपने के साथ उसे अपने प्रभाव में लिया। इधर उसने बुंदेलखंड में मुगल सिपहसालार मोहम्मद बंगश को हराया। मुगल असहाय थे, कई बार पेशवा से मात खा चुके थे, पेशवा का हौसला इससे बढ़ता गया। 1728 से 1735 के बीच पेशवा ने कई जंगें लड़ीं, पूरा मालवा और गुजरात उसके कब्जे में आ गया। बंगश, निजाम जैसे कई बड़े सिपहसालार पस्त हो चुके थे।

इधर दिल्ली का दरबार ताकतवर सैयद बंधुओं को ठिकाने लगा चुका था, निजाम पहले ही विद्रोही हो चुका था। उस पर औरंगजेब के वंशज और 12वाँ मुगल बादशाह मोहम्मद शाह को रंगीला कहा जाता था, जो कवियों जैसी तबीयत का था। जंग लड़ने की उसकी आदत में जंग लगा हुआ था। कई मुगल सिपहसालार विद्रोह कर रहे थे। उसने बंगश को हटाकर जय सिंह को भेजा, जिसने बाजीराव से हारने के बाद उसको मालवा से चौथ वसूलने का अधिकार दिलवा दिया। मुगल बादशाह ने बाजीराव को नायाब सूबेदार भी बनवा दिया। लेकिन बाजीराव का बचपन का सपना मुगल बादशाह को अपनी ताकत का परिचय करवाने का था, वह एक प्रांत का सूबेदार बन के या बंगश और निजाम जैसे सिपहसालारों को हराने से कैसे पूरा होता।

उसने 12 नवंबर, 1736 को पुणे से दिल्ली मार्च शुरू किया। मुगल बादशाह ने आगरा के गवर्नर सादात खाँ को निपटने का जिम्मा सौंपा। मल्हार राव होल्कर और पिलाजी जाधव की सेना यमुना पार करके दोआब में आ गई। मराठों से खौफ में था सादात खाँ, उसने डेढ़ लाख की सेना जुटा ली। मराठों के पास तो कभी भी एक मोरचे पर इतनी सेना नहीं रही थी। लेकिन उनकी रणनीति बहुत दिलचस्प थी। इधर मल्हार राव होल्कर ने रणनीति पर अमल किया और मैदान छोड़ दिया। सादात खाँ ने डींगें मारते हुआ अपनी जीत का सारा विवरण मुगल बादशाह को पहुँचा दिया और खुद मथुरा की तरफ चला आया।

बाजीराव को पता था कि इतिहास क्या लिखेगा उसके बारे में, उसने सादात

खाँ और मुगल दरबार को सबक सिखाने की सोची। उस वक्त देश में कोई भी ऐसी ताकत नहीं थी, जो सीधे दिल्ली पर आक्रमण करने का ख्वाब भी दिल में ला सके। मुगलों का और खासकर दिल्ली दरबार का खौफ सबके सर चढ़कर बोलता था। लेकिन बाजीराव को पता था कि यह खौफ तभी हटेगा, जब मुगलों की जड़ यानी दिल्ली पर हमला होगा। सारी मुगल सेना आगरा मथुरा में अटक गई और बाजीराव दिल्ली तक चढ़ आया, आज जहाँ तालकटोरा स्टेडियम है, उसी जगह बाजीराव ने डेरा डाल दिया। दस दिन की दूरी बाजीराव ने केवल पाँच सौ घोड़ों के साथ 48 घंटे में पूरी की, बिना रुके, बिना थके। देश के इतिहास में अब तक यह दो आक्रमण ही सबसे तेज माने गए हैं, एक अकबर का फतेहपुर से गुजरात के विद्रोह को दबाने के लिए नौ दिन के अंदर वापस गुजरात जाकर हमला करना और दूसरा बाजीराव का दिल्ली पर हमला।

बाजीराव ने तालकटोरा में अपनी सेना का कैंप डाल दिया, केवल पाँच सौ घोड़े थे उसके पास। मुगल बादशाह मोहम्मद शाह रंगीला बाजीराव को लाल किले के इतना करीब देखकर घबरा गया, उसने खुद को लाल किले के सुरक्षित इलाके में कैद कर लिया और मीर हसन कोका की अगुआई में आठ से दस हजार सैनिकों की टोली बाजीराव से निपटने के लिए भेजी। बाजीराव के पाँच सौ लड़ाकों ने उस सेना को बुरी तरह शिकस्त दी। यह 28 मार्च, 1737 का दिन है, मराठा ताकत के लिए सबसे बड़ा दिन। कितना आसान था बाजीराव के लिए लाल किले में घुसकर दिल्ली पर कब्जा कर लेना। लेकिन बाजीराव की जान तो पुणे में बसती थी, महाराष्ट्र में बसती थी।

वह तीन दिन तक वहीं रुका, एक बार तो मुगल बादशाह ने योजना बना ली कि लाल किले के गुप्त रास्ते से भागकर अवध चला जाए। लेकिन बाजीराव बस मुगलों को अपनी ताकत का अहसास दिलाना चाहता था। वह तीन दिन तक वहीं डेरा डाले रहा, पूरी दिल्ली एक तरह से मराठों के रहमोकरम पर थी। उसके बाद बाजीराव वापस लौट गया। बुरी तरह बेइज्जत हुए मुगल बादशाह रंगीला ने निजाम से मदद माँगी, वह पुराना मुगल वफादार था, मुगल हुकूमत की इज्जत को बिखरते नहीं देख पाया। वह दक्कन से निकल पड़ा। इधर से बाजीराव और उधर से निजाम दोनों मध्य प्रदेश के सिरोंजी में मिले। लेकिन कई बार बाजीराव से पिट चुके निजाम ने उसको केवल इतना बताया कि मुगल बादशाह से मिलने जा रहा है।

निजाम दिल्ली आया, कई मुगल सिपहसालारों ने हाथ मिलाया और बाजीराव को बेइज्जती करने का दंड देने का संकल्प लिया और कूच कर दिया। लेकिन बाजीराव बल्लाल भट्ट से बड़ा दूरदर्शी योद्धा उस काल खंड में कोई दूसरा पैदा नहीं हुआ था। यह बात साबित भी हुई, बाजीराव खतरा भाँप चुका था। अपने भाई चिमनाजी अप्पा के साथ दस हजार सैनिकों को दक्कन की सुरक्षा का भार देकर वह अस्सी हजार सैनिकों के साथ फिर दिल्ली की तरफ निकल पड़ा, इस बार मुगलों को निर्णायक युद्ध में हराने का इरादा था, ताकि फिर सर न उठा सकें।

दिल्ली से निजाम की अगुआई में मुगलों की विशाल सेना और दक्कन से बाजीराव की अगुआई में मराठा सेना निकल पड़ी। दोनों सेनाएँ भोपाल में मिलीं, 24 दिसंबर, 1737 का दिन मराठा सेना ने मुगलों को जबरदस्त तरीके से हराया, निजाम की समस्या यह थी कि वह अपनी जान बचाने के चक्कर में जल्द संधि करने के लिए तैयार हो जाता था। इस बार 7 जनवरी, 1738 को यह संधि दोराहा में हुई। मालवा मराठों को सौंप दिया गया और मुगलों ने पचास लाख रुपए बतौर हर्जाना बाजीराव को सौंपे। चूँकि निजाम हर बार संधि तोड़ता था, सो बाजीराव ने इस बार निजाम को मजबूर किया कि वह कुरान की कसम खाकर संधि की शर्तें दोहराए।

यह मुगलों की अब तक की सबसे बड़ी हार थी और मराठों की सबसे बड़ी जीत। पेशवा बाजीराव बल्लाल भट्ट यहीं नहीं रुका, अगला अभियान उसका पुर्तगालियों के खिलाफ था। कई युद्धों में उन्हें हराकर उनको अपनी सत्ता मानने पर मजबूर किया। अगर पेशवा जल्दी कम उम्र में न मरता, तो न अहमद शाह अब्दाली या नादिर शाह हावी हो पाते और न ही अंग्रेज और पुर्तगालियों जैसी पश्चिमी ताकतें। बाजीराव का केवल चालीस साल की उम्र में इस दुनिया से चला जाना मराठों के लिए ही नहीं देश की बाकी पीढ़ियों के लिए भी दर्दनाक भविष्य लेकर आया। अगले दो सौ साल गुलामी की जंजीरों में जकड़ा रहा भारत और कोई भी ऐसा योद्धा नहीं हुआ, जो पूरे देश को एक सूत्र में बाँध पाता। आज की पीढ़ी को बाजीराव बल्लाल भट्ट की जिंदगी का यह पहलू भी जानने की जरूरत है।

□

जब कमिश्नर ने एक महान् क्रांतिकारी से माँगा फ्रीडम फाइटर का सर्टिफिकेट

साठ के दशक की बात है। पटना में बसों के परमिट दिए जाने थे। सैकड़ों लोगों ने आवेदन किया हुआ था। लाइन में एक पैंतालीस-पचास साला व्यक्ति भी था। जब वह पटना के कमिश्नर से मिला और उसने अपना नाम बताया और कहा कि वह एक स्वतंत्रता सेनानी है, तो पटना के कमिश्नर ने पूछा कि सर, आप स्वतंत्रता सेनानी हैं, मैं यह कैसे मान लूँ। आपके पास तो स्वतंत्रता सेनानी वाला सर्टिफिकेट भी नहीं है, पहले लाइए तब मानूँगा। ऐसे में उस व्यक्ति को भगत सिंह का उनको लिखा वह लेटर याद आ गया, जब वह अंडमान में कालापानी की सजा काट रहे थे। भगत सिंह ने लिखा था, ''वे दुनिया को यह दिखाएँ कि क्रांतिकारी अपने आदर्शों के लिए मर ही नहीं सकते, बल्कि जीवित रहकर जेलों की अँधेरी कोठरियों में हर तरह का अत्याचार भी सहन कर सकते हैं।'' और आज इसका यह सिला मिला था उन्हें, आजाद भारत में उनसे स्वतंत्रता सेनानी होने का सर्टिफिकेट माँगा जा रहा था।

कौन था यह व्यक्ति? यह व्यक्ति वह था जिसके सर पर जिम्मेदारी थी 1929 में सेंट्रल असेंबली में बम फोड़ने की। आखिरी वक्त में उसके साथ सुखदेव को हटाकर भगत सिंह को कर दिया गया और 8 अप्रैल, 1929 को भगत सिंह के साथ मिलकर सेंट्रल असेंबली, जो आज की संसद् है, में दो बम फोड़े और गिरफ्तारी दी—बटुकेश्वर दत्त। सोचिए, आज भगत सिंह को ही नहीं,

उनके खानदानियों को भी पूरा देश जानता है, तमाम नेता उनके बच्चों के भी पैर छूते हैं और एक तरफ उसी बम कांड में भगत सिंह के सहयोगी क्रांतिकारी से देश की आजादी के बाद स्वतंत्रता सेनानी होने का सर्टिफिकेट माँगा जाता है। उन्हें अफसोस हुआ कि उन्हें फाँसी क्यों नहीं हुई, कम-से-कम देश याद तो करता! वे उस वक्त भी बहुत निराश हुए थे, तब भगत सिंह ने उन्हें जेल से लेटर लिखकर साहस बाँधा था कि जीवित रहकर भी क्रांतिकारी जेल की कोठरियों में हर तरह का अत्याचार सहन कर सकते हैं। हालाँकि बस परमिट वाली बात पता चलते ही देश के राष्ट्रपति बाबू राजेंद्र प्रसाद ने बाद में उनसे माफी माँगी थी।

बटुकेश्वर यूँ तो बंगाली थे, बर्दवान से 22 किलोमीटर दूर 18 नवंबर, 1910 को एक गाँव औरी में पैदा हुए। बी.के. दत्त, बट्टू और मोहन के नाम से उन्हें जाना जाता था, लेकिन हाईस्कूल की पढ़ाई के लिए वह कानपुर आ गए। कानपुर शहर में ही उनकी मुलाकात चंद्रशेखर आजाद से हुई। उन दिनों चंद्रशेखर आजाद झाँसी, कानपुर और इलाहाबाद के इलाकों में अपनी क्रांतिकारी गतिविधियाँ चला रहे थे। 1924 में भगत सिंह भी वहाँ आए, देशप्रेम के प्रति उनके जज्बे को देखकर भगत सिंह उनको पहली मुलाकात से ही दोस्त मानने लगे थे। 1928 में जब हिंदुस्तान सोशलिस्ट रिपब्लिकन एसोसिएशन (एच.एस.आर.ए.) का गठन चंद्रशेखर आजाद की अगुआई में हुआ, तो बटुकेश्वर दत्त भी उसके अहम सदस्य थे। बम बनाने के लिए बटुकेश्वर दत्त ने खास ट्रेनिंग ली और महारत हासिल कर ली। एच.एस.आर.ए. की कई क्रांतिकारी गतिविधियों में वे सीधे शामिल थे।

जब क्रांतिकारी गतिविधियों के खिलाफ अंग्रेजी सरकार ने डिफेंस ऑफ इंडिया एक्ट लाने की योजना बनाई, तो भगत सिंह ने उसी तरह से सेंट्रल असेंबली में बम फोड़ने का इरादा व्यक्त किया जैसे कभी फ्रांस के चैंबर ऑफ डेपुटीज में एक क्रांतिकारी ने फेंका था। एच.एस.आर.ए. की मीटिंग हुई, तय हुआ कि बटुकेश्वर दत्त असेंबली में बम फेंकेंगे और सुखदेव उनके साथ होंगे, जबकि मार्क्सवादी विचारों वाले भगत सिंह उस दौरान सोवियत संघ की यात्रा पर होंगे। लेकिन बाद में भगत सिंह के सोवियत संघ के दौरे का प्लान रद्द हो गया, उन्होंने इच्छा जाहिर की कि असेंबली में बम फेंकने वह भी जाएँगे और अपनी गिरफ्तारी देंगे। आजाद ने उन्हें रोका भी कि अगर भगत सिंह गिरफ्तार हुए तो उनके सांडर्स की हत्या का भी चार्ज लगाया जा सकता है, उनको अब तक पहचाना जा चुका

था। लेकिन भगत सिंह नहीं माने, उनके लिए यह बड़ा मौका था।

ऐसे में दूसरी मीटिंग में यह तय हुआ कि बटुकेश्वर दत्त बम लेकर जाएँगे लेकिन उनके साथ सुखदेव के बजाय भगत सिंह होंगे। भगत सिंह को पता था कि बम फेंकने के बाद असेंबली से बचकर निकल पाना मुमकिन नहीं होगा, ऐसे में क्यों न इस घटना को बड़ा बनाया जाए, इस घटना के जरिए बड़ा मैसेज दिया जाए। इधर भगत सिंह सांडर्स को गोली मारने के बाद अपने बाल कटवा चुके थे। कई दिन तक वे और बटुकेश्वर रोज असेंबली में जाकर चर्चा देखते थे और दर्शकदीर्घा में बैठकर मुआयना करते थे कि किस तरह से और कब इस घटना को अंजाम दिया जाएगा। 4 अप्रैल को भगत सिंह ने हैट पहनकर अपना वह प्रसिद्ध फोटो खिंचवाया, जिसे आज बच्चा-बच्चा पहचानता है। योजना थी कि गिरफ्तारी के फौरन बाद वह फोटो मीडिया के जरिए लोगों तक पहुँचना चाहिए, भगत सिंह शहादत के लिए मानो मन-ही-मन पूरी तरह तैयार थे। एक फोटो बटुकेश्वर दत्त का भी खिंचवाया गया था। यह फोटो कनॉट प्लेस के एक स्टूडियो में खिंचवाया गया। फिर वो परचे लिखे गए, जो गिरफ्तारी के वक्त असेंबली में फेंके जाने थे।

8 अप्रैल, 1929 का दिन था, पब्लिक सेफ्टी बिल पेश किया जाना था। बटुकेश्वर बचते-बचाते किसी तरह भगत सिंह के साथ दो बम सेंट्रल असेंबली में अंदर ले जाने में कामयाब हो गए। जैसे ही बिल पेश हुआ, दर्शकदीर्घा में मौजूद भगत सिंह और बटुकेश्वर दत्त उठे और दो बम उस तरफ उछाल दिए, जहाँ बेंच खाली थी। जॉर्ज सस्टर और बी. दलाल समेत थोड़े से लोग घायल हुए, लेकिन बम ज्यादा शक्तिशाली नहीं थे, सो धुआँ तो भरा लेकिन किसी की जान को कोई खतरा नहीं था। बम के साथ-साथ दोनों ने वे परचे भी फेंके, गिरफ्तारी से पहले दोनों ने इंकलाब जिंदाबाद, साम्राज्यवाद मुर्दाबाद जैसे नारे भी लगाए। दस मिनट के अंदर असेंबली फिर शुरू हुई और फिर स्थगित कर दी गई।

उसके बाद देश भर में बहस शुरू हो गई, भगत सिंह के चाहनेवाले जहाँ यह साबित करने की कोशिश कर रहे थे कि बम किसी को मारने के लिए नहीं, बल्कि बहरे अंग्रेजों के कान खोलने के लिए फेंके गए थे, तो वहीं अंग्रेज और अंग्रेज-परस्त इसे अंग्रेजी हुकूमत पर हमला बता रहे थे। हालाँकि बाद में फोरेंसिक रिपोर्ट ने यह साबित कर दिया कि बम इतने शक्तिशाली नहीं थे। बाद में भगत सिंह ने

भी कोर्ट में कहा कि उन्होंने केवल अपनी आवाज रखने के लिए, बहरों के कान खोलने के लिए इस तरीके का इस्तेमाल किया था, न कि किसी की जान लेने के लिए। लेकिन भगत सिंह के जेल जाते ही एच.आर.एस.ए. के सदस्यों ने लॉर्ड इरविन की ट्रेन पर बम फेंक दिया। गांधीजी ने इसके विरोध में आर्टिकल लिखा, 'कल्ट ऑफ बम' तो जवाब में भगवती चरण बोहरा ने 'फिलॉसफी ऑफ बम' लिखकर उनके साबरमती आश्रम में चिपका दिया। भगवती भगत सिंह को जेल से छुड़ाने के लिए बम तैयार करते वक्त फटे बम का शिकार होकर स्वर्गवासी हो गए, तो चंद्रशेखर आजाद अलफ्रेड पार्क, इलाहाबाद में शहीद हो गए। सुखदेव, राजगुरु को गिरफ्तार कर लिया गया। इस तरह से पूरा एच.एस.आर.ए. भगत सिंह की गिरफ्तारी के बाद से ही बिखरने लगा था।

इधर जिस फोटोग्राफर ने भगत सिंह के फोटो खींचे थे, उसके पास पुलिस का भी काम था, उसने वह फोटो पुलिस को भी उपलब्ध करवा दिए। भगत सिंह के बाकी साथी उन तसवीरों को अखबारों के कई दफ्तरों में चुपके से देकर भी आए, ताकि भगत सिंह की यह इच्छा पूरी हो सके कि उनकी गिरफ्तारी के बाद उनका हैट वाला फोटो छपे। लेकिन पुलिस को चूँकि पता चल चुका था, इसलिए सारे अखबारों को दबे-ढके चेतावनी दी जा रही थी। इधर कई दिनों के बाद 'वंदेमातरम्' नाम के अखबार ने पहली बार वह फोटो छापा, लेकिन एक पैंफलेट के रूप में अखबार के अंदर रखकर वितरित किया न कि अखबार के हिस्से के रूप में। तब जाकर उन लोगों को पता लगा उनके हीरो देखने में ऐसे लगते हैं। भगत सिंह के साथियों ने यह ध्यान रखा था भगत सिंह का फोटो बटुकेश्वर के मुकाबले बड़ा हो और ऊपर हो, वैसा ही हुआ। जनता के बीच उन तसवीरों को देखकर यह मैसेज गया कि जब इतना बाँका, हैटधारी युवा देश के लिए अपनी जान कुरबान कर सकता है, तो हम क्यों नहीं, हमारे बच्चे क्यों नहीं? भगत सिंह की उस तसवीर ने वाकई में कमाल कर दिया, उनकी वह तसवीर लोगों के दिलोदिमाग में ऐसी छपी कि धीरे-धीरे उस केस का नाम जो पहले भगत सिंह, बटुकेश्वर दत्त, सुखदेव, राजगुरु और अन्य बनाम सरकार कहा जाता था, वह अब भगत सिंह और अन्य बनाम सरकार हो गया।

हालाँकि मोटे तौर पर कोर्ट ने ये मान लिया कि बम किसी की जान लेने के इरादे से नहीं फेंका गया था, ऐसे में बटुकेश्वर दत्त को कालापानी की सजा हुई,

लेकिन भगत सिंह, सुखदेव और राजगुरु के सर पर सांडर्स की हत्या का इल्जाम भी था, सो उन्हें बाद में फाँसी की सजा सुना दी गई। बटुकेश्वर दत्त फैसले से निराश हो गए। उन्होंने यह बात भगत सिंह तक पहुँचाई भी कि वतन पर शहीद होना ज्यादा फर्क की बात है, तब भगत सिंह ने उनको एक पत्र लिखकर लिखा भी था, ''वे दुनिया को यह दिखाएँ कि क्रांतिकारी अपने आदर्शों के लिए मर ही नहीं सकते बल्कि जीवित रहकर जेलों की अँधेरी कोठरियों में हर तरह का अत्याचार भी सहन कर सकते हैं।''

भगत सिंह ने एक पत्र उनकी बहन को भी लिखकर ढाढस बँधाया था। बटुकेश्वर ने कालापानी की सजा में काफी अत्याचार सहन किए, पल-पल फाँसी के समान था। जेल में ही बटुकेश्वर को टी.बी. की बीमारी ने घेर लिया, उस वक्त टी.बी. का इतना अच्छा इलाज भी नहीं था, जेल में तो यह आज भी मुमकिन नहीं है। 1933 और 1937 में उन्होंने जेल के अंदर ही अमानवीय अत्याचारों के चलते दो बार भूख हड़ताल भी की, अखबारों में खबर छपी तो 1937 में उन्हें बिहार के बाँकीपुर केंद्रीय कारागार भेज दिया गया और अगले साल रिहा भी कर दिया गया। एक तो टी.बी. की बीमारी और दूसरे उनके सारे साथी भगत सिंह, चंद्रशेखर आजाद, भगवती चरण बोहरा, राजगुरु, सुखदेव सभी एक-एक करके दुनिया से विदा हो चुके थे। ऐसे में पहले उन्होंने इलाज करवाया, और फिर से कूद पड़े देश की आजादी के आंदोलन में। लेकिन इस बार कोई क्रांतिकारी साथ नहीं था, बटुकेश्वर ने 'भारत छोड़ो आंदोलन' में हिस्सा लिया और गिरफ्तार हो गए। 1945 में उन्हें जेल से रिहाई मिली।

आधी से ज्यादा जिंदगी देश की लड़ाई में गुजर चुकी थी, हौसला बढ़ानेवाले सारे साथी साथ छोड़ चुके थे। देश आजाद हुआ, तो अब कोई मकसद भी सामने नहीं था। बटुकेश्वर ने शादी कर ली और एक नई लड़ाई शुरू हो गई, गृहस्थी जमाने की। आजादी की खातिर 15 साल जेल की सलाखों के पीछे गुजारनेवाले बटुकेश्वर दत्त को आजाद भारत में रोजगार मिला एक सिगरेट कंपनी में एजेंट का, जिससे वह पटना की सड़कों पर खाक छानने को विवश हो गए। बाद में उन्होंने बिस्किट और डबलरोटी का एक छोटा-सा कारखाना खोला, लेकिन उसमें काफी घाटा हो गया और जल्द ही बंद हो गया। कुछ समय तक टूरिस्ट एजेंट एवं बस परिवहन का काम भी किया, परंतु एक

के बाद एक कामों में असफलता ही उनके हाथ लगी। पत्नी अंजली को एक प्राइवेट स्कूल में पढ़ाना पड़ा।

उन्होंने किसी से सरकारी मदद नहीं माँगी, लेकिन 1963 में उन्हें विधान परिषद् सदस्य बना दिया गया। लेकिन उनके हालात में कोई फर्क नहीं आया। बटुकेश्वर को 1964 में अचानक बीमार होने के बाद गंभीर हालत में पटना के सरकारी अस्पताल में भर्ती कराया गया। इस पर उनके मित्र चमनलाल आजाद ने एक लेख में लिखा, ''क्या दत्त जैसे क्रांतिकारी को भारत में जन्म लेना चाहिए, परमात्मा ने इतने महान् शूरवीर को हमारे देश में जन्म देकर भारी भूल की है। खेद की बात है कि जिस व्यक्ति ने देश को स्वतंत्र कराने के लिए प्राणों की बाजी लगा दी और जो फाँसी से बाल-बाल बच गया, वह आज नितांत दयनीय स्थिति में अस्पताल में पड़ा एड़ियाँ रगड़ रहा है और उसे कोई पूछनेवाला नहीं है।'' इसके बाद सत्ता के गलियारों में हड़कंप मच गया और मौलाना आजाद, केंद्रीय गृहमंत्री गुलजारी लाल नंदा और पंजाब के मंत्री भीमलाल सच्चर से मिले। पंजाब सरकार ने एक हजार रुपए का चेक बिहार सरकार को भेजकर वहाँ के मुख्यमंत्री के.बी. सहाय को लिखा कि यदि वे उनका इलाज कराने में सक्षम नहीं हैं, तो वह उनका दिल्ली या चंडीगढ़ में इलाज का व्यय वहन करने को तैयार हैं।

भगत सिंह की माँ विद्यावती का भी प्रभाव था, जो भगत सिंह के जाने के बाद उन्हें बेटा ही मानती थीं, बटुकेश्वर लगातार उनसे मिलते रहते थे। बिहार सरकार अब हरकत में आई और पटना मेडिकल कॉलेज में सीनियर डॉक्टर मुखोपाध्याय ने दत्त का इलाज शुरू किया। मगर उनकी हालत बिगड़ती गई, क्योंकि उन्हें सही इलाज नहीं मिल पाया था और 22 नवंबर, 1964 को उन्हें दिल्ली लाया गया। दिल्ली पहुँचने पर उन्होंने पत्रकारों से कहा था, ''मुझे स्वप्न में भी खयाल न था कि मैं उस दिल्ली में जहाँ मैंने बम डाला था, एक अपाहिज की तरह स्ट्रेचर पर लाया जाऊँगा।'' बाद में पता चला कि दत्त बाबू को कैंसर है।

उन्हें सफदरजंग अस्पताल में भरती किया गया। पीठ में असहनीय दर्द के इलाज के लिए किए जानेवाले कोबाल्ट ट्रीटमेंट की व्यवस्था केवल एम्स में थी, लेकिन वहाँ भी कमरा मिलने में देरी हुई। 23 नवंबर को पहली दफा उन्हें कोबाल्ट ट्रीटमेंट दिया गया और 11 दिसंबर को उन्हें एम्स में भर्ती किया गया। पंजाब के मुख्यमंत्री रामकिशन जब दत्त से मिलने पहुँचे और उन्होंने पूछ लिया,

"हम आपको कुछ देना चाहते हैं, जो भी आपकी इच्छा हो माँग लीजिए।" छलछलाई आँखों और फीकी मुसकान के साथ उन्होंने कहा, "हमें कुछ नहीं चाहिए। बस मेरी यही अंतिम इच्छा है कि मेरा दाह संस्कार मेरे मित्र भगत सिंह की समाधि के बगल में किया जाए।"

लाहौर षड्यंत्र केस के आरोपी किशोरीलाल अंतिम व्यक्ति थे, जिन्हें उन्होंने पहचाना था। उनकी बिगड़ती हालत देखकर भगत सिंह की माँ विद्यावती पंजाब से मिलने आईं। 17 जुलाई को वह कोमा में चले गए और 20 जुलाई, 1965 की रात 1 बजकर 50 मिनट पर बटुकेश्वर इस दुनिया से विदा हो गए। उनका अंतिम संस्कार उनकी इच्छा के मुताबिक भारत-पाक सीमा के करीब हुसैनीवाला में भगत सिंह, राजगुरु और सुखदेव की समाधि के निकट किया गया। यह अलग बात है कि आज भी कोई नेता वहाँ जाता है, तो उन तीनों की समाधि पर श्रद्धांजलि देने के बाद ही वापस लौट आता है, बटुकेश्वर की समाधि उन्हीं की तरह उपेक्षित रहती है।

उपेक्षा का भाव इस कदर है कि अगर आज बटुकेश्वर, सुखदेव और राजगुरु की तसवीरें एक साथ रख दी जाएँ, तो कोई तीनों में से अलग-अलग करके नहीं पहचान पाएगा, आज की पीढ़ी तो बिल्कुल नहीं। जब बटुकेश्वर आजीवन कारावास से रिहा हुए, तो सबसे पहले दिल्ली में उस जगह पहुँचे, जहाँ उन्हें और भगत सिंह को असेंबली बम कांड के फौरन बाद गिरफ्तार करके हिरासत में रखा गया था। दिल्ली में खूनी दरवाजा वाली जेल में, बच्चे वहाँ बैडमिंटन खेल रहे थे। बच्चों ने उन्हें वहाँ चुपचाप खड़े देखा, तो पूछा कि क्या आप बैडमिंटन खेलना चाहते हैं? उन्होंने मना किया तो पूछा, कि फिर आप क्या देख रहे हैं तो बीके ने जवाब दिया, "मैं उस जगह को देख रहा हूँ जहाँ कभी भगत सिंह और बटुकेश्वर दत्त जेल में बंद थे।" तो बच्चो ने पूछा, "कौन भगत सिंह और कौन बटुकेश्वर दत्त?" सोचिए, उन पर क्या गुजरी होगी। वैसे भी उस दौर में पढ़े लिखे लोग कम थे, कम्युनिकेशन के साधन कम थे, बच्चों की स्कूल की क्लासों में राष्ट्रीय साहित्य था ही नहीं। लेकिन आज तो है, आज की पीढ़ी भी उन्हें न जाने तो उनके अपनों को उनकी कुरबानी व्यर्थ ही लगेगी। □

गांधीजी की 'कल्ट ऑफ बम' थ्योरी का जवाब दिया था इस क्रांतिकारी ने, दुनिया को बताई थी 'फिलॉसफी ऑफ बम' भगवती चरण बोहरा

गुजरात की धरती ने गांधी और पटेल जैसे अहिंसावादी तरीकों से आजादी की लड़ाई लड़नेवाले नेता ही नहीं दिए, एक ऐसा क्रांतिकारी भी दिया, जो बमों से खेलता था। मंजिल उसकी भी वही थी, फर्क सिर्फ यह था कि वह न केवल बम बनाने का मास्टर था, बल्कि बम के दम पर देश को आजादी दिलाने के अपने तर्क का बचाव भी बड़े-बड़े बुद्धिजीवियों के सामने अपने मजबूत तर्कों के दम पर आसानी से कर लेता था। इतना ही नहीं, जब गांधीजी ने हिंसा का इस्तेमाल करने के खिलाफ 'कल्ट ऑफ बम' थ्योरी दी, तो इस क्रांतिकारी ने भी जवाब में 'फिलॉसफी ऑफ बम' लिख डाली और वही फिलॉसफी उस दौर में आजाद, भगत सिंह, बिस्मिल, राजगुरु और अशफाकउल्ला खान जैसे देश भर के बड़े क्रांतिकारियों की संस्था 'हिंदुस्तान सोशलिस्ट रिपब्लिकन एसोसिएशन' को चाहनेवाले लाखों युवाओं की प्रेरणा का दस्तावेज बन गई।

नाम था भगवती चरण बोहरा, जितने क्रांतिकारी विचारों के थे भगवती, उससे 'एक कदम' आगे थी उनकी पत्नी दुर्गावती, जिन्हें सारे क्रांतिकारी दुर्गा

भाभी के नाम से जानते थे। गुजराती परिवार से ताल्लुक रखनेवाले भगवती लाहौर में पैदा हुए थे। ग्यारह साल की थीं दुर्गा और उनकी शादी भगवती से कर दी गई। उस वक्त तक भारत के अपने गौरवशाली इतिहास के बारे में ज्यादा कोई नहीं जानता था। हड़प्पा, मोहनजोदड़ो, अशोक के शिला या स्तंभ लेख, संगम कालीन इतिहास, गुप्तों का स्वर्ण युग, चोल, हर्ष, मौर्य, चाणक्य का अर्थशास्त्र, मेगस्थनीज की इंडिका, उपनिषद् आदि इन सब पर विद्वानों के बीच चर्चा होनी ही शुरू हुई थी। यहाँ तक कि भारतीय इतिहास को लोग राजाओं का इतिहास ही समझते थे, बुद्ध के समय गण और महाजनपद के बारे में भी आम जनता तब तक अनजान थी। ऐसे में वह सब एक गौरव के तौर पर बच्चों के बीच स्कूलों में, कॉलेजों में पढ़ाया नहीं जा रहा था, वैसे भी देश में उस वक्त अंग्रेजी एजुकेशन पर जोर था और अंग्रेजों से पहले मुगलों ने फारसी, इसलामिक शिक्षा को बढ़ावा दे रखा था। ऐसे में देश के क्रांतिकारी प्रेरणा लेने के लिए रूस और फ्रांस की क्रांति के पुरोधाओं से, उनके सोशलिस्ट या कम्युनिस्ट विचारों से भी प्रेरित हो रहे थे। यहाँ तक कि नेपोलियन से हजारों साल पहले पैदा हुए समुद्रगुप्त की वीरगाथाओं के बारे में लोगों को पता चला, तो इतिहासकारों ने उन्हें भारत का नेपोलियन कहा, न कि नेपोलियन को भारत का समुद्रगुप्त।

भगवती चरण बोहरा ने लाहौर के नेशनल कॉलेज में भगत सिंह और सुखदेव के साथ मिलकर रूसी सोशलिस्ट रिवोल्यूशन की तर्ज पर एक स्टडी सर्कल बनाया। भगवती चरण बोहरा पढ़ने लिखनेवाला व्यक्ति था, विचार जहाँ से मिलें, उनको पढ़ना, उसको जीवन में उतारना, साथियों से बाँटना, चर्चा करना और कैसे समाज-हित और देश-हित में काम किया जाए, यह भगवती का काम था। ऐसे में 1926 में जब 'नौजवान भारत सभा' बनी, तो उसके प्रचार का काम भगवती के हवाले कर दिया गया, उसका मेनीफेस्टो भी भगवती ने बनाया। इसी तरह बिस्मिल, लाहिड़ी, अशफाकउल्ला और रोशन सिंह का काकोरी केस में फाँसी के बाद 1928 में 'हिंदुस्तान रिपब्लिकन एसोसिएशन' का जब चंद्रशेखर आजाद की अगुआई में 'हिंदुस्तान सोशलिस्ट रिपब्लिकन एसोसिएशन' के रूप में दिल्ली के फिरोज शाह कोटला मैदान में फिर से गठन हुआ, तो भगवती को ही उसके प्रचार की जिम्मेदारी दी गई। एच.एस.आर.ए.

के मेनीफेस्टो को भी भगवती ने ही आजाद के सहयोग से तैयार किया और कांग्रेस के लाहौर अधिवेशन में जमकर बाँटा गया और पढ़ा गया। गांधीजी और उनकी अहिंसा की नीतियों में भरोसे के बावजूद तमाम कांग्रेसी नेता इन क्रांतिकारियों को काफी पसंद करते थे।

भगवती भगत सिंह से जुड़े तमाम क्रांतिकारी कार्यों से जुड़े हुए थे, चाहे वह सांडर्स की हत्या हो या फिर असेंबली में बम फेंकने की घटना, बटुकेश्वर दत्त के साथ केस में उनको भी पार्टी बनाया गया था। भगत सिंह और बटुकेश्वर दत्त की गिरफ्तारी के बाद लाहौर की बम फैक्टरी पर रेड के दौरान सुखदेव, किशोरीलाल और जयदेव भी 1930 में गिरफ्तार हो गए। लाहौर में एच.एस.आर.ए. का एक धड़ा 'आतिशी चाकर' के नाम से अलग होकर काम करने लगा, अब एच.आर.एस.ए. की जिम्मेदारी आजाद, यशपाल, कैलाशपति और भगवती के सर पर ही आ गई थी।

उन्हें क्रांतिकारियों का दिमाग माना जाता था, लेकिन एक और महारत उनके अंदर थी—बम बनाने की। 1929 में उन्होंने लाहौर की कश्मीर बिल्डिंग में रूम नंबर 69 किराए पर लिया और उसमें एक छोटी-सी बम फैक्टरी खड़ी कर दी। इरादा था भारत के ब्रिटिश वायसराय लॉर्ड इरविन पर हमला करने के लिए बम बनाने का। इससे पहले 1912 में रासबिहारी बोस और बसंत विश्वास इस तरह का हमला वायसराय लॉर्ड हॉर्डिंग पर कर चुके थे। दिन भी वही चुना गया यानी 23 दिसंबर। इसी तारीख को 1912 में लॉर्ड हॉर्डिंग पर बम फेंका गया और 23 दिसंबर, 1929 को लॉर्ड इरविन पर भी तभी बम फेंका गया, जब वह आगरा से दिल्ली एक स्पेशल ट्रेन में वापस आ रहा था। किस्मत से गलत बोगी पर बम फेंकने के चलते वह बच गया। बोहरा के साथ यशपाल उस घटना में शामिल थे। उस वक्त वायसराय इरविन दिल्ली गांधीजी से ही मिलने स्पेशल ट्रेन से आ रहा था, धमाका इतना जबरदस्त था कि ट्रेन की दो बोगियाँ टूटकर अलग हो गईं।

नाकामयाबी से क्रांतिकारी पहले ही परेशान थे, उस पर गांधीजी ने एक बयान देकर उनको और परेशान कर दिया। गांधीजी ने भगवान् को धन्यवाद दिया कि इरविन की जान बच गई, बयान देकर गांधीजी लाहौर चले गए। कांग्रेस के लाहौर अधिवेशन में उन्होंने फिर एक बयान दिया, "Freedom can never be attained by exploding bombs on an innocent man.

I regard it as a most outrageous crime." क्रांतिकारियों को अंग्रेजी वायसराय को 'इन्नोसेंट' कहना काफी बुरा लगा। गांधीजी यहीं नहीं रुके, अधिवेशन के बाद जब अहमदाबाद पहुँचे तो अखबार 'यंग इंडिया' के 2 जनवरी के एडिशन में एक आर्टिकल लिखा 'कल्ट ऑफ बम'। जिसमें गांधीजी ने बम समेत तमाम हिंसावादी तरीकों की आलोचना की, उन्होंने बम जैसे तरीकों से मिली आजादी पर सवाल उठाए, ऐसे तरीकों को कायरतापूर्ण बताया। गांधीजी सबके लिए पूज्य थे, उन पर सीधे कोई सवाल नहीं उठाता था, लेकिन भगवती चरण बोहरा ने तथ्यों के आधार पर पहली बार गांधीजी को जवाब देने की ठान ही ली। चंद्रशेखर आजाद ने भी इस जवाब को तैयार करने में उनकी मदद की। उस लेख का नाम रखा गया—'फिलॉसफी ऑफ बम'। हालाँकि भगत सिंह के परिवारीजनों ने यह भी कहा कि उस लेख को अंतिम रूप देने के लिए भगत सिंह के पास जेल भी भेजा गया था। उस जवाबी लेख के कुछ अंश आप यहाँ पढ़ सकते हैं, और जान सकते हैं, कांग्रेसी नेताओं के खिलाफ क्रांतिकारी युवाओं के तेवर और गांधीजी से नाराजगी भी—"No man, can claim to know a people's mind by seeing them from the public platform and giving them Darshan and Updesh… Has Gandhi during recent years mixed in the social life of the masses? Has he sat with the peasant round the evening fire and tried to know what he thinks? Has he passed a single evening in the company of a factory labourer and shared with him his vows?" इस लेख के आखिरी पैराग्राफ में लिखा गया था, "There is no crime that Britain has not committed in India. Deliberate misrule has reduced us to paupers, has 'bled us white'. As a race and a people we stand dishonoured and outraged. Do people still expect us to forget and to forgive? We shall have our revenge – a people's righteous revenge on the tyrant. Let cowards fall back and cringe for compromise and peace. We ask not for mercy and we give no quarter. Ours is a war to the end – to Victory or Death."

इससे साफ जाहिर था कि उस वक्त के क्रांतिकारी कांग्रेसी तौर-तरीकों को कायरता समझते थे। उनका मानना था कि अंग्रेजों ने भारत में अपना राज कायम करने के लिए तमाम क्रूर, अमानवीय और हिंसात्मक तरीके अपनाए

हैं, तो उनके साथ दया का कोई सवाल ही नहीं है, हम भी दया नहीं मागेंगे, लड़ेंगे या तो जीतेंगे या फिर मरेंगे। 25 साल के नौजवान ने गांधीजी की बम थ्योरी का जोरदार जवाब दिया था। देश भर के युवाओं के बीच 'फिलॉसफी ऑफ बम' को लेकर काफी चर्चा हुई। सबसे दिलचस्प बात यह थी कि इस लेख 'फिलॉसफी ऑफ बम' के पैंफलेट छपवाए गए, और उनको साबरमती आश्रम के बाहर चिपका दिया गया, ताकि गांधीजी तक भी पहुँच जाए उनकी बात। लेकिन गांधीजी ने कुछ सोचकर इसका कोई जवाब नहीं दिया और डाँडी मार्च की तैयारियों में जुट गए। इधर युवाओं को यह भी लग रहा था कि पूरे देश ने गांधीजी से गाधी-इरविन पैक्ट में भगत सिंह की रिहाई की अपील की, लेकिन गांधीजी ने पैरोकारी करने से मना कर दिया। हालाँकि यह पूरी तरह न सच था और न ही गलत। यह अलग बात है गांधी-नेहरू के विरोध का खामियाजा इन क्रांतिकारियों को इस रूप में भी भुगतना पड़ा कि आज आपको भूले से भी भगवती चरण बोहरा का एक स्मारक या मूर्ति या किसी यूनिवर्सिटी में स्टडी चेयर शायद ही देखने को मिले, उनके नाम पर न किसी योजना का नाम मिलेगा और न ही किसी अवॉर्ड का।

खैर, जब प्रिवी काउंसिल में अपील भी खारिज हो गई, मदन मोहन मालवीय के अपील फाइल करने से भी भगत सिंह, राजगुरु और सुखदेव की फाँसी रुकने के कोई संकेत नहीं मिले, तो गुस्से में भगवती चरण बोहरा ने एक बार फिर बम बनाने का फैसला किया और इस बार इरादा जेल तोड़कर भगत सिंह को छुड़ाने का था, 28 मई, 1930 का दिन था। केवल 25 साल कुछ महीनों के थे उन दिनों भगवती चरण बोहरा। लाहौर में रावी के उसी तट पर उन्होंने उस बम को टेस्ट करने की योजना बनाई, जिस पर नेहरू ने पिछले साल दिसंबर में पूर्ण स्वराज की माँग करते हुए तिरंगा फहराया था। वह बम अचानक फट गया और घायल हो गए भगवती चरण बोहरा और उनकी मौत हो गई। आजादी के मतवाले भगवती ने मरते वक्त कहा था, "काश! मेरी मौत दो दिन और टल जाती तो मुझे बड़ी कामयाबी मिल जाती और मेरी यह ख्वाहिश अधूरी न रहती।" अपने पीछे वह पत्नी दुर्गा और बेटे सचींद्र को छोड़ गए। एच.आर.एस.ए. की पूरी जिम्मेदारी अब चंद्रशेखर आजाद के सर पर रह गई, वे भी इलाहाबाद के अल्फ्रेड पार्क में अंग्रेजों से लोहा लेते हुए हमेशा

आजाद रहने की जिद पर आखिरी गोली से खुद को मारकर भगत सिंह से ठीक 24 दिन पहले ही दुनिया छोड़कर निकल लिए।

भगवती चरण बोहरा की पत्नी दुर्गावती तो क्रांतिकारियों के बीच उनसे भी ज्यादा मशहूर थीं, वे सारे क्रांतिकारियों की काफी मदद करती थीं। पति की मौत के वक्त भी वे अंग्रेज कमांडर हेली पर बम फेंकने के जुर्म में जेल में तीन साल की सजा काट रही थीं। सभी तरह के कार्यक्रमों में उनकी सक्रिय भूमिका रहती थी। जब जॉन पी. सांडर्स को मारने के बाद लाहौर से भगत सिंह ने भागने की योजना बनाई, तो दुर्गा भाभी की हिम्मत के चलते ही वे बच पाए।

सांडर्स कांड के दो दिन बाद सुखदेव दुर्गा भाभी के घर किसी सूटेड-बूटेड युवक को लेकर पहुँचे और उसको अपना दोस्त बताया। जब दुर्गा नहीं पहचानीं, तब उन्हें बताया कि ये भगत सिंह हैं और पहचान छुपाने के लिए बाल काट दिए हैं। फिर वे लोग रेलवे स्टेशन पहुँचे। फर्स्ट क्लास की दो सीट्स पर भगत सिंह और उनकी पत्नी के रूप में दुर्गा और उनकी गोद में उनका बच्चा था। जबकि राजगुरु एक नौकर के रूप में उनका सामान उठाए हुए थे। जिसे थर्ड क्लास की टिकट दी गई। पहले कानपुर पहुँचे, फिर लखनऊ के लिए ट्रेन ली। वहाँ से हावड़ा के लिए ट्रेन पकड़ी, राजगुरु बनारस में उतर गए। हावड़ा में सी.आई.डी. सीधे लाहौर से आनेवाली ट्रेनों के मुसाफिरों पर नजर रखे हुए थी, इसलिए ये लोग बच गए। कुछ दिन हावड़ा में रहने के बाद अपने बच्चे के साथ दुर्गा भाभी भगत सिंह को सुरक्षित पहुँचाकर लौट आईं।

दुर्गा ने बाद में भगत सिंह का केस लड़ने में मदद करने के लिए अपने जेवर बेचकर तीन हजार रुपए भी क्रांतिकारियों को दिए थे, यहाँ तक कि भगत सिंह की गिरफ्तारी के बाद लॉर्ड हेली पर भी बम फेंक दिया था, वह तो बच गया लेकिन उसके साथी मर गए। दुर्गा भाभी को तीन साल की सजा भी हुई। छूटने के बाद भी, पति की मौत के बाद भी वे क्रांतिकारी गतिविधियों से जुड़ी रहीं। देश आजाद होने के बाद उन्होंने गरीब बच्चों के लिए लखनऊ में स्कूल खोला और बाद में एक आम नागरिक की तरह गाजियाबाद में रहने लगीं। 15 अक्तूबर, 1999 को 92 साल की उम्र में उनकी मौत हुई। ये शायद उनके पति के विचारों का ही उन पर गहरा प्रभाव था कि पहाड़ जैसी जिंदगी अकेले ही और इतने साहस के साथ गुजार दी और न जाने कितनों को साहस से जीने की प्रेरणा दी!

□

बम-पिस्तौल से खेलनेवाली दुर्गा भाभी ने बचाई थी भगत सिंह की जान

16 नवंबर, 1926 का वाकया है। शहर था लाहौर। भगत सिंह, भगवती चरण बोहरा समेत कई क्रांतिकारी इकट्ठे थे। बीच में एक फोटो पर माला पड़ी हुई थी। वह तसवीर थी करतार सिंह सराभा की, 19 साल की उम्र में अमेरिका से अपने साथियों सहित भारत आकर सभी सैनिक छावनियों में सैनिक विद्रोह करने की योजना के साथ आए करतार सिंह सराभा को 1915 में फाँसी पर चढ़ा दिया गया था। उसकी ग्यारहवीं बरसी पर गुरु मानकर करतार की फोटो हमेशा अपने साथ रखनेवाले भगत सिंह ने एक दमदार भाषण दिया। उसमें भगत सिंह ने चंडी माँ की बात करते हुए फिरंगियों से बाहर निकालने का आह्वान किया। उनके भाषण से एक महिला इतने जोश में आई कि आगे बढ़कर भगत के माथे पर तिलक लगा दिया। ये थीं दुर्गा भाभी।

क्रांतिकारियों के संगठन 'हिंदुस्तान रिपब्लिकन सोशलिस्ट एसोसिएशन' (एच.आर.एस.ए.) के मास्टर ब्रेन भगवती चरण बोहरा की पत्नी दुर्गा का परिवार और मायका दोनों सपन्न थे। उनके पिता इलाहाबाद कलेक्ट्रेट में नाजिर थे, जबकि बाबा महेश प्रसाद भट्ट जालौन में थानेदार थे। 10 साल की उम्र में ही उनका विवाह एक रेलवे अधिकारी के बेटे से हो गया। शुरू से ही पति भगवती चरण बोहरा का रुझान क्रांतिकारी गतिविधियों में था, भगवती को न सिर्फ बम बनाने में महारथ हासिल थी, बल्कि वे अपने संगठन के ब्रेन

भी कहे जाते थे। भगत सिंह के संगठन 'नौजवान भारत सभा' का मेनीफेस्टो भगवती ने ही तैयार किया था। जब चंद्रशेखर आजाद की अगुआई में 'हिंदुस्तान सोशलिस्ट रिपब्लिकन एसोसिएशन' के रूप में दिल्ली के फिरोज शाह कोटला मैदान में फिर से गठन हुआ, तो भगवती को ही उसके प्रचार की जिम्मेदारी दी गई। एच.एस.आर.ए. के मेनीफेस्टो को भी भगवती ने ही आजाद के सहयोग से तैयार किया, जो कांग्रेस के लाहौर अधिवेशन में जमकर बाँटा गया और पढ़ा गया। गांधीजी और उनकी अहिंसा की नीतियों में भरोसे के बावजूद तमाम कांग्रेसी नेता इन क्रांतिकारियों को काफी पसंद करते थे।

जब आगरा से आते वक्त लॉर्ड इरविन की स्पेशल ट्रेन पर बम फेंका गया, तो पूरी योजना बोहरा की थी, यशपाल का बम रखने में अहम रोल था। गुस्से में गांधीजी ने अखबार 'यंग इंडिया' के 2 जनवरी के एडिशन में एक आर्टिकल लिखा 'कल्ट ऑफ बम'। जिसमें गांधीजी ने बम समेत तमाम हिंसावादी तरीकों की आलोचना की, उन्होंने बम जैसे तरीकों से मिली आजादी पर सवाल उठाए, ऐसे तरीकों को कायरतापूर्ण बताया। गांधीजी सबके लिए पूज्य थे, उन पर सीधे कोई सवाल नहीं उठाता था, लेकिन भगवती चरण बोहरा ने तथ्यों के आधार पर पहली बार गांधीजी को जवाब देने की ठान ही ली। चंद्रशेखर आजाद ने भी इस जवाब को तैयार करने में उनकी मदद की। उस लेख का नाम रखा गया 'फिलॉसफी ऑफ बम'। जिसमें लिखा था,"There is no crime that Britain has not committed in India. Deliberate misrule has reduced us to paupers, has 'bled us white'. As a race and a people we stand dishonoured and outraged. Do people still expect us to forget and to forgive? We shall have our revenge–a people's righteous revenge on the tyrant. Let cowards fall back and cringe for compromise and peace. We ask not for mercy and we give no quarter. Ours is a war to the end–to Victory or Death." कहते हैं भगत सिंह को भी जेल जाकर इसे दिखाया गया और कुछ संशोधन किए गए।

ऐसे माहौल में रह रही थीं दुर्गा भाभी, तो उनके विचारों में भी क्रांति का प्रभाव आना ही था। वो भी बम बनाना सीख गईं। एच.आर.एस.ए. के एक सदस्य विमल प्रसाद जैन ने कुतुब रोड, दिल्ली में हिमालयन टॉयलेट्स नाम से एक फैक्टरी खोल रखी थी, जो असल में बम बनाने की फैक्टरी थी। जहाँ दुर्गा और उनके पति बम बनाने में सहयोग करते थे। 19 दिसंबर, 1928 का दिन

था, भगत सिंह और सुखदेव सांडर्स को गोली मारने के दो दिन बाद सीधे दुर्गा भाभी के घर पहुँचे। भगत सिंह जिस नए रूप में थे, उसमें दुर्गा उन्हें पहचान नहीं पाईं। भगत सिंह ने अपने बाल कटा लिये थे, हालाँकि दुर्गा इस बात से खुश नहीं थी कि स्कॉट बच गया। क्योंकि इससे पहले हुई एक मीटिंग में दुर्गा भाभी ने खुद स्कॉट को मारने का ऑपरेशन अपने हाथ में लेने की गुजारिश की थी, लेकिन बाकी क्रांतिकारियों ने उन्हें रोक लिया था। लाला लाजपत राय पर हुए लाठीचार्ज और उसके चलते हुई मौत को लेकर उनके दिल में काफी गुस्सा भरा हुआ था।

इधर लाहौर के चप्पे-चप्पे पर पुलिस तैनात थी। दुर्गा ने उन्हें कलकत्ता निकलने की सलाह दी। उस वक्त कांग्रेस का अधिवेशन कलकत्ता में चल रहा था और भगवती चरण बोहरा भी उसमें भाग लेने गए थे। तीनों अगले दिन लाहौर रेलवे स्टेशन पहुँचे। सूट-बूट और हैट पहने हुए भगत सिंह, उनके साथ उनका सामान उठाए नौकर के रूप में राजगुरु और थोड़ा पीछे अपने बच्चे के साथ आतीं दुर्गा। दो फर्स्ट क्लास कंपार्टमेंट की टिकटें लेकर भगत सिंह और दुर्गा मियाँ-बीवी की तरह बैठ गए और सर्वेंट्स के कंपार्टमेंट में राजगुरु बैठ गए। इसी ट्रेन में एक तीसरे डिब्बे में चंद्रशेखर आजाद भी थे, जो तीर्थयात्रियों के ग्रुप में शामिल होकर रामायण की चौपाइयाँ गाते हुए सफर कर रहे थे।

पाँच सौ पुलिस वाले ट्रेन और प्लेटफॉर्म पर थे, ऐसे में सभी का बचकर निकलना चमत्कार जैसा था। दुर्गा भाभी की वजह से देश के महान् क्रांतिकारियों की जान बच गई थी। ट्रेन सीधे कलकत्ता की नहीं ली, क्योंकि सबकी नजर थी। आजाद रास्ते में रुक गए, कानपुर से उन्होंने लखनऊ के लिए ट्रेन ली, दुर्गा ने लखनऊ से भगवती चरण बोहरा को टेलीग्राम भेजा कि वे आ रही हैं, लेने हावड़ा स्टेशन आ जाएँ। वहाँ से उन्होंने हावड़ा स्टेशन की ट्रेन ली। सी.आई.डी. हावड़ा स्टेशन पर तैनात थी, लेकिन वे सीधे लाहौर से आनेवाली ट्रेंस पर नजर रख रही थी। सब लोग सुरक्षित निकल गए। राजगुरु पहले ही बनारस के लिए निकल चुके थे।

दुर्गा यानी दुर्गावती देवी मूल रूप से बंगाली थीं, कलकत्ता में कुछ दिन रहकर वहाँ के कई क्रांतिकारियों से मुलाकात की। वहाँ से वे फिर बच्चे के साथ लाहौर आ गईं, लेकिन इतने बड़े क्रांतिकारियों को इतना बड़ा खतरा मोल

लेकर ब्रिटिश पुलिस की नाक के नीचे से निकालकर ले जाने का जो काम उन्होंने किया, उसका उन्हें आजादी के बाद क्रेडिट नहीं मिला। उसके बाद असेंबली बमकांड के बाद भगत सिंह आदि क्रांतिकारी गिरफ्तार हो गए। दुर्गा ने उन्हें छुड़ाने के लिए वकील को पैसे देने की खातिर अपने सारे गहने बेच दिए। तीन हजार रुपए वकील को दिए। फिर गांधीजी से भी अपील की कि भगत सिंह और बाकी क्रांतिकारियों के लिए कुछ करें। दुर्गा भाभी की ननद सुशीला देवी भी कम नहीं थी, उन्होंने अपनी शादी के लिए रखा 10 तोले सोना भी क्रांतिकारियों के केस लड़ने के लिए उस वक्त बेच दिया था। सुशीला और दुर्गा ने ही असेंबली बमकांड के लिए जाते भगत सिंह और बटुकेश्वर दत्त को माथे पर तिलक लगाकर विदा किया था।

इधर 63 दिन की भूख हड़ताल के बाद लाहौर जेल में ही जतिंद्र नाथ दास यानी जतिन दा की मौत हो गई, तो उनकी लाहौर से लेकर कलकत्ता तक ट्रेन में और कलकत्ता में भी अंतिम यात्रा की अगुवाई दुर्गा भाभी ने ही की। इधर उनके पति भगवती चरण बोहरा ने इरविन की ट्रेन पर बम फेंकने के बाद भगत सिंह, राजगुरु और सुखदेव समेत सभी क्रांतिकारियों को छुड़ाने की योजना बनाई और इसके लिए वे रावी नदी के तट पर लाहौर में बम का परीक्षण कर रहे थे, 28 मई, 1930 का दिन था कि अचानक बम फट गया और भगवती चरण बोहरा की मौत हो गई। दुर्गा भाभी को बड़ा शॉक लगा, लेकिन वे जल्द उबर गईं और देश की आजादी को ही अपने जीवन का आखिरी लक्ष्य मान लिया।

तब दुर्गा भाभी ने अंग्रेजों को सबक सिखाने के लिए पंजाब प्रांत के एक्स गवर्नर लॉर्ड हेली पर हमला करने की योजना बनाई, दुर्गा ने उस पर 9 अक्तूबर, 1930 को बम फेंक भी दिया, हेली और उसके कई सहयोगी घायल हो गए, लेकिन वह घायल होकर भी बच गया। उसके बाद दुर्गा बचकर निकल गईं। लेकिन जब बंबई से पकड़ी गईं, तो उन्हें तीन साल के लिए जेल भेज दिया गया। बताया तो यह भी जाता है कि चंद्रशेखर आजाद के पास आखिरी वक्त में जो माउजर था, वह भी दुर्गा भाभी ने ही उनको दिया था।

एक-एक करके जब सारे क्रांतिकारी इस दुनिया में नहीं रहे, तो दुर्गा भाभी के लिए काफी मुश्किल हो गई। बेटा भी बड़ा हो रहा था, पुलिस भी उन्हें

बार–बार परेशान कर रही थी। लाहौर से उन्हें जिला–बदर कर दिया गया। ऐसे में वे 1935 में गाजियाबाद निकल आईं। जहाँ उन्होंने एक स्कूल में अध्यापिका की नौकरी कर ली। दो साल के लिए कांग्रेस के साथ भी काम किया, लेकिन फिर छोड़ दिया। फिर उन्होंने मद्रास जाकर मांटेसरी सिस्टम की ट्रेनिंग ली और फिर लखनऊ में कैंट रोड पर एक मांटेसरी स्कूल खोला, शुरू में जिसमें सिर्फ पाँच बच्चे थे। आजादी के बाद उन्होंने सत्ता और नेताओं से काफी दूरी बना ली। 1956 में जब नेहरू को उनके बारे में पता चला, तो लखनऊ में उनके स्कूल में एक बार मिलने आए। नेहरू ने उनकी मदद करने की पेशकश भी की थी, कहा जाता है दुर्गा भाभी ने विनम्रता से मना कर दिया था। दुर्गा भाभी को मांटेसरी स्कूलिंग सिस्टम के शुरुआती लोगों में गिना जाता है।

मीडिया और सत्ताधीशों को उनकी आखिरी खबर मिली 1999 में, 14 अक्तूबर के दिन गाजियाबाद के एक फ्लैट में उनकी मौत हो गई। तब वह 92 साल की थीं। यह शायद उनके पति के विचारों का ही उन पर गहरा प्रभाव था कि पहाड़ जैसी जिंदगी अकेले ही और इतने साहस के साथ गुजार दी और न जाने कितनों को साहस से जीने की प्रेरणा दी। देश के लिए, उसकी आजादी के लिए उन्होंने पति, परिवार, बच्चा और एक खुशहाल जीवन सबकुछ दाँव पर लगा दिया, लेकिन आजादी के बाद जिस तरह से उन्होंने गुमनामी की चादर ओढ़ी और खुद को बच्चों की एजुकेशन तक सीमित कर लिया, वह वाकई हैरतअंगेज था। शायद यह उनके सपनों का भारत नहीं था, जैसा उन्होंने कभी कल्पना की होगी।

□

भगत सिंह उस गुरु की फोटो जेब में रखते थे, जो 19 साल की उम्र में ही चढ़ गया था फाँसी करतार सिंह सराभा

वो 1925-26 का दौर था, सरदार भगत सिंह पर क्रांति का रंग पूरी तरह से चढ़ चुका था। वे 'नौजवान भारत सभा' बना चुके थे और 'हिंदुस्तान रिपब्लिकन पार्टी' के जरिए चंद्रशेखर आजाद जैसे क्रांतिकारियों से भी जुड़ चुके थे। उस दौर में भगत सिंह की जेब में एक फोटो रहती थी, जिसकी भगत सिंह पूजा करते थे। नौजवान भारत सभा की हर बैठक से पहले उस फोटो पर पुष्प चढ़ाए जाते और तब बैठक शुरू होती थी। लेकिन वो किसी बाबा की फोटो नहीं थी, वो एक अठारह उन्नीस साल के नौजवान की फोटो थी, जिसे भगत सिंह अपना आदर्श, अपना गुरु मानते थे, नाम था करतार सिंह सराभा।

लुधियाना के पास सराभा गाँव के रहनेवाले करतार सिंह को अंग्रेजों ने 19 साल की उम्र में ही फाँसी दे दी थी। लाहौर कॉन्स्पिरेसी ट्रायल के तहत जज ने सबसे खतरनाक करतार सिंह को ही बताया था, जज ने अपने फैसले में लिखा था, "He is very proud of the crimes committed by him. He does not deserve mercy and should be sentenced to death." ब्रिटिश

साम्राज्य के लिए इतने खतरनाक थे करतार सिंह सराभा, जिसे भगत सिंह ने अपना गुरु माना। कोर्ट में ही जज तब निरुत्तर रह गए, जब करतार सिंह ने अपना मैसेज पंजाबी में सुनाया था,

"सेवा देश दी जिंदिये बड़ी आँखी
गल्लाँ करनियाँ ढेर सुखलियाँ ने
जिन्हा देश सेवा च पैर पाया
ओन्ना ला मुसीबताँ झेलियाँ ने।"

जज और सरकारी वकील जितनी जिरह करतार से करते थे, उतना ही वे उनकी बौद्धिक क्षमता से लाजवाब हो जाते थे। केवल 19 साल का वह नौजवान जितनी अच्छी अंग्रेजी बोलता था, उतना ही देश के लिए अपनी लड़ाई के पीछे लाजवाब करनेवाले तर्क देता था। जब फाँसी की सजा का एलान हो गया, तो एक दिन जेल में करतार के दादाजी मिलने आए, बोले, 'बेटा, मिलनेवाले, रिश्तेदार तुझे बेवकूफ बता रहे हैं। ऐसा करने की तुझे जरूरत क्या थी? आखिर क्या कमी थी तेरे पास?' तब करतार ने जवाब दिया, 'उनमें कोई हैजे से मर जाएगा, कोई मलेरिया से तो कोई प्लेग से, मुझे यह मौत देश की खातिर मिलेगी, इतने नसीब उनके कहाँ है।' दादाजी चुपचाप चले आए।

पिता की मौत के बाद करतार को दादा ने ही पाला-पोसा था, जवान बेटे की मौत के बाद ढंग से जवानी न देख पाया पोता भी मरने जा रहा था, देश की खातिर। जबकि करतार के दादा काफी संपन्न थे, उनके घर में कोई कमी नहीं थी। करतार को अमेरिका पढ़ने भेजा था, जब तक वह भारत में था, उसे पता ही नहीं चला कि गुलामी क्या होती है। उसे पता तो तब चला जब जहाज से अमेरिका की सरजमीं पर उतरा, तो बाकी सबको आसानी से जाने दिया गया, लेकिन उससे काफी पूछताछ हुई, ढंग से तलाशी हुई, बुरी तरह से व्यवहार किया गया। तो उसने किसी से पूछा कि मेरे साथ ही ऐसा क्यों हो रहा है? जवाब मिला कि तुम इंडिया से आए हो, जो एक गुलाम देश है।

जनवरी 1912 की घटना थी, केवल 15 साल के थे करतार सिंह, परिवार ने केमिस्ट्री की पढ़ाई करने के लिए यूनिवर्सिटी ऑफ कैलीफोर्निया, बर्कले में भेजा था और उनके साथ यह वाकया अमेरिका के सैनफ्रांसिस्को तट पर हुआ था। इस एक वाकए ने अमेरिका पढ़ने आए करतार सिंह की सोच को, जिंदगी

की दिशा को, जीने के उद्देश्य को पूरी तरह से बदल दिया। एडमिशन लेने के बाद वे बाकी भारतीयों से गुलामी से मुक्ति और अमेरिका में रहकर देश के लिए कुछ करने की बातें करने लगे। उस वक्त बर्कले यूनिवर्सिटी में 'नालंदा क्लब ऑफ इंडियन स्टूडेंट्स' एक अच्छा प्लेटफॉर्म था, जिससे करतार सिंह जुड़ गए। देश गुलाम है, उसको आजाद करवाना है, उसकी चिंता और मनन उस क्लब में होने लगा था। उसी वक्त पुणे के विष्णु गणेश पिंगले से भी उनकी दोस्ती हुई, जो बिना घरवालों को बताए अमेरिका से मेकैनिकल इंजीनियरिंग करने आया था और पहले वीर सावरकर के साथ आंदोलन में जुड़ा रह चुका था।

उस वक्त नॉर्थ अमेरिका में अलग-अलग विचारों के भारतीय जमा हो रहे थे, कोई सोशलिस्ट था, कोई स्वामी विवेकानंद के विचारों से प्रभावित था, कोई मार्क्स का अनुयायी था, कोई वीर सावरकर का समर्थक था, ज्यादातर पंजाबी थे। लेकिन सबका मकसद एक था, अमेरिका में रहकर भारत को आजाद किया जाए। कई छोटे-छोटे संगठन पहले से काम कर रहे थे। श्यामजी कृष्ण वर्मा, भीखाजी कामा, तारक नाथ दास, बरकतुल्लाह, सोहन सिंह भाखना, बाबा ज्वाला सिंह सब जुड़ते चले गए। फिर लाला हरदयाल आए और 1913 में शुरुआत हुई गदर पार्टी की, एक ही उद्देश्य था 1857 की तरह का गदर करके देश को आजाद करने का।

फिर एक अखबार शुरू किया गया 'गदर', जिसके मस्ट हैड पर लिखा होता था, 'अंग्रेजी राज के दुश्मन'। कई भाषाओं में इसे शुरू किया गया, गुरुमुखी एडिशन की जिम्मेदारी इस कम उम्र में भी करतार सिंह के जिम्मे आई। करतार सिंह सराभा ने पहले इश्यू में लिखा, "Today there begins 'Ghadar' in foreign lands, but in our country's tongue, a war against the British Raj. What is our name? Ghadar. What is our work? Ghadar. Where will be the Revolution? In India. The time will soon come when rifles and blood will take the place of pens and ink."

कई भाषाओं में ये अखबार छपने लगा, दुनिया भर में मौजूद भारतीय क्रांतिकारियों के बीच यह अखबार पहुँचने लगा। इधर कामागाटामारू कांड के बाद गदर पार्टी के बहुत से नेता भूमिगत हो गए। लेकिन प्रथम विश्वयुद्ध के इस मौके को कोई चूकना नहीं चाहता था, उनको पता था कि अंग्रेज इस समय

युद्ध में व्यस्त हैं और यही मौका है उनको परास्त करने का। देश भर की कई छावनियों में 1857 की तरह विद्रोह करने की योजना बनाई गई। इधर अमेरिका में भी जहाँ-जहाँ भारतीय थे, उनसे मदद माँगने के लिए कई बैठकें की गईं। ऐसी ही एक बैठक 31 अक्तूबर, 1913 को कैलीफोर्निया के एक शहर में हुई। जोश के मारे आजादी के दीवाने करतार सिंह मंच पर चढ़कर गाने लगे, 'चलो चलिए देश नूँ युद्धा करें, एहो आखिरी वचन ते फरमान हो गए।' यानी आजादी की लड़ाई का आखिरी फरमान आ गया है, हमें चलना है।

तय हुआ कि बीस हजार सिख सैनिक गदर करने अमेरिका से भारत जाएँगे, लेकिन उससे एक महीने पहले करतार सिंह सराभा, विष्णु गणेश पिंगले पहले ही कोलंबो के रास्ते भारत आ गए।

उससे पहले ही 5 अगस्त, 1914 के गदर एडिशन में ब्रिटेन के खिलाफ 'डिसीजन ऑफ डिक्लेरेशन ऑफ वॉर' का एलान कर दिया गया, दुनिया भर में जहाँ-जहाँ भारतीय सैनिक तैनात थे, उन सभी छावनियों में उस पेपर की कॉपीज पहुँचा दी गईं। इधर करतार सिंह कोलकाता पहुँचे। बंगाल में उनकी मुलाकात बाघा जतिन से हुईं। बाघा जतिन का पत्र लेकर वो बनारस में रासबिहारी बोस से मिले। उस वक्त के ये कद्दावर क्रांतिकारी इस युवा के जोश को देखकर दंग थे। गदर की तारीख फरवरी में तय कर दी गई। जब तक करतार सिंह सराभा ने लुधियाना में अपने गाँव सराभा को युगांतर आश्रम में तब्दील करने की ठान ली। भाई परमानंद दो महीने बाद दिसंबर 1914 में आए। इधर पिंगले के साथ करतार सिंह आगरा, बनारस, मेरठ, इलाहाबाद, अंबाला, लाहौर और रावलपिंडी की छावनियों की खाक छानने में जुट गए, बनारस के मशहूर क्रांतिकारी सचींद्र सान्याल ने भी उनकी काफी मदद की। हर जगह विद्रोह करवाने के लिए शुरुआती घुसपैठ कर ली गई, लुधियाना के ही दो अलग-अलग गाँवों में बम बनाने की फैक्टरियाँ लगा दी गईं।

रासबिहारी बोस 25 जनवरी, 1915 को अमृतसर आए, सारे क्रांतिकारियों के साथ कई बैठकें रखी गईं, तैयारियों को परखा गया। कौन-कौन किस छावनी के विद्रोह की कमान सँभालेगा, यह तय किया गया। कितना हथियार है, कितने बम हैं, कितने सैनिक खुलकर अंग्रेजी साम्राज्य के खिलाफ विद्रोह में हिस्सा ले सकते हैं, सब तय किया गया, विचार किया गया और फिर 12 फरवरी को गदर

की तारीख तय कर दी गई और वह तारीख थी 21 फरवरी, 1915। ठीक 15 दिन रुकने के बाद रासबिहारी लाहौर कूच कर गए और वहाँ करीब 80 बमों का मैटीरियल जुटा लिया, साथ ही एक बंगाली क्रांतिकारी की सेवा गदर पार्टी को भी मिल गई बम बनाना सिखाने में। इधर जर्मनी से बाघा जतिन ने काफी हथियारों का इंतजाम किया था, जिसकी खेप आनेवाली थी।

तय हुआ था कि सबसे पहले 23वीं कैवलरी विद्रोह करेगी, उसके बाद 26वीं, लाहौर, आगरा, ढाका, फिरोजपुर, मेरठ एक पूरे चैन रिएक्शन का प्लान तैयार था, यहाँ तक कि बंगाल के क्रांतिकारी भी हावड़ा में पंजाब मेल पर हमले का इंतजार कर रहे थे कि अचानक एक विद्रोही साथी बलवंत सिंह के अमेरिका से आए चचेरे भाई कृपाल सिंह ने गद्दारी कर दी। उसको पूरे षड्यंत्र का पता चल चुका था। उसने अंग्रेजों को बता दिया और देश का सबसे बड़ा प्लान नाकामयाब होने के कगार पर आ गया। क्रांतिकारियों की सालों की मेहनत पर पानी फिरना तय हो गया। कृपाल सिंह 15 फरवरी को रासबिहारी बोस का लाहौर हेडक्वार्टर और सारे नेताओं को देख चुका था। पंजाब सी.आई.डी. को खबर लग चुकी थी। एक-एक करके 26वीं पंजाब रेजीमेंट, 7वीं राजपूत रेजीमेंट, 130वीं बलूच रेजीमेंट, 24वीं जाट आर्टिलरी के साथ-साथ फिरोजपुर, आगरा और लाहौर के विद्रोहियों को गिरफ्तार कर लिया गया और विद्रोह दबा दिया गया। उस वक्त मेरठ की छावनी में विद्रोह करवाने की जिम्मेदारी करतार सिंह और विष्णु गणेश पिंगले के सर पर थी और 12वीं कैवलरी रेजीमेंट उनके निशाने पर थी, लेकिन गद्दार कृपाल ने गदर की नींवें हिला दी थीं। विद्रोह नाकामयाब हो चुका था। करतार सिंह को लाहौर भागना पड़ा। रासबिहारी बोस भी निकल गए, बाद में उनके साथियों ने उनको सुरक्षित जापान निकाल दिया। बाघा जतिन की जर्मनी से हथियार मँगाने की योजना भी डेविड हेडली जैसे एक डबल एजेंट और चेक जासूस के चलते फेल हो गई थी।

करतार सिंह अपने तीन साथियों के साथ बनारस की ओर निकले, गदर नेताओं ने उनको अफगानिस्तान जाने की सलाह दी। जहाँ हाथरस के राजा महेंद्र प्रताप सिंह बरकतुल्लाह के साथ मिलकर भारत की पहली अनिर्वासित सरकार बनाने का एलान कर चुके थे। कई गदर क्रांतिकारी थाइलैंड की तरफ

निकल गए। करतार सिंह भी अफगानिस्तान जाने का मूड बना चुके थे। इधर विष्णु गणेश पिंगले के पास से पुलिस को वैसे दस बम बरामद हुए जैसा बम लॉर्ड हॉर्डिंग पर दिल्ली में घुसते वक्त रासबिहारी बोस और बसंत विश्वास ने फेंका था, मुंबई पुलिस की रिपोर्ट में इसका उल्लेख है। अचानक से ऐसा माहौल बन गया था कि गदर योजना फेल होने का नुकसान उन लोगों को होगा, जो उसमें छोटे तौर पर शामिल थे और बड़े नेता बचकर निकल जाएँगे, इससे गलत संदेश जाने का डर था।

करतार सिंह ने वह किया जो एक वीर की आत्मा ने कहा, बचकर भागने का सुझाव उन्होंने नामंजूर कर दिया। वे अपने दो साथियों हरनाम सिंह टुंडीलत और जगत सिंह के साथ रास्ते से वापस लौटे और जंग जारी रखने का एलान किया और सालों बाद उनके शिष्य भगत सिंह ने भी असेंबली में बम फोड़ने के बाद भागने से इनकार कर दिया था। लायलपुर की चक नंबर 5 में उन्होंने विद्रोह करवाने की कोशिश की और गिरफ्तार हो गए। वे चाहते तो बाकी नेताओं की तरह निकल सकते थे, लेकिन इससे गदर का नाम बदनाम होता और वे यह नहीं चाहते थे।

फिर चला 'लाहौर षड्यंत्र केस' के नाम से ट्रायल, जिस तरह भगत सिंह का ट्रायल चला था और लाखों देशवासी भगत सिंह की बातें सुनकर, अखबारों में पढ़कर आंदोलित होते थे, प्रेरणा लेते थे, उनके गुरु के ट्रायल की खबरों से खुद भगत सिंह भी आंदोलित हो चले थे। भगत सिंह और ऊधम सिंह जैसे न जाने कितने नौजवानों ने देश की आजादी की राह में अगर हँसते-हँसते अपनी जान कुरबान कर दी तो उसके पीछे इन गदर नेताओं खासकर करतार सिंह सराभा जैसे वीर क्रांतिकारी थे। मशहूर उपन्यासकार नानक सिंह ने उनकी जिंदगी पर एक किताब लिखी, 'एक म्यान दो तलवार'। करतार सिंह, विष्णु गणेश पिंगले, भाई परमानंद जैसे कई क्रांतिकारियों को फाँसी दे दी गई, कई क्रांतिकारियों को कालापानी की सजा देकर अंडमान की सेलुलर जेल भेज दिया गया। एक बार फिर भारत में 1857 के पहले स्वतंत्रता संग्राम की तरह यह दूसरा स्वतंत्रता संग्राम भी दबा दिया गया। पंजाब की ही धरती के एक गद्दार कृपाल के चलते करतार जैसे वीर मन में आजादी का अधूरा सपना लेकर फाँसी पर झूल गए, लेकिन अपने पीछे छोड़ गए दिल में धधकती लौ के साथ भगत सिंह जैसे कई वीर क्रांतिकारी।

□

1857 के स्वतंत्रता संग्राम का भीष्म पितामह, दाएँ हाथ से काट दिया था बायाँ हाथ वीर कुँवर सिंह

सन् 1857 के पहले स्वतंत्रता संग्राम में अगर आप जब सबसे बूढ़े योद्धा या क्रांतिकारी की बात करेंगे, तो ज्यादातर लोग आखिरी मुगल बादशाह बहादुर शाह जफर की ही बात करेंगे। क्योंकि रंगून में कैद करने के बाद की उनकी एक फोटो कई किताबों या सोशल मीडिया साइट्स पर मिल जाती है। जबकि हकीकत यह थी कि भले ही उनके बेटों को उनकी आँखों के सामने गोली मार दी गई, उनको स्वतंत्रता संग्राम के कई नेताओं ने अपना नेता माना था, लेकिन वे मैदान में लड़ने की स्थिति में नहीं थे। 80 साल की उम्र का एक और योद्धा था, जिसने 1857 की क्रांति में हिस्सा लिया था, लेकिन वह मैदान में न केवल उतरा, बल्कि सबसे लबे अरसे तक अंग्रेजों से जमकर लोहा लेता रहा और जिंदा उनके हाथ में भी नहीं आया। वीर क्रांतिकारी कुँवर सिंह को 1857 के इतिहास का 'भीष्म पितामह' कहा जाता है, जो खाली विचारों से योद्धाओं को उत्साहित नहीं करता था, बल्कि उन्हीं की तरह बिस्तर पर दवाइयों के सहारे जिंदा रहने की उम्र में घोड़े पर बैठकर जंग-ए-मैदान में किले फतह करता था।

बिहार के भोजपुर के राजसी खानदान से ताल्लुक रखते थे कुँवर सिंह। भोजपुर यानी 'कहाँ राजा भोज और कहाँ गंगू तेली' वाले महाराजा भोज की नगरी और खानदान से ताल्लुक रखते थे कुँवर सिंह और उनकी पत्नी मेवाड़ के सिसौदिया खानदान की थीं, जो रहते तो गया में थे, लेकिन रिश्ता सीधे महाराणा प्रताप के खानदान से था। दोनों खानदानों की दरियादिली, साहित्य-प्रेम और वीरता की दास्तानों को सुनते-सुनते बड़े हुए थे कुँवर सिंह और उनके छोटे भाई अमर सिंह। देश को गुलाम देखकर उनकी आत्मा कचोटती थी, लेकिन छोटे से जगदीशपुर के राजा थे वे, इतने बड़े देश पर कब्जा जमाए बैठे अंग्रेजों से अकेले कैसे टकराते, यह सोचकर मन मसोसकर रह जाते थे। फिर 1857 के क्रांतिकारियों ने उनसे संपर्क साधा। पूरे देश सहित बिहार में भी कमल और रोटी का संदेश गुप्त बैठकों के जरिए पहुँचाया जाने लगा। हालाँकि 1857 के गदर से आम आदमी पूरी तरह नहीं जुड़ा था। अंग्रेजों के चलते अपनी राजसी गद्दी खोनेवाले राजा, चर्बीवाले कारतूसों से परेशान सिपाही और मुगल बादशाह को फिर से दिल्ली की गद्दी पर पूरी ताकत के साथ बैठाने का सपना देखनेवाले लोग ज्यादा थे।

29 मार्च, 1857 को मंगल पांडेय ने बैरकपुर में बंगाल नेटिव इन्फेंट्री की 34वीं रेजीमेंट से विद्रोह का बिगुल बजा दिया। उसके बाद क्रांतिकारियों ने सैनिकों के बीच सुलग रही इस चिनगारी को देश भर की छावनियों के सैनिकों के बीच आग में तब्दील करने का फैसला किया। कम्युनिकेशन के साधनों की कमी से हरकारों के जरिए कमल और रोटी के साथ-साथ क्रांति की तारीख 10 मई का संदेश ज्यादा-से-ज्यादा अंग्रेजी राज के दुश्मनों तक पहुँचाया गया। पटना में किताबें बेचनेवाले पीर अली ने इस क्रांति की बागडोर सँभाल ली। लेकिन पटना का कमिश्नर टेलर काफी चालाक था, उसकी बहावी आंदोलन की वजह से पटना के सभी सरकार विरोधी तत्त्वों पर कड़ी नजर थी। पीर अली ने साथियों से मशवरा करके 3 जुलाई को क्रांति का बिगुल पटना में भी बजाने का तय किया, लेकिन पहले ही कई लोगों को गिरफ्तार कर लिया गया। फिर भी दो सौ नौजवान हथियारों से लैस होकर निकले, सभी को गिरफ्तार कर लिया गया। कइयों को फाँसी पर लटका दिया गया। पीर अली को फाँसी की खबर मिलते ही दानापुर की सैनिक छावनी में विद्रोह हो गया और तीन सैनिक

पलटनों ने हथियार उठा लिये, लेकिन कोई योग्य नेता उनके पास नहीं था। सारे सैनिक जगदीशपुर (आरा) की तरफ कूच कर गए, कुँवर सिंह से बेहतर कोई नहीं था। भीष्म पितामह की तरह ही कुँवर सिंह, जो उस वक्त अस्सी साल के थे, बहादुर शाह जफर से सिर्फ दो साल छोटे, मातृभूमि का कर्ज चुकाने के लिए सैनिकों के साथ हथियार उठाने के लिए तैयार हो गए।

सबसे पहले आरा में अंग्रेजों के खजाने पर कब्जा किया गया, ताकि लंबी लड़ाई के लिए तैयार हुआ जा सके। दिलचस्प बात यह थी कि कुँवर सिंह को ये पता था कि अंग्रेजों से सीधी लड़ाई नहीं लड़ी जा सकती, उनके पास ज्यादा सेना, ज्यादा हथियार, ज्यादा आधुनिक हथियार और गोला-बारूद थे। इसलिए उन्होंने शिवाजी की तरह छापामार या गोरिल्ला वार की रणनीति अपनाई। उसी दिन से वे जंगलों में निकल गए महाराणा प्रताप की तरह। अंग्रेजों पर अचानक हमला बोलते और सीधी लड़ाई से बचते। अंग्रेजों को अलग-अलग टुकड़ियों के जरिए कई जगह पर फँसाते, और उसे अपनी रणनीति का पता नहीं लगने देते। अंग्रेजी जनरल उनकी इस रणनीति से चारों खाने चित थे। ऐसे वक्त में जब 1857 के बड़े-बड़े सूरमा धराशायी हो गए या जल्द ही गिरफ्तार हो गए, वे उन दो-तीन योद्धाओं में शामिल थे, जो अपनी लड़ाई एक साल से ज्यादा समय तक खींचने में कामयाब रहे और अंग्रेज उन्हें न पकड़ पाए और न मार पाए।

सबसे पहले उन्होंने पास की एक छावनी पर कब्जा किया, अंग्रेजी कप्तान डनबार को जैसे ही खबर मिली, वह एक बड़ी सेना के साथ वहाँ आया, लेकिन कुँवर सिंह ने पहले ही अपना घेरा हटा दिया और जंगल में छिप गए और अपने जासूसों को डनबार के पीछे लगा दिया। डनबार सेना समेत जैसे ही जंगल में घुसा, कुँवर सिंह के सैनिकों ने उन पर गोलियाँ बरसानी शुरू कर दीं। पचास अंग्रेज सैनिक ही जिंदा बच पाए। इस बुरी हार पर तिलमिलाए अंग्रेजों ने एक बड़ी सेना के साथ मेजर आयर को भेजा, उसने आरा की तरफ कूच किया, कुँवर सिंह पीछे हट गए। जगदीशपुर में एक और बड़ी अंग्रेजी सेना ने विंसेंट आयर के साथ घेरा डाल दिया। कुँवर सिंह के पास केवल 1700 सैनिक थे, न लड़ना फायदेमंद होता और न हथियार डालना ही, उन्होंने तीसरा रास्ता चुना, वे निकल भागे। जंगल के चप्पे-चप्पे पर उनकी राणा प्रताप और शिवाजी की तरह कड़ी पकड़ थी। अब अंग्रेजों के छोटे-छोटे जत्थों पर अचानक हमला बोलकर उनको

मौत के घाट उतारने की रणनीति को अमल में लाया गया। अंग्रेजों के खेमे में हंगामा मच गया।

इतना ही नहीं, उन्होंने बिहार से निकलकर उत्तर प्रदेश तक हमले करने शुरू कर दिए। आजमगढ़, बनारस और इलाहाबाद तक कुँवर सिंह के दायरे में आ गए। इधर बेतवा के कुछ क्रांतिकारी भी उनसे आ मिले। कप्तान मिलमन की सेना को कुँवर सिंह ने जमकर शिकस्त दी और रास्ते में कर्नल डेस की सेना को बुरी तरह हराने के बाद कुँवर सिंह ने आजमगढ़ को घेर लिया। भाई अमर सिंह को घेरेबंदी की कमान देकर वे तेजी से रात में ही बिजली की तेजी से बनारस पहुँच गए, लखनऊ के क्रांतिकारी भी उनसे आ मिले। लेकिन बनारस में तैनात अंग्रेजी अफसर लॉर्ड मार्कर सावधान था, उसने वहाँ तोपें तक तैनात कर रखी थीं।

लेकिन कुँवर सिंह का निशाना तो जगदीशपुर था, बनारस, आजमगढ़, गाजीपुर आदि पर वे हमला केवल अंग्रेजों को उलझाने के लिए कर रहे थे। उन्होंने बनारस पर हमला बोला और बीच हमले में से सारे सैनिक धीरे से निकल गए। अंग्रेजी सेना को लगा कि वे आजमगढ़ जाएँगे, लॉर्ड मार्कर आजमगढ़ की तरफ बढ़ा। अब कुँवर सिंह को आजमगढ़ की दो तरफ से रक्षा करनी थी, एक तरफ से मार्कर की सेना बढ़ रही थी, दूसरी तरफ से एक टुकड़ी कैप्टन लुगार्ड के साथ तानू नदी की तरफ बढ़ रही थी। कुँवर सिंह तानू नदी पर एक छापामार टुकड़ी पहले ही तैनात करके आए थे, और खुद वे गाजीपुर की तरफ निकल गए। तानू नदी पर इस टुकड़ी ने कई घंटों तक लुगार्ड को उलझाए रखा और बिना लुगार्ड की जानकारी के वह अगले मोरचे पर निकल गई। जब लुगार्ड ने पुल पार किया वहाँ कोई नहीं था।

तब लुगार्ड को पता चला कि कुँवर सिंह तो गाजीपुर के रास्ते में है, तो लुगार्ड ने अपनी सेना का रुख उस तरफ कर दिया। लेकिन कुँवर सिंह ने बीच में ही मोरचा सजा रखा था, लुगार्ड की सेना को जमकर हराया। नौ महीने से घर से बाहर जगदीश सिंह गंगा पार कर जगदीशपुर जाना चाहते थे, अब अंग्रेजी सेना ने नए सेनापति डगलस को भेजा। कुँवर सिंह ने डगलस के खेमे में गलत खबर भिजवा दी कि बलिया के पास हाथियों पर बैठकर सेना गंगा पार करवाएँगे, डगलस बेवकूफों की तरह वहाँ तैनात हो गया और कुँवर की

सेना शिवराजपुर में नावों के रास्ते निकल गई। पूरी सेना को पार करवाकर आखिरी नाव में कुँवर सिंह सवार हुए कि बौखलाया डगलस वहाँ पहुँच गया, उसने गोलियाँ बरसाना शुरू कर दिया। कुँवर सिंह के बाएँ हाथ में एक गोली लगी, कहीं पूरे शरीर में जहर न फैल जाए यह सोचकर 1857 के उस भीष्म पितामह ने 80 साल की उम्र में अपने दाएँ हाथ की तलवार से अपना ही बायाँ हाथ काट डाला।

जगदीशपुर में कर्नल ली ग्रांड की सेना को कुँवर सिंह ने एक ही हाथ से बुरी तरह से हराया। 23 अप्रैल, 1858 को कुँवर सिंह ने जगदीशपुर पर फिर से जीत प्राप्त करने के बाद अपने महल में प्रवेश किया, यूनियन जैक को उतारकर अपना झंडा फहराया, लेकिन गोली का जहर उनके शरीर में फैल चुका था। वे पहले से ही बुढ़ापे से जुड़ी सारी बीमारियों से जूझ रहे थे, तीन दिन के अंदर यानी 26 अप्रैल को उनकी मौत हो गई। बाद में 1966 में केंद्र सरकार ने उन पर एक डाक टिकट छापा, तो बिहार सरकार ने 1992 में आरा में उनके नाम पर एक यूनिवर्सिटी की स्थापना की। सुभद्रा कुमारी चौहान ने झाँसी की रानी पर जो कविता लिखी उसमें बाकी क्रांतिकारियों के साथ उनके भी नाम का उल्लेख किया है। कुँवर सिंह की मौत की बाद क्रांति की ज्वाला उनके भाई अमर सिंह ने जलाए रखी और 1859 में नेपाल के तराई में बाकी देश के बचे हुए क्रांतिकारियों से हाथ मिलाकर लड़ाई को आगे जारी रखने के अरसे तक प्रयास किए। लेकिन न बिहार में और न देश में आजादी की पूरी लड़ाई में इतना वीर और दूरदर्शी कोई और नेता हुआ, जो 80 साल की उम्र में भी जवानों जैसे जोश के साथ मौत की बाजी लगाकर जंग के मैदान में उतर सके और मरते दम तक किसी के भी हाथ न आए।

□

जिसने की थी देश पर जान कुरबान, परिवार ने दे दिया था पागल करार

मदल लाल ढींगरा

एक क्रांतिकारी का यह आखिरी बयान है—"मेरे जैसे एक बेटे के पास अपनी माँ को देने के लिए क्या है? केवल मेरा अपना खून''जो मैंने उसकी वेदी पर चढ़ा दिया है। भारत में इस वक्त केवल एक ही पाठ सिखाने की जरूरत है और वह यह कि कैसे अपनी जान कुरबान की जाए और इसे सिखाने का बस एक ही रास्ता है कि हम खुद अपनी जान देश पर कुरबान करके दिखाएँ। मेरी भगवान् से बस एक ही प्रार्थना है कि अगले जन्म में मैं उसी माँ की कोख से जन्म लूँ, उसी धरती पर जन्म लूँ और फिर उसी ध्येय के लिए अपनी जान कुरबान कर दूँ और करता रहूँ, जब तक कि वह ध्येय पूरा न हो।" आपको हैरत होगी ये जानकर कि इस क्रांतिकारी को उसके परिवारवालों ने न तब अपनाया था और न ही उनकी नई पीढ़ियों ने आज तक भी अपनाया है। 1909 में लंदन जाकर अंग्रेजों के घर में उनके एक बड़े अफसर को मौत की नींद सुला देनेवाले इस वीर क्रांतिकारी का नाम था—मदन लाल ढींगरा।

मदन लाल ढींगरा से लंदन में जब कोर्ट ने पूछा तो उन्होंने वकील लेने से यह कहकर इनकार कर दिया कि मेरा केस आपको सुनने का अधिकार ही नहीं है, आप तो विदेशी हो, हमारे देश पर कब्जा किए बैठे हो, आप हमारे

साथ न्याय कैसे कर सकते हो? ढींगरा ने अपना केस खुद लड़ा और मान लिया कि अंग्रेजी अफसर विलियम हट कर्जन वाइली, जो कि भारत सचिव का राजनीतिक सलाहकार था और भारत में अरसे तक फौजी अफसर बतौर काम कर चुका था, की हत्या उसने की लेकिन क्यों की, उस स्टेटमेंट की थोड़ी सी लाइनें पढ़िए, ''अगर जर्मनी इंग्लैंड पर कब्जा कर लेता और कोई अंग्रेज इसके विरोध में किसी जर्मन को मार देता, तो क्या वह देशभक्ति नहीं होती? पिछले पचास सालों में मेरे देश के 8 करोड़ लोगों की मौत के पीछे अंग्रेज जिम्मेदार हैं और हर साल मेरे देश से एक करोड़ डॉलर निकालकर ले जाने के लिए भी आप ही लोग जिम्मेदार हैं। आपकी हिप्पोक्रेसी देखकर मैं हैरान हूँ, कांगो और रूस में कुछ भी गलत होता है, तो आप लोग मानवीयता की बातें करते हो और हर साल इंडिया में बीस लाख लोगों की मौत आपकी वजह से होती है और कोई फर्क नहीं।'' और आखिर में मदन ने कहा, ''आप मुझे फाँसी दे दो, आई डोंट केयर। आप गोरे लोग आज पावरफुल हो, लेकिन एक दिन हमारा भी वक्त आएगा, फिर हम वो करेंगे जो हम चाहेंगे''।

यह अपने आपमें पहला मामला था, जिसकी न केवल एक दिन में यानी 23 जुलाई, 1909 को ही सुनवाई पूरी हो गई, जज ने उसी दिन फाँसी की सजा भी सुनाई, बल्कि किस जेल में और कौन सी तारीख को फाँसी होगी, ये भी बता दिया, बाद में अंग्रेजी मीडिया ने इस बात की काफी आलोचना की। 'टाइम्स ऑफ लंदन' ने अगले दिन 'कनविक्शन ऑफ ढींगरा' के नाम से एक रिपोर्ट लिखी, "The nonchalange displayed by the assassin was of a character which is happily unusual in such trials in this country. He asked no questions. He maintained a defiance of studied indifference. He walked smiling from the Dock." मदन लाल के आखिरी स्टेटमेंट की चर्चा उन दिनों डेविड लॉयड जॉर्ज और विंस्टन चर्चिल के बीच भी हुई, इस प्राइवेट बातचीत में उन्होंने इस स्टेटमेंट को "The Finest ever made in the name of Patriotism." बताया, ऐसी उन दिनों मीडिया में खबरें थीं।

लेकिन हमारे देश में क्या हुआ? गांधीजी जो उन दिनों तक एक तरह से नेपथ्य में थे, उन्होंने ढींगरा के बयान की आलोचना की और 14 अगस्त, 1909 के 'द इंडियन ओपीनियन' के अंक में उन्होंने लिखा, "Even should the British leave in consequence of such murderous acts, who will rule in their place? Is the Englishman bad because he is an Englishman? Is it that everyone with an Indian skin is good? If that is so, there should be [no] angry protest against oppression by Indian princes. India can gain nothing from the rule of murderers—no matter whether they are black or white. Under such a rule, India will be utterly ruined and laid waste."

मदनलाल ढींगरा के पिता जो कि अमृतसर में एक सिविल सर्जन थे और तमाम हाईक्लास सोसायटी और अंग्रेज अधिकारियों के साथ उनका उठना-बैठना था, पहले ही ढींगरा को घर से निकाल चुके थे। इस केस के बाद तो जिसकी दुनिया भर में तारीफें हो रही थीं, उस देशभक्त क्रांतिकारी के घरवालों ने उसे मानसिक रूप से अस्वस्थ तक बता दिया। मदन लाल के सारे 6 भाई लंदन में पढ़े हुए थे। लेकिन मदन लाहौर के एक कॉलेज में एम.ए .कर रहे थे, 1904 में उनके प्रिंसिपल ने जब ऑर्डर दिया कि स्टूडेंट्स के ब्लेजर्स के लिए कपड़ा इंग्लैंड से मँगाया जाएगा, तो स्टूडेंट्स भड़क गए। उस वक्त देश भर में स्वदेशी आंदोलन की चिनगारी सुलग रही थी। मदन लाल ने अपने कॉलेज में बीड़ा उठाया और आंदोलन छेड़ दिया। ढींगरा को कॉलेज से निकाल दिया गया। गुस्से में पिता ने भी घर से निकाल दिया। मदन लाल ने उस दौरान क्लर्क की नौकरी की। कालका से शिमला के बीच ताँगा चलाया और बाद में एक फैक्टरी में मजदूरी भी की। लेकिन जैसे ही मजदूरों की आवाज उठाने के लिए मजदूर यूनियन बनाने की कोशिश की, तो निकाल दिया गया। कुछ समय तक मदन लाल ढींगरा ने बंबई में काम किया, फिर अपने भाई की सलाह मान ली।

मदन लाल के भाई डॉ. बिहारी लाल ने सलाह दी कि लंदन जाकर बाकी की पढ़ाई कर लो, बाद में आकर देश के बारे में सोचना। मदन लाल ने लंदन के यूनिवर्सिटी कॉलेज में मेकैनिकल इंजीनियरिंग कोर्स में एडमिशन ले लिया, उसमें न केवल भाई ने मदद की बल्कि राष्ट्रवादियों ने भी सहयोग दिया। वहीं मदन की मुलाकात इंडिया हाउस के फाउंडर श्यामजी कृष्ण वर्मा और वीर सावरकर से हुई। दोनों ही उसके क्रांतिकारी विचारों से प्रभावित थे। बाद में श्यामजी तो पहले पेरिस और बाद में स्विट्जरलैंड चले गए, लेकिन वीर सावरकर मदन लाल ढींगरा को देशभक्ति का पाठ पढ़ाते रहे और साथ में देते रहे हथियारों की ट्रेनिंग। उनका मानना था कि अंग्रेजों पर हमले होंगे, तभी

वे खौफ में हमारे देश को छोड़कर जाएँगे। ढींगरा टोटेनहम शूटिंग रेंज में भी प्रैक्टिस करने लगे।

मदन लाल अब किसी बड़े अंग्रेज अधिकारी को लंदन में ही मारकर उनकी नाक के ठीक नीचे दहशत फैलाना चाहते थे। उसने बंग भंग के लिए जिम्मेदार अंग्रेजी वायसराय लॉर्ड कर्जन और बंगाल के पूर्व गवर्नर ब्रेमफील्ड फुलर की हत्या की योजना बनाई, लेकिन जहाँ दोनों की मीटिंग होनी थी वहाँ पहुँचने में देर हो गई और इरादा बदलना पड़ा। मदन लाल ढींगरा का वाइली से कुछ भी लेना-देना नहीं था, बल्कि वह तो उनके पिता के परिचितों में से था, फिर भी उन्हें पता था कि इस हत्या से वे अंग्रेजी हुकूमत और देश के नौजवानों, दोनों को कुछ संदेश पहुँचा पाएँगे। मदन लाल ने उसी को निशाना बनाया, लंदन में रहनेवाले भारतीयों के इंपीरियल इंस्टीट्यूट में आयोजित एक कार्यक्रम में ढींगरा ने उसको गोली मार दी। उनको वहीं गिरफ्तार कर लिया गया।

जबकि मदन लाल के पिता, जो अमृतसर में चीफ मेडिकल ऑफिसर थे, तो इस हत्या से काफी पहले ही बाकायदा अखबारों में विज्ञापन देकर मदन लाल से अपना नाता तोड़ चुके थे। इस कांड के बाद तो उन्होंने मदन को मानसिक रूप से अस्वस्थ घोषित कर दिया। एक क्रांतिकारी के लिए इससे बुरा क्या हो सकता था कि उसके खुद के परिवार ने उससे मिलने तक को मना कर दिया, यहाँ तक कि उसकी फाँसी के एलान के बाद भी। फाँसी के बाद अंग्रेजों ने वीर सावरकर की गुजारिश के बावजूद मदन लाल का शरीर उन्हें नहीं सौंपा और न ही हिंदू रीति-रिवाज से अंतिम संस्कार किया, बल्कि चुपचाप कहीं दफना दिया।

श्यामजी कृष्ण वर्मा की अस्थियों की तरह ही मदन लाल ढींगरा की अस्थियाँ भी सालों विदशी जमीन पर कहीं दबी रहीं। न परिवार को कुछ लेना-देना था और न ही आजादी के बाद की सरकारों को। वह तो 1976 में लंदन के उसी कब्रिस्तान में माइकल ओ डायर को लंदन में ही जाकर मारनेवाले दूसरे बड़े क्रांतिकारी ऊधम सिंह की अस्थियों को ढूँढ़ा जा रहा था, तो दैवयोग से मदन लाल ढींगरा की अस्थियों के बारे में भी पता चला और उन्हें लाया गया। घरवालों ने फिर भी कोई दिलचस्पी नहीं दिखाई। कभी भगत सिंह और चंद्रशेखर आजाद जैसे क्रांतिकारी जिससे प्रेरणा लेते थे, उस क्रांतिकारी की

अस्थियों को भारत लाया गया और उनके अपने शहर अमृतसर के बजाय महाराष्ट्र के अकोला में रख दिया गया और आज भी वहीं हैं।

आज देश ने मदन लाल ढींगरा की कुरबानी का महत्त्व समझा है, हर साल उनको श्रद्धांजलि देने के कार्यक्रम शुरू हुए हैं, अकोला और अजमेर में उनके स्मारक बन गए हैं। लेकिन ऐसे किसी भी श्रद्धांजलि कार्यक्रम में उनके परिवार के सदस्य यहाँ तक कि नई पीढ़ी के युवा भी शामिल होने से बचते आए हैं। यहाँ तक कि एक बी.जे.पी. नेता लक्ष्मीकांता चावला ने मदन लाल ढींगरा के पुश्तैनी घर की बुरी हालत देखकर उनके परिवार से खरीदकर म्यूजियम बनाने की इच्छा जताई, तो उन्होंने उन्हें न बेचकर किसी तीसरे आदमी को बेच दिया। एक युवा जो लंदन में मेकैनिकल इंजीनियरिंग की पढ़ाई आज से सौ साल पहले कर रहा था वह भी अंग्रेजी राज में, सोचिए कितना शानदार जीवन होता उसका। लेकिन उन्होंने घरवालों की इच्छा के खिलाफ, अपने सारे सपनों को आग लगाकर भारत माँ को आजाद करवाने और नौजवानों के दिलों में कुरबानी का जज्बा जगाने के लिए अपनी जान देश पर कुरबान कर दी। पागल ही तो था वो···!

□

21 साल की लड़की को अखर गया 'इंडियंस आर नॉट एलाउड', इंडिया ने डिग्री देने में लगा दिए 80 साल

प्रीतिलता वाडेदार

महज 21 साल का उम्र थी उसकी। क्रांति उसके लहू में जोर-जोर से उबाल मारने लगी थी। अपने इलाके में गिनती की पढ़ी-लिखी लड़कियों में थी—वह। ग्रेजुएशन में डिस्टिंक्शन लेने के बाद उसे एक अच्छे स्कूल में हेड मिस्ट्रेस का पद भी मिल गया। लेकिन उसे गुलामी बरदाश्त नहीं हो रही थी। एक यूरोपियन क्लब के बाहर उसने लिखा देखा 'इंडियंस एंड डॉग्स आर नॉट एलाउड' तो खून खौल उठा उसका और बोल दिया अपने क्रांतिकारियों के साथ धावा, जान देकर चुकाई इस धावे की कीमत और सोचिए भारतीयों की कुत्ते के साथ तुलना करने के विरोध के चलते जिसने अपनी जान गवाँ दी, उसको डिग्री देने में उसके देश ने लगा दिए पूरे 80 साल!

प्रीतिलता वाडेदार नाम था उसका, बचपन से ही उसकी टीचर उषा दी पूरी क्लास को रानी लक्ष्मीबाई की वीरता की कहानियाँ सुनाया करती थी, कोर्स में न होने के वाबजूद। बंगाल की एक और क्रांतिकारी कल्पना दत्ता भी प्रीतिलता की क्लासमेट थीं और कल्पना ने भी अपनी बायोग्राफी में अपनी इस

टीचर और रानी लक्ष्मीबाई की कहानियों से मिलनेवाली प्रेरणा का जिक्र किया है। आशुतोष गोवारीकर की फिल्म 'खेलें हम जी-जान से' में कल्पना दत्ता का रोल दीपिका पादुकोण और प्रीतिलता का रोल विशाखा सिंह ने किया था। प्रीति रानी लक्ष्मीबाई की कहानियों से और भी ज्यादा जुड़ जाती थीं, क्योंकि उनको भी घर में सब लोग प्यार से 'रानी' कहते थे। चटगाँव के एक गाँव में पैदा हुईं प्रीतिलता शुरू से ही पढ़ाई में सुभाष चंद्र बोस की तरह ही सबसे आगे थीं। इंटरमीडिएट में उनका एडमिशन ईडन कॉलेज, ढाका में हुआ। 6 भाई-बहनों के साथ पली-बढ़ी प्रीति के पिता चटगाँव म्यूनिसिपल कॉरपोरेशन में क्लर्क थे और अपने बच्चों को अच्छी पढ़ाई देना चाहते थे।

लेकिन प्रीतिलता ने तो उम्मीदों का तूफान खड़ा कर दिया। इंटरमीडिएट का रिजल्ट जब आया, तो पूरे परिवार की खुशी चरम पर पहुँच गई। प्रीति ने पूरा ढाका बोर्ड टॉप किया था। लेकिन प्रीति के दिमाग में तो कुछ और ही चल रहा था। वे पढ़ने के दौरान ही लीला नाग से जुड़ गईं। लीला नाग ढाका यूनिवर्सिटी से लड़कर उसमें एडमिशन लेनेवाली और एम.ए. करनेवाली पहली महिला बन गई थी। महिला लेखकों की मैगजीन और महिलाओं को कॉम्बेट ट्रेनिंग देने के लिए उन्होंने एक संस्था शुरू की—'दीपाली सांघा'। प्रीति ने भी इसकी एक ब्रांच 'श्री संघा' में ट्रेनिंग ली, लीला बाद में सुभाष चंद्र बोस की करीबी सहयोगी के तौर पर उभरीं।

फिर प्रीति ग्रेजुएशन करने के लिए कलकत्ता चली गईं। वहाँ बैथून कॉलेज में एडमिशन ले लिया। फिलॉसफी से ग्रेजुएशन उन्होंने डिस्टिंक्शन के साथ किया। लेकिन क्रांतिकारी गतिविधियों में लिप्त होने के आरोपों के चलते ब्रिटिश अधिकारियों ने प्रीति की डिग्री पर रोक लगा दी। ग्रेजुएशन खत्म होते ही प्रीति वापस चटगाँव लौट आईं और एक इंग्लिश मीडियम स्कूल में हेड मिस्ट्रेस बन गईं। यह 1931-32 की बात है। प्रीतिलता लगातार क्रांतिकारियों के संपर्क में थीं, लेकिन क्रांतिकारी महिलाओं को अपने ग्रुप में शामिल करने के खिलाफ थे।

ऐसे में चटगाँव विद्रोह के नायक मास्टर सूर्यसेन, जिनका रोल 'खेले हम जी जान से' मूवी में अभिषेक बच्चन ने किया था, ने उनको मिलने बुलाया। 13 जून, 1932 का दिन था, सूर्यसेन उनकी ख्वाहिश और उनकी प्रतिभा दोनों

के ही बारे में काफी सुन चुके थे और पहले से प्रभावित थे। एक क्रांतिकारी बिनोद बिहारी चौधरी ने महिलाओं के ग्रुप में शामिल करने का जमकर विरोध किया, लेकिन निर्मल सेन और सूर्यसेन ने उनको शामिल करने की पैरवी की। दोनों का तर्क था कि हथियार एक ठिकाने से दूसरे ठिकाने लाने-ले जाने या भीड़ भरी जगहों, दफ्तरों, समारोहों में दुश्मन की टोह लेने के लिए, स्थिति का जायजा लेने के लिए महिलाएँ काफी मददगार साबित हो सकती हैं और उन पर आसानी से कोई शक भी नहीं करता।

उससे पहले प्रीतिलता क्रांतिकारी रामकृष्ण विश्वास के भी संपर्क में अरसे तक रहीं। जब 1931 में आई.जी. चटगाँव मिस्टर क्रेग को मारने के मिशन पर विश्वास और कालीपद चक्रवर्ती को भेजा गया, तो गलती से उन्होंने एस.पी. की हत्या कर दी और पुलिस की गिरफ्त में भी आ गए। ऐसे में कलकत्ता में रहते हुए प्रीतिलता अलीपोर जेल में बंद रामकृष्ण विश्वास के कैसे कुछ ही महीनों में अलग-अलग तरीके अपनाकर पूरे चालीस बार मिलीं, उससे सूर्यसेन हैरत में थे, क्योंकि ऐसे गंभीर अपराध में लिप्त लोगों से किसी को मिलने की इजाजत नहीं थी। बाद में विश्वास को फाँसी दे दी गई।

सूर्यसेन ने प्रीतिलता को हथियार चलाने की ट्रेनिंग दी। फिर टेलीफोन और टेलीग्राफ ऑफिसों में हमला बोलना शुरू कर दिया, प्रीति ने बढ़-चढ़कर इनमें हिस्सा लिया। एक बार पुलिस लाइन को भी सूर्यसेन की अगुआई में कब्जा कर लिया गया और प्रीति का रोल इसमें अहम था। इसके चलते प्रीति का नाम पुलिस की मोस्ट वांटेड लिस्ट में शामिल हो गया। प्रीतिलता को पहाड़तली के एक यूरोपियन क्लब में लगे बोर्ड से काफी खुंदक थी, उस बोर्ड पर साफ-साफ लिखा था कि 'डॉग्स एंड इंडियंस आर नॉट एलाउड'। साफ था कि इंडियंस की तुलना कुत्तों से की गई है।

सूर्यसेन समेत बाकी क्रांतिकारियों के निशाने पर भी वह क्लब काफी पहले से था। प्रीतिलता चाहती थीं कि उस क्लब में वे यूरोपियनों को अपने हाथों से सबक सिखाएँ। लेकिन सूर्यसेन चाहते थे कि कोई भी क्रांतिकारी जिंदा इस धावे में नहीं लगना चाहिए, नहीं तो उनका बड़ा प्लान पुलिस और अंग्रेज अधिकारियों के हाथ लगने का डर था। प्रीति हर हाल में इस मिशन की इंचार्ज बनना चाहती थीं। प्रीति ने सूर्यसेन को भरोसा दिलाया कि कोई भी क्रांतिकारी

पुलिस के हाथ जिंदा नहीं आएगा और इसका रास्ता यह निकाला गया कि अगर किसी भी तरह से ऐसा लग रहा है कि वह पुलिस के हाथ में पड़ सकता है, तो अपने पास रखा पोटेशियम साइनाइड खा ले। क्योंकि पुलिसवाले हथियार सबसे पहले छीनते थे।

सो सबने पोटेशियम साइनाइड अपने-अपने पास छिपाकर रख लिया। उन्होंने यह मान लिया था कि जान मिशन से ज्यादा कीमती नहीं थी। 23 सितंबर, 1932 की शाम थी, केवल 21 साल की उम्र में प्रीतिलता को 10 से 12 साथियों के साथ मिशन हेड बनाकर मिशन पर भेज दिया गया। प्रीति खुद पुरुष वेश में ही थी। उस वक्त क्लब में करीब पचास यूरोपियंस की पार्टी चल रही थी। पुरुष वेश में प्रीति अपने साथियों के साथ पीछे की गली से क्लब में घुस गई। प्रीति और उसके साथियों ने अचानक हमला बोल दिया। यह हमला तीन तरफ से तीन अलग-अलग ग्रुप बनाकर किया गया था। वे उनको सबक सिखाना चाहते थे कि हिंदुस्तान की ही धरती पर हिंदुस्तानियों की कुत्ते के साथ तुलना करना, उन पर क्लब में आने-जाने पर रोक लगाना कितना गलत है। एक की मौत हुई और कई लोग बुरी तरह घायल हो गए।

कई यूरोपियंस हथियारबंद और कई उनमें से आर्म्ड फोर्सेज के ऑफिसर्स थे, पुलिसवाले भी थे। एकदम हाहाकार मच गया, प्रीति चाहती तो बचकर भाग सकती थी, लेकिन पहले उसने एक-एक करके अपने सभी साथियों को बाहर निकाला और इसी अफरातफरी में प्रीति को एक गोली भी लग गई। उसने खुद को भाग पाने में असमर्थ पाया और जिंदा गिरफ्तार होती, तो सूर्यसेन के मिशन को नुकसान होता। पुलिस पूरे समूह की सारी जानकारियाँ निकलवा सकती थी। प्रीति ने बिना देर किए अपनी जिंदगी का आखिरी और सबसे खतरनाक फैसला लिया, वह अकेली बची थी। उसने पोटेशियम साइनाइड खा लिया। प्रीति की पोस्टमार्टम रिपोर्ट में भी यही आया कि गोली से वह घायल जरूर हुई थी, लेकिन मौत साइनाइड खाने से ही हुई है। प्रीति के मृत शरीर के पास एक परचा मिला, जिसमें स्वयं प्रीतिलता की लिखावट थी—"आज महिलाएँ और पुरुष, दोनों एक ही लक्ष्य के लिए संघर्ष कर रहे हैं, फिर दोनों में फर्क क्यों?"

प्रीति को खुद को साबित करने की जिद थी और उसने किया भी, न

केवल पढ़ाई के फील्ड में बल्कि देश के लिए किसी भी हद तक जोखिम भरे काम करने में जान तक गँवा दी अपनी। लेकिन ब्रिटिश सरकार ने प्रीति की डिग्री पर रोक लगा दी। दीक्षांत समारोह में ही एक अंग्रेज अधिकारी पर हमला करनेवाली बीना दास की भी डिग्री सरकार ने रोक दी। 15 साल बाद देश आजाद हो गया। प्रीति की याद में 'वीरकन्या प्रीतिलता ट्रस्ट' बनाया गया, जो हर साल बाँग्लादेश और भारत में कई कार्यक्रम आयोजित करता है। जिस जगह उन्होंने साइनाइड खाया था, उसको उनका स्मारक बना दिया गया। चटगाँव में एक रोड का नाम उनके नाम पर रखा गया, यहाँ तक कि उस यूरोपियन क्लब के सामने उनकी एक काँसे की प्रतिमा भी लगा दी गई। बांग्लादेश को तो याद रहा, लेकिन भारत के लोग भूल गए।

2012 में किसी ने याद दिलाया कि प्रीति की डिग्री पर आज तक अंग्रेजी हुकूमत की रोक जारी है। यूनिवर्सिटी ने उनकी मौत के अस्सी साल बाद भी उनको या परिवार को उनकी डिग्री जारी नहीं की है। राज्यपाल एम.के. नारायण को जब ये पता चला तो फौरन कलकत्ता यूनिवर्सिटी को 1932 के रिकॉर्ड चेक करने के लिए कहा, प्रीति और बीना दोनों की डिग्रियाँ तैयार करने को कहा। 2012 में जाकर उनकी डिग्रियों को जारी करने पर लगी रोक कलकत्ता यूनिवर्सिटी ने हटाई। इस देश के इतिहास में ऐसी कई कहानियाँ बिखरी पड़ी हैं, आजादी के पचपन साल बाद देश से बाहर तमाम क्रांतिकारियों के अभिभावक के रूप में अपना सबकुछ दाँव पर लगा देनेवाले इंडिया हाउस के संस्थापक श्यामजी कृष्ण वर्मा की अस्थियाँ मुख्यमंत्री नरेंद्र मोदी लेकर आए थे।

□

1857 की क्रांति के पीछे का सीक्रेट हैंड...! अजीमुल्लाह खान

बढ़ी हुई दाढ़ी में आप इस लेख के साथ जो रेखाचित्र देख रहे हैं, वह अजीमुल्लाह खान का है, लेकिन यह आज की पीढ़ी के लिए खास इसलिए हो जाता है कि उस दौर में जब कैमरे नहीं थे, तब यह रेखाचित्र 'जेम्स बॉण्ड' के रचनाकार आर्थर कानन डायल के अंकल रिचर्ड डायल ने तैयार किया था। यह उस व्यक्ति का रेखाचित्र है, जिसे भारतीय स्वतंत्रता संग्राम के इतिहास का सबसे सीक्रेट हैंड माना गया। 1857 के स्वतंत्रता संग्राम के नायकों में झाँसी की रानी, तात्या टोपे, नाना साहेब, कुँवर सिंह, मंगल पांडेय जैसे कई वीरों का नाम आता है, लेकिन किसने इन सबको एकजुट करने के बारे में सोचा, किसने क्रांति के तार पूरे देश भर में जोड़ने में अहम भूमिका निभाई या किसने यह अहसास कराया कि अंग्रेजों को हराया जा सकता है, उसको लेकर नई पीढ़ी के बीच कभी चर्चा नहीं होती।

कानपुर के पास पटकापुर में एक गरीब मुसलमान परिवार में पैदा हुए थे अजीमुल्लाह खान, पिता नजीब मिस्त्री को जब मामूली सी बात पर एक अंग्रेज अधिकारी ने छत से फेंक दिया, तो अजीमुल्लाह के लिए यह अंग्रेजी जुल्म का पहला वाकया था। उसी वक्त पड़ा था 1837 का बड़ा अकाल, अपनी माँ के

साथ उन्हें एक सरकारी कैंप में सर छुपाने को जगह मिली। किसी ने उन्हें एक अच्छे दिलवाले अंग्रेज अधिकारी के यहाँ रखवा दिया। वह वाकई में नेकदिल बंदा था, उसने अपने बच्चों के साथ अजीमुल्लाह को भी एक अंग्रेजी स्कूल में पढ़ाया, वहीं अजीमुल्लाह ने फ्रेंच और जर्मन भी सीख ली। देखते-देखते अजीमुल्लाह कानपुर में अंग्रेजी अधिकारियों का चहेता बन गया। कई अंग्रेजों ने भारतीय समस्याओं को समझने के लिए उसे सचिव बनाया। अजीमुल्लाह ने केवल फ्रेंच और अंग्रेजी ही नहीं सीखी, मौलवी निसार अहमद से फारसी, उर्दू और पं. गजानन मिश्र से हिंदी और संस्कृत भी सीखी। इतिहास पढ़ने में अजीमुल्लाह की खासी रुचि थी, शहर के अधिकारियों और विद्वानों के बीच अजीमुल्लाह की चर्चा होने लगी।

उसकी तारीफ सुनकर पेशवा खानदान के वंशज नाना साहेब, जो पेशवा बाजीराव द्वितीय के दत्तक पुत्र थे, ने उनको अपना सचिव बना लिया। उस वक्त अंग्रेजों ने नाना साहेब को उनके राज्य से हटाकर कानपुर के पास बिठूर भेज दिया था, और वे पेंशन के सहारे जीवन काट रहे थे। लेकिन बाद में उनकी पेंशन भी रोक ली गई, सालाना 80,000 डॉलर की पेंशन थी उनकी। नाना साहेब ने अजीमुल्लाह को अपनी पेंशन बहाल करने की माँग बोर्ड ऑफ कंट्रोल में करने के लिए लंदन भेजा। यह वही वक्त था, जब रानी लक्ष्मीबाई ने भी एक अंग्रेज वकील की सेवाएँ इसी काम के लिए ली थीं, ताकि वह लंदन में उनका मुकदमा लड़ सके और माना जाता है कि वही वकील अकेला ऐसा विदेशी था, जिसने रानी को करीब से देखा और बाद में उनकी खूबसूरती के बारे में लिखा भी। इधर अजीमुल्लाह काफी नौजवान और आकर्षक युवा था, जब वह लंदन पहुँचा, तो जो भी मिलता था, उसे प्रिंस ही समझता था।

लंदन में अजीमुल्लाह की मदद लेडी डफ गार्डन लूसी ने की, जिनके पति सिविल सर्वेंट थे और ब्रिटिश प्रधानमंत्री उनका चचेरा भाई था। माना यह जाता है कि लूसी से अजीमुल्लाह का परिचय प्रख्यात फिलॉसफर जॉन स्टुअर्ट मिल ने करवाया था, जो ईस्ट इंडिया कंपनी का उस वक्त अधिकारी था और लूसी के बचपन का दोस्त। लूसी के जरिए अजीमुल्लाह की मुलाकातें लंदन के बड़े लोगों के साथ होने लगीं, ज्यादातर उनमें से महिलाएँ थीं। नाना साहेब के काम के लिए अजीमुल्लाह ने महीनो तक कोशिशें कीं, लेकिन वे ब्रिटिश

महिलाओं से रिश्तों के चलते भी चर्चा में रहे। शायद यही एक बड़ी वजह हो सकती है कि प्रथम स्वतंत्रता संग्राम के इतिहास में लोग अजीमुल्लाह के नाम का जिक्र करने में थोड़ा हिचकिचाते रहे। जो भी हो, नाना साहेब के लिए अजीमुल्लाह की सारी कोशिशें बेकार साबित हुईं, और अस्सी हजार डॉलर की पेंशन लेने आए अजीमुल्लाह ने अपने राजा का करीब पचास हजार डॉलर खर्च कर दिया। कुल दो साल अजीमुल्लाह ने लंदन में काटे।

लंदन में ही अजीमुल्लाह की मुलाकात सतारा राज्य के प्रतिनिधि रंगोजी बापू गुप्ते से भी हुई। दोनों एक ही मकसद से आए थे और दोनों ही नाकामयाब हुए। पहले सतारा का और बाद में अजीमुल्लाह का भी दावा खारिज हो गया तो दोनों का दर्द भी मिल गया और दोनों जब लौटे तो एक जैसा विचार लेकर लौटे। माना यह भी जाता है कि इसी मुलाकात के जरिए दोनों ने अंग्रेजी सरकार के खिलाफ क्रांति का बिगुल फूँकने का मन बना लिया था।

नाना साहेब के पैसे को पानी की तरह बहाने की वजह से अजीमुल्लाह के अपने मन में खासी ग्लानि थी, अंग्रेजों ने जैसा बरताव उसके साथ किया, यह भी अजीमुल्लाह को चुभ गया। दूसरे लंदन में अजीमुल्लाह ने एक नई नजर से दुनिया को देखा, उसको लगा कि ये मुट्ठी भर लोग हम पर शासन कर रहे हैं। वैसे भी बचपन से अजीमुल्लाह मुगलों के राज के बारे में अपने पिता से सुनता आया था। अजीमुल्लाह लेने तो पेंशन आया था, लेकिन वापस क्रांति के बीज लेकर लौटा। अजीमुल्लाह रास्ते में तुर्की होकर गया, क्रीमिया के जंग के मैदान में भी गया, जहाँ उसने बुरी तरह हारकर अंग्रेज सैनिकों को लौटते देखा, उसको लगा अजेय समझे जानेवाले अंग्रेजों को हराना नामुमकिन नहीं, बस लड़ाई मिलकर लड़नी होगी। माना जाता है कि अजीमुल्लाह ने तुर्की और रूस के जासूसों से भी रिश्ते बनाए। इतना ही नहीं, 1857 की क्रांति के लिए तुर्की के खलीफा और मिस्र के राजा से भी मदद माँगी, मिली या नहीं, इसका कहीं जिक्र नहीं मिलता है।

वह क्रांति का बीज एक विचार के तौर पर भारत लाया था, जिसे उसने नाना साहेब के मन में रोप दिया। उनको बाजीराव और शिवाजी की वीरता की याद दिलाई और यह भी कि मुगल बादशाह का राज फिर भी अंग्रेजों

के विदेशी राज से लाख गुना बेहतर है, सबको जुटना होगा। अजीमुल्लाह अपने साथ एक फ्रेंच टाइपराइटर भी लेकर आया था। उसी टाइपराइटर के जरिए 1857 की क्रांति का साहित्य तैयार किया गया। मुगल बादशाह, तात्या टोपे, रानी लक्ष्मीबाई जैसे राजाओं समेत तमाम सैनिक छावनियों में क्रांति का संदेश भेजा गया। मंगल पांडेय पहले ही बैरकपुर से क्रांति का बिगुल बजा चुके थे, क्रांति अधूरी थी, आग अब भी हर भारतीय सैनिक और राजाओं के अंदर सुलग रही थी। हर शहर में क्रांति के परवानों के बीच कमल और रोटी का संदेश पहुँचाया जा रहा था। हिंदुओं को शिवाजी और बाजीराव के नाम पर नाना साहेब की अगुवाई में और मुसलिमों को मुगल बादशाह बहादुरशाह जफर के नाम पर एक करने की कोशिश होने लगी। नाना साहेब और तात्या टोपे का नाम आगे था, लेकिन अजीमुल्लाह का दिमाग पीछे से काम कर रहा था, वह अंग्रेजों की नस-नस से वाकिफ था।

कानपुर में अंग्रेजों के दो बड़े नरसंहार हुए—सती चौरा घाट और महिलाओं की रिहाइश बीवी घर में कत्लेआम। अंग्रेजों ने अजीमुल्लाह को उसका दोषी माना। दो सौ अंग्रेज महिलाओं और बच्चों की हत्या कर दी गई। जिसके लिए अजीमुल्लाह को दोषी माना गया, यह भी एक बड़ी वजह थी कि अजीमुल्लाह को इतिहास में सही जगह नहीं मिली। इधर 1857 की क्रांति जैसे होनी थी, वैसे नहीं हो पाई। उसके नाकामयाब होने की कई वजहें थीं। लेकिन उसने अंग्रेजी सरकार की जड़ें हिला दीं। किसी ने उसे सैनिक विद्रोह माना तो किसी ने केवल राजाओं का अपना राज बचाने की कोशिश। लेकिन भारत की शासन व्यवस्था में बड़े बदलाव हुए, कंपनी के हाथ से राज छीनकर ब्रिटेन की सरकार ने अपने हाथ में ले लिया और 1877 में ब्रिटेन की क्वीन ने दिल्ली आकर अपना दरबार भी लगाया।

इधर बहादुरशाह जफर को रंगून भेज दिया गया, रानी लक्ष्मीबाई युद्ध में लड़ते हुए मारी गईं, बेगम हजरत महल भी नाकामयाब रहीं, सतारा में भी कामयाबी नहीं मिली, कुँवर सिंह भी अपने किले पर दोबारा कब्जे के बाद घायल होकर स्वर्ग सिधार गए। कई लोग गद्‌दार निकल गए, तो बहुत सारे लोग गिरफ्तार हो गए, तो कुछ को फाँसी पर चढ़ा दिया गया। नाना साहेब और अजीमुल्लाह खान बचकर नेपाल निकल गए और बताया

जाता है कि वहाँ अजीमुल्लाह की बुखार से मौत हो गई। जबकि किसी ने लिखा है कि वह एक ब्रिटिश लेडी के साथ बचकर देश से कहीं बाहर चले गए। अजीमुल्लाह खान को 'क्रांतिदूत' की उपाधि दी गई। उस समय अजीमुल्लाह की उम्र केवल उनतालीस साल थी। बाद में 1857 की इसी क्रांति को सावरकर ने प्रथम स्वतंत्रता संग्राम का नाम दिया और हजारों-लाखों क्रांतिकारियों ने इससे प्रेरणा लेते हुए अपनी जिंदगियों की आहुति दे दीं, तब जाकर देश आजाद हुआ।

□

बादल, बिनॉय और दिनेश : देश की खातिर जान पर खेल गए तीन तिलंगे

वे तीन थे ऊर्जा से भरपूर युवा, दिलों में क्रांति की ज्वाला और अपनी भारत माता को आजाद देखने का सपना, कैसे भी पूरा करने की ललक। नाम थे बिनॉय बसु, बादल गुप्ता और दिनेश गुप्ता। सुभाष चंद्र बोस ने उन दिनों 1928 में एक ग्रुप बनाया था—'बंगाल वालंटियर्स', तीनों उससे जुड़ गए थे। लेकिन बोस उस दौर में राजनीतिक आजादी पाने की डगर पर थे। लेकिन यह ग्रुप धीरे-धीरे क्रांतिकारियों के गुस्से के इजहार का प्लेटफॉर्म बन गया। रोज चर्चा होती थी कि कौन सा ब्रिटिश ऑफिसर भारतीयों के साथ बुरा बरताव करता है, उनकी सूची बने और एक-एक करके सबको सबक सिखाया जाए। एक कड़ा सबक सिखाना तो बहुत जरूरी था। सबसे बड़ा निशाना बना कर्नल एन.एस. सिंपसन।

एन.एस. सिंपसन यानी बंगाल का आई.जी. जेल, वो जेल में भारतीय कैदियों को यातनाएँ देने के लिए कुख्यात था। जब राजनीतिक कैदी भी उसका

शिकार बने, तो इन क्रांतिकारियों ने ठान लिया कि इसको सबक सिखाना बहुत जरूरी है। सिंपसन नस्लवादी मानसिकता का था। उसको भारतीयों से घृणा की हद तक चिढ़ थी, भारतीय होना मानो कोई गाली थी। सभी क्रांतिकारी उसे सबक सिखाना चाहते थे। उसकी जिम्मेदारी ली इन तीन युवा दोस्तों ने, बिनॉय, बादल और दिनेश ने। उस वक्त भी कोलकाता के डलहौजी स्क्वॉयर पर राइटर्स बिल्डिंग ही सत्ता का केंद्र था, सारे बड़े अधिकारी वहीं बैठते थे। योजना बनी कि वहीं घुसकर मारा जाए, ताकि सबसे सुरक्षित इलाके में मारने से बाकी अधिकारियों में आतंक फैल जाए।

8 दिसंबर, 1930 का दिन था, तीनों ने यूरोपीय ढंग के कपड़े पहने, ताकि पहचाने न जा सकें। सिंपसन को जरा सा भी अनुमान नहीं था कि कोई यहाँ भी घुसकर उस पर हमला कर सकता है, सो वह सुरक्षा को लेकर लापरवाह था। तीनों ने उस पर ताबड़तोड़ गोलियाँ बरसानी शुरू कर दीं, कई और अंग्रेज अधिकारियों के भी गोली लगी। लेकिन वहाँ से भागना आसान नहीं था, गोलियों की आवाज से भगदड़ मच गई और सिक्योरिटी स्टाफ फौरन हरकत में आया। दोनों तरफ से गोलियाँ चलने लगीं। तीनों ही खुद को गिरफ्तार करवाना नहीं चाहते थे, खुद को घिरता देखकर बादल गुप्ता ने पोटेशियम सायनाइड खा लिया, तो बिनॉय बसु और दिनेश गुप्ता ने अपनी ही रिवॉल्वर्स से खुद को शूट कर लिया।

बादल की मौके पर ही मौत हो गई, लेकिन बिनॉय बसु और दिनेश गुप्ता की जान अभी बाकी थी, उन्हें हॉस्पिटल ले जाया गया। लेकिन बिनॉय बसु पाँच दिन के बाद यानी 13 दिसंबर को दुनिया से विदा होकर अपने साथी बादल के पास चले गए। जबकि दिनेश गुप्ता को अंग्रेजों ने बचा लिया और ट्रायल के बाद फाँसी दे दी। अंग्रेज सरकार हैरान रह गई, न केवल राइटर्स बिल्डिंग में घुसकर इतने बड़े अधिकारी की हत्या करने के उनके दुस्साहस पर बल्कि वतन पर अपनी जान कुरबान करने के उनके जज्बे पर भी। सारे क्रांतिकारियों को मानो नई संजीवनी मिल गई, एक-एक करके अंग्रेज अफसर निशाना बनाए जाने लगे और युवाओं में देश पर मर मिटने का जुनून सर चढ़कर बोलने लगा।

जबकि बिनॉय बसु तो एक अच्छा-खासा कॅरियर छोड़कर आए थे, उनके पिता एक इंजीनियर थे। उनका खुद का एडमिशन मिटफोर्ड मेडिकल

कॉलेज (इसे अब सलीमुल्लाह मेडिकल कहा जाता है, जो बांग्लादेश में है) में हो चुका था। गिनती के भारतीय डॉक्टर थे उस वक्त देश में, लेकिन बिनॉय क्रांतिकारी हेमचंद्र घोष के संपर्क में आए और उन्होंने देश के लिए जान देने की ठान ली। मेडिकल की पढ़ाई छोड़कर वे 'बंगाल वालंटियर्स' के 'ऑपरेशन फ्रीडम' में कूद गए, जो ब्रिटिश पुलिस ऑफिसर्स के खिलाफ था।

शुरुआत की गई अगस्त 1930 में, बंगाल के आई.जी. पुलिस की हत्या की योजना के साथ। 29 अगस्त, 1930 को आई.जी. मेडिकल स्कूल हॉस्पिटल में आया, कोई सीनियर ऑफिसर वहाँ एडमिट था। बिनॉय ने पारंपरिक बंगाली वेशभूषा में हॉस्पिटल में प्रवेश किया, आई.जी. को ढूँढ़ा और बड़ी क्लोज रेंज से उसे गोली मार दी। इस हमले में आई.जी. की फौरन मौत हो गई और एक एस.पी. हडसन घायल हो गया। बिनॉय ने किसी तरह वहाँ से बचकर भागने में कामयाबी हासिल कर ली।

कॉलेज की मैगजीन से बिनॉय का फोटो लेकर जगह-जगह पोस्टर चिपका दिए गए दस हजार रुपए के इनाम के साथ। एक बार तो साथी सुपति रॉय के साथ ढाका से नारायणगंज जानेवाली ट्रेन में बिनॉय के लिए गहरा जाल बिछाया गया, लेकिन वे दोनों मुसलिम भिखारी का वेश बनाकर स्टेशन और ट्रेन में मौजूद पुलिसवालों से किसी भी तरह बचकर भाग निकले। कुछ दिन उन्होंने कलकत्ता की स्लम बस्ती में गुजारे। लेकिन तब तक क्रांतिकारियों के बीच काफी नाम हो चुका था और दे दी गई बादल और दिनेश के साथ आई.जी. जेल सिंपसन को मारने की जिम्मेदारी, जो बिनॉय के साथ उन दोनों का भी आखिरी ऑपरेशन साबित हुआ।

बादल गुप्ता भी मुंशीगंज जिले के रहनेवाले थे, जो अब बांग्लादेश में है। उनके दो मामा धरणी नाथ गुप्ता और नगेंद्र नाथ गुप्ता भी क्रांतिकारी थे और अरविंदो घोष के साथ अलीपुर बम कांड केस में जेल जा चुके थे। मामा की कहानियों का असर भानजे बादल पर भी हुआ, उस पर एक क्रांतिकारी शिक्षक निकुंज सेन का साथ भी मिल गया। बंगाल वालंटियर्स के साथ जुड़कर सिंपसन को मारने का उनका पहला और आखिरी बड़ा क्रांतिकारी कदम था, जिसमें बादल ने पोटेशियम सायनाइड खाकर अपनी जान दे दी, वे खुद को गिरफ्तार नहीं करवाना चाहते थे। जिस डलहौजी स्क्वॉयर पर राइटर्स बिल्डिंग है, उसका

स्क्वॉयर का नाम बदलकर 'बी.बी.डी. स्क्वॉयर' कर दिया गया, यानी बादल बिनॉय दिनेश स्क्वॉयर।

बिनॉय और बादल की तरह दिनेश गुप्ता भी मुंशीगंज के रहनेवाले थे, दिनेश गुप्ता ने शुरुआत से ही फायर आर्म्स में महारत हासिल कर ली थी। वे स्थानीय युवाओं और क्रांतिकारों को उनका इस्तेमाल करना सिखाते थे। बंगाल वालंटियर्स में शामिल होने के बाद उन्होंने ट्रेनिंग का काम जारी रखा और तीन जिलों के डी.एम. डगलस, बर्ज और पैडी को जिन क्रांतिकारियों ने शूट किया, उन्हें हथियार चलाने की ट्रेनिंग दिनेश गुप्ता ने ही दी थी। लेकिन सिंपसन का केस मुश्किल था, तय किया गया कि राइटर्स बिल्डिंग में दिनेश गुप्ता को भी भेजा जाएगा। वहाँ पकड़े जाने के डर से दिनेश और बिनॉय ने खुद को गोली मार ली।

दिनेश को बचा लिया गया और फिर केस का ट्रायल शुरू हुआ। उन्हें अलीपुर जेल में रखा गया, जहाँ से उन्होंने अपनी बहन अमिय सेन गुप्ता को काफी पत्र लिखे, जिनको बाद में एक किताब के तौर पर छापा गया, जिसका नाम था—'अमी सुभाष बोलछी'। 7 जुलाई, 1931 को दिनेश गुप्ता को फाँसी दे दी गई, उस वक्त वे महज 19 साल के थे। लेकिन जिस जज जिंगर ने उन्हें फाँसी की सजा सुनाई थी, उनके साथी क्रांतिकारी कन्हाई लाल भट्टाचार्य ने उसको गोली मारकर दिनेश की मौत का बदला भी ले लिया।

इन तीनों के क्रांतिकारी कदम ने पूरे देश में उस वक्त तूफान ला दिया था, वतन पर बेखौफ होकर मरनेवालों की यह नस्ल न केवल अंगेजों में खौफ की वजह बनी, बल्कि देश के बाकी युवाओं में देश के लिए मरने मिटने का जज्बा लेकर आई। लेकिन आज गिनती के क्रांतिकारियों का नाम युवा पीढ़ी पढ़ती है, बंगाल में भले ही इन तीनों की कई जगह मूर्तियाँ लगी दिखाई दें, उत्तर के राज्यों में तो बादल, दिनेश और बिनॉय का नाम भी किसी को नहीं पढ़ाया जाता, जबकि वे केवल बंगाल को आजाद करने के लिए अपनी जानों की आहुति नहीं दे रहे थे।

□

वाजपेयी को हरानेवाले हाथरस के राजा की मोदी ने काबुल की संसद् में क्यों की जमकर तारीफ?

25 दिसंबर, 2015 का दिन था, दुनिया क्रिस्मस मना रही थी, भारत में वाजपेयीजी का जन्मदिन मनाया जा रहा था और पाकिस्तान में जिन्ना के साथ साथ नवाज शरीफ की सालगिरह मनाई जा रही थी। पी.एम. मोदी सीधे पहुँचे अफगानिस्तान की राजधानी काबुल, उनकी नई संसद् में अटल ब्लॉक का उद्घाटन किया और अफगानिस्तान की संसद् को संबोधित किया। उसके बाद मोदी सीधे पहुँच गए पाकिस्तान। इतिहास में यह तारीख हमेशा के लिए दर्ज हो गई है कि कैसे भारत का पी.एम. पाकिस्तान के पी.एम. की सालगिरह मनाने अचानक से उड़कर पाकिस्तान पहुँच जाता है। दोनों देशों की मीडिया के लिए ही नहीं दुनिया भर की मीडिया के लिए यह बड़ी खबर थी, लेकिन इस बड़ी खबर में ऐतिहासिक नजरिए से एक बहुत बड़ी खबर बताने से देश की मीडिया चूक गई और वह यह कि जिस व्यक्ति ने एक बार लोकसभा चुनावों में भाजपा के पहले प्रधानमंत्री अटल बिहारी वाजपेयी को करारी शिकस्त दी थी, भाजपा के दूसरे प्रधानमंत्री नरेंद्र मोदी ने काबुल की संसद् में उसी व्यक्ति की जमकर, दिल खोलकर तारीफ की।

कौन था वह व्यक्ति, जिसने मोदी को काबुल की संसद् में अपनी तारीफ

करने पर मजबूर कर दिया, यह मोदी की मजबूरी थी या भाजपा का महापुरुषों को लेकर बदलता नजरिया, जैसा कि राष्ट्रीय स्वयं सेवक संघ पर एक बार रोक लगाने वाले सरदार पटेल आज भाजपा के पसंदीदा महापुरुषों में गिने जाने लगे हैं ? यह व्यक्ति था उत्तर प्रदेश के जिला हाथरस का राजा महेंद्र प्रताप सिंह। आमतौर पर हाथरस जिले का भारत के नक्शे पर कोई बहुत महत्त्वपूर्ण स्थान नहीं बन पाया, आम आदमी उसे काका हाथरसी की नगरी के तौर पर जानता है, या हींग, घी, रंग, रबड़ी जैसे कुछ उम्दा उत्पादों के केंद्र के तौर पर जानते हैं। उसकी वजह भी है सरदार पटेल की तरह राजा महेंद्र प्रताप के साथ भी कांग्रेस सरकार के इतिहासकारों ने नाइंसाफी की। इस इंटरनेशनल क्रांतिकारी का कद कई मायनों में गांधी और बोस के करीब है, यह वह व्यक्ति है, जिसने देश के भावी पी.एम. को चुनावों में धूल चटा दी, यह वह क्रांतिकारी है, जिसने 28 साल पहले वह काम कर दिया, जो नेताजी बोस ने 1943 में आकर किया, यानी विदेशी धरती पर भारत की सरकार बनाना। यह वह व्यक्ति है, जिसे गांधी की तरह ही 'नोबेल पुरस्कार' के लिए नामांकित किया गया और उन दोनों ही सालों में 'नोबेल पुरस्कार' का एलान नहीं हुआ और पुरस्कार राशि स्पेशल फंड में बाँट दी गई।

राजा महेंद्र प्रताप का सही से आकलन इतिहासकारों ने किया होता, तो आज राजा को ही नहीं, दुनिया हाथरस जिले को और उनकी रियासत मुरसान को भी उसी तरह से जानती, जैसे बाकी महापुरुषों के शहरों को जाना जाता है। आखिर कोई तो बात थी राजा में कि पी.एम. मोदी ने उद्घाटन तो काबुल की संसद् में अटल ब्लॉक का किया और तारीफ राजा महेंद्र प्रताप की, वह भी तब जब राजा खुद को मार्क्सवादी कहते थे, यानी वामपंथी जो आर.एस.एस. के सबसे बड़े विरोधी माने जाते हैं, लेनिन ने उनके क्रांतिकारों विचारों से प्रभावित होकर उन्हें रूस मिलने बुलाया था और राजा को अपनी जो किताब उपहार में दी, उसे वह पहले ही पढ़ चुके थे—टॉलस्टॉयवाद।

पहले यह जानिए पी.एम. मोदी ने काबुल की संसद् में क्या स्पीच दी थी, मोदी ने कहा था, "Indians remember the support of Afghans for our freedom struggle; the contribution of Khan Abdul Gaffar Khan, revered as Frontier Gandhi; and, the important footnote of that history, when, exactly hundred years ago, the first Indian

Government-in-Exile was formed in Kabul by Maharaja Mahendra Pratap and Maulana Barkatullah. King Amanullah once told the Maharaja that so long as India was not free, Afghanistan was not free in the right sense. Honourable Members, This is the spirit of brotherhood between us." फ्रंटियर या सीमांत गांधी को जाननेवाले आज लाखों मिल जाएँगे, लेकिन राजा महेंद्र प्रताप का नाम कितने लोग जानते हैं, मोदी ने सीमांत गांधी के साथ राजा महेंद्र प्रताप का नाम लिया और उनके और अफगानिस्तान के किंग के बीच की बातचीत को भाईचारे की भावना का प्रतीक बताया।

महेंद्र प्रताप शुरू से ही आम शाही नवयुवकों की तरह नहीं थे, उनके पास मौका था कि वह भी राजाओं के बने संघ में शामिल होकर अंग्रेजों से अपने लिए बेहतर सुविधाओं की माँग करते और खुश रहते। लेकिन वे उनमें से नहीं थे, उनकी पढ़ाई मोहम्मडन एंग्लो ओरियंटल कॉलेज, अलीगढ़ में हुई, जो आज अलीगढ़ मुसलिम यूनिवर्सिटी के तौर पर जाना जाता है। शुरू से ही अंग्रेजों, मुसलिम टीचर्स और मुसलिम मित्रों के बीच रहने से राजा की सोच इंटरनेशनल हो गई। उनके अंदर क्रांति की लहरें हिलोरें मारने लगीं। 1905 के 'स्वदेशी आंदोलन' से वे इतना प्रभावित हुए कि अपने श्वसुर के मना करने के बावजूद 1906 के कांग्रेस के कलकत्ता अधिवेशन में हिस्सा लेने चले गए। मार्क्सवादी होने के बावजूद उनको कांग्रेस के हिंदूवादी नेता बाल गंगाधर तिलक और विपिन चंद्र पाल पसंद आते थे। हालाँकि 1902 में ही जींद की सिख राजकुमारी से उनकी शादी हो गई।

लेकिन उनके अंतर्मन की आग आसानी से बुझनेवाली नहीं थी। एक बार तो छुआछूत के खिलाफ लोगों को साथ लाने के लिए उन्होंने अल्मोड़ा में वहाँ की अनुसूचित जाति के परिवार के घर में खाना खाया, तो आगरा में एक मेहतर परिवार के साथ खाना खाया। 19वीं सदी के पहले दशक में एक जाट और राजा के परिवार में कोई ऐसा सोचने की भी हिम्मत नहीं कर सकता था। फिर विदेशी वस्त्रों के खिलाफ अपनी रियासत में जबरदस्त अभियान चलाया।

बाद में उनको लगा कि देश में रहकर कुछ नहीं हो सकता। लाला हरदयाल, वीरेंद्रनाथ चट्टोपाध्याय, रासबिहारी बोस, श्यामजी कृष्ण वर्मा अलग-अलग देशों से ब्रिटिश सरकार की गुलामी के खिलाफ उस वक्त भारत

के लिए अभियान चला रहे थे। उस वक्त तक जर्मनी में रह रहे भारतीय क्रांतिकारी बर्लिन कमेटी बना चुके थे। प्रथम विश्वयुद्ध को वे एक मौका मान रहे थे, जब इंग्लैंड की विरोधी शक्तियों से हाथ मिलाकर भारत को गुलामी से मुक्ति दिलाई जा सके। राजा महेंद्र का नाम तब तक इतना हो चुका था कि स्विट्जरलैंड में उनकी मौजूदगी की भनक लगते ही चट्टोपाध्याय ने लाला हरदयाल और श्यामजी कृष्ण वर्मा को उन्हें बर्लिन बुलाने को कहा, बाकायदा जर्मनी के विदेश मंत्रालय से कहा गया उन्हें बुलाने के लिए। लेकिन राजा ने खुद जर्मनी के किंग से व्यक्तिगत तौर पर मिलने की इच्छा जताई, इधर जर्मनी के राजा भी उनसे मिलना चाहते थे, जर्मनी के राजा ने उन्हें 'ऑर्डर ऑफ दी रेड ईगल' की उपाधि से सम्मानित किया। राजा जींद के दामाद थे और अफगानिस्तान की सीमा से भारत में घुसने के लिए पंजाब की फुलकियाँ स्टेट्स जींद, नाभा और पटियाला की रणनीतिक पोजीशन की उनसे चर्चा की। जर्मन राजा से काफी भरोसा पाकर वे बर्लिन से चले आए। बर्लिन छोड़ने से पहले उन्होंने पोलैंड बॉर्डर पर सेना के कैंप में रहकर युद्ध की तैयारियों की ट्रेनिंग भी ली। उसके बाद वे स्विट्जरलैंड, टर्की, इजिप्ट में वहाँ के शासकों से ब्रिटिश सरकार के खिलाफ सहायता और नैतिक समर्थन माँगने गए, उसके बाद अफगानिस्तान पहुँचे। उन्हें लगा कि यहाँ रहकर वो भारत के सबसे करीब होंगे और ब्रिटिश सरकार के खिलाफ जंग यहाँ रहकर लड़ी जा सकती है। आप जानकर हैरत में पड़ जाएँगे कि उस वक्त जब वे कई देश के राजाओं से अपने देश की आजादी के लिए मिल रहे थे, उनकी उम्र महज 28 साल थी और अगले 32 साल वे दुनिया भर की खाक ही छानते रहे…दरबदर।

1 दिसंबर, 1915 का दिन था, राजा महेंद्र प्रताप का जन्मदिन, उस दिन वे 28 साल के हुए थे। उन्होंने भारत से बाहर देश की पहली निर्वासित सरकार का गठन किया, बाद में सुभाष चंद्र बोस ने सही 28 साल बाद उन्हीं की तरह 'आजाद हिंद सरकार' का गठन सिंगापुर में किया था। राजा महेंद्र प्रताप को उस सरकार का राष्ट्रपति बनाया गया, यानी राज्य प्रमुख। मौलवी बरकतुल्लाह को राजा का प्रधानमंत्री घोषित किया गया और अबैदुल्लाह सिंधी को गृहमंत्री। भोपाल के रहनेवाले बरकतुल्लाह के नाम पर बाद में भोपाल में बरकतुल्लाह यूनिवर्सिटी खोली गई। राजा की इस काबुल सरकार ने बाकायदा ब्रिटिश

सरकार के खिलाफ जेहाद का नारा दिया। लगभग हर देश में राजा की सरकार ने अपने राजदूत नियुक्त कर दिए, बाकायदा वे उन सरकारों से बतौर भारत के राजदूत मान्यता देने की बातचीत में जुट गए। लेकिन उस वक्त न कोई बेहतर सैन्य रणनीति थी और न ही उन्हें इस क्रांतिकारी पहल के लिए बोस जैसा समर्थन मिला और सरकार प्रतीकात्मक बनकर रह गई।

उन्हें उम्मीद थी कि प्रथम विश्वयुद्ध में इंग्लैंड के विरोधी देश उनकी सरकार को समर्थन देकर भारत को आजाद करवाने की कोशिश करेंगे। कुछ भी हो यह वह दौर था, जब कांग्रेस नेताओं की भी हिम्मत नहीं थी कि अंग्रेजों से पूर्ण स्वराज की माँग कर सकें, कांग्रेस ने भी यह हिम्मत इसके 14-15 साल बाद दिखाई थी। इस मायने में यह बड़ा काम था। लेकिन राजा की लड़ाई थमी नहीं, उनकी जिंदगी तो हंगामाखेज थी। दिलचस्प बात ये थी कि जिस साल में राजा ने भारत की पहली निर्वासित सरकार बनाई, उस साल गांधीजी साउथ अफ्रीका से भारत वापस लौटे थे और प्रथम विश्वयुद्ध के लिए भारतीयों को ब्रिटिश सेना में भर्ती करवा रहे थे, गांधीजी को भर्ती करनेवाला सार्जेंट तक कहा जाने लगा था।

राजा के सर पर ब्रिटिश सरकार ने इनाम रख दिया, रियासत अपने कब्जे में ले ली, और राजा को भगोड़ा घोषित कर दिया। राजा ने काफी परेशानी के दिन झेले। फिर उन्होंने जापान में जाकर एक मैगजीन शुरू की, जिसका नाम था 'वर्ल्ड फेडरेशन'। लंबे समय तक इस मैगजीन के जरिए वे ब्रिटिश सरकार की क्रूरताओं को दुनिया भर के सामने लाते रहे। पहले विश्वयुद्ध से लेकर दूसरा विश्वयुद्ध तक राजा ऐसे ही विदेश की धरती से देश की आजादी की लड़ाई की अलख जगाते रहे, अपने परिवार से दूर, पूरे 32 सालों तक। फिर दूसरा विश्वयुद्ध छिड़ गया, राजा को फिर लगा कि देश को आजाद करवाने का एक और मौका है। दूसरे विश्वयुद्ध के दौरान राजा ने फिर एक एक्जीक्यूटिव बोर्ड बनाया, ताकि ब्रिटिश सरकार को भारत छोड़ने के लिए मजूबर किया जा सके। लेकिन युद्ध खत्म होते-होते सरकार राजा की तरफ नरम हो गई थी, फिर आजादी होना भी तय मानी जाने लगी। राजा को भारत आने की इजाजत मिली। ठीक 32 साल बाद राजा भारत आए, 1946 में राजा मद्रास के समुद्र तट पर उतरे। वहाँ से वे घर नहीं गए, सीधे वर्धा पहुँचे गांधीजी से मिलने।

गांधीजी और राजा में अजीबोगरीब रिश्ता था, बहुत कम लोगों को पता होगा कि हाथरस के इस राजा को 'नोबेल शांति पुरस्कार' के लिए नामांकित किया गया था और एक तय वक्त के बाद नोबेल कमेटी के कमेंट्स को सार्वजनिक कर दिया जाता है। राजा के बारे में नोबेल कमेटी ने उस वक्त क्या लिखा था यह पढ़िए, *"Pratap gave up his property for educational purposes, and he established a technical college at Brindaban. In 1913 he took part in Gandhi's campaign in South Africa. He travelled around the world to create awareness about the situation in Afghanistan and India. In 1925 he went on a mission to Tibet and met the Dalai Lama. He was primarily on an unofficial economic mission on behalf of Afghanistan, but he also wanted to expose the British brutalities in India. He called himself the servant of the powerless and weak."*

सबसे खास बात थी कि 'नोबेल पुरस्कार' समिति की इन्हीं लाइनों से यह पता चला कि वे गांधीजी के साउथ अफ्रीका वाले आंदोलन में भी हिस्सा लेने जा पहुँचे थे, इतना ही नहीं वे तिब्बत मिशन पर दलाई लामा से भी मिले थे। ऐसी इंटरनेशनल तबीयत के थे राजा महेंद्र प्रताप। उस साल किसी वजह से किसी को भी 'नोबेल पुरस्कार' नहीं दिया गया, सारी पुरस्कार राशि किसी स्पेशल फंड में दे दी गई। इसका गांधी कनेक्शन यह है कि बिल्कुल ऐसा ही तब हुआ था, जब गांधीजी को 1948 में 'नोबेल पुरस्कार' के लिए नामांकित किया गया था। गांधीजी की हत्या होने के चलते बात आगे नहीं बढ़ी और उस साल भी 'नोबेल पुरस्कार' के लिए किसी के नाम का एलान नहीं हुआ। सारा पैसा स्पेशल फंड में दे दिया गया।

'नोबेल पुरस्कार' समिति के लिखित बयान से ही पता चलता है कि गांधीजी ने एक बार राजा महेंद्र प्रताप की अपने अखबार 'यंग इंडिया' में जमकर तारीफ की थी, गांधीजी ने लिखा था, "For the sake of the country this nobleman has chosen exile as his lot. He has given up his splendid property…for educational purposes. Prem Mahavidyalaya…is his creation," गांधीजी से उनके गहरे नाते की मिसाल देखिए, 32 साल बाद भारत आए, तो सीधे उनसे मिलने जा पहुँचे, मद्रास से सीधे वर्धा। बावजूद इसके वे कांग्रेस में शामिल नहीं हुए। लेकिन उनकी हस्ती इस कदर बड़ी थी

कि कांग्रेस तो कांग्रेस उस वक्त के जनसंघ के बड़े नेता और भावी पी.एम. अटल बिहारी वाजपेयी को भी लोकसभा के चुनावों में धूल चटा दी। वे 1952 में मथुरा से निर्दलीय सांसद बने और 1957 में फिर से अटल बिहारी वाजपेयी को हराकर निर्दलीय ही सांसद चुने गए। उनके मुकाबले युवा और ओजस्वी नेता अटल बिहारी चौथे स्थान पर रहे। फिर भी राजा बिना किसी का अहसान लिये या सत्ताधारी पार्टी में शामिल हुए शान से राजा की तरह जीते रहे।

राजा महेंद्र प्रताप की उपलब्धियाँ यहीं खत्म नहीं होतीं, उनके खाते में भारत का पहला पॉलीटेक्निक कॉलेज भी है। अपने बेटे का नाम रखा उन्होंने प्रेम और वृंदावन में एक पॉलीटेक्निक कॉलेज खोला, जिसका नाम रखा प्रेम महाविद्यालय। राजा आधुनिक शिक्षा व्यवस्था के हिमायती थे, तभी ए.एम.यू. के लिए भी जमीन दान कर दी। देश की आजादी के बाद लोग मानते थे कि उनसे बेहतर कोई विदेश मंत्री नहीं हो सकता था, लेकिन उन्होंने किसी से कुछ माँगा नहीं और आम जन के लिए काम करते रहे। पंचायत राज कानूनों, किसानों और स्वतंत्रता सेनानियों के लिए लड़ते रहे।

राजा जो भी काम करते थे, वह क्रांति के स्तर पर जाकर करते थे। हिंदू घराने में वे पैदा हुए थे, मुसलिम संस्था में वे पढ़े थे, यूरोप में तमाम ईसाइयों से उनके गहरे रिश्ते थे, सिख धर्म माननेवाले परिवार में उनकी शादी हुई थी। लेकिन उनको लगता था मानव धर्म ही सबसे बड़ा धर्म है या सब धर्मों का सार यह है कि मानवीयता को, प्रेम को बढ़ावा मिलना चाहिए। राजा महेंद्र प्रताप ने तब वो कर डाला जो कभी मुगल बादशाह अकबर ने किया था, जैसे—अकबर ने नया धर्म 'दीन-ए-इलाही' चलाया था, वैसे भी राजा महेंद्र प्रताप ने भी एक नया धर्म शुरू कर दिया—'प्रेम-धर्म'। इस धर्म के अनुयायियों का एक ही उद्देश्य था प्रेम से रहना, प्रेम बाँटना और प्रेम भाईचारे का संदेश देना। हालाँकि दीन-ए-इलाही की तरह प्रेम धर्म भी उसको चलानेवाले के साथ ही गुमनामी में खो गया।

मोदी ने अचानक से यूँ ही उनका नाम नहीं लिया था, अफगानिस्तान और भारत के संबंधों पर रिसर्च हुई होगी, तो सबसे कद्दावर नाम इतिहास से राजा महेंद्र प्रताप का निकला, उसे नजरअंदाज नहीं किया जा सकता था। पिछले कुछ सालों से अलीगढ़ के स्थानीय बी.जे.पी. नेता राजा महेंद्र प्रताप के

ए.एम.यू. में योगदान के चलते कैंपस में उनकी जयंती मनाने को लेकर कोशिश करते आ रहे हैं, जो किसी का नहीं है, वह संघ का है। वैसे भी राजा के दामन में कोई दाग नहीं है और राजा को वह नहीं मिला, जिसके वह वाकई में हकदार थे। सबसे बड़ी बात यह कि उनके अपने शहर हाथरस में उन्हें जानने वाले युवा ढूँढ़े नहीं मिलेंगे। उनकी मौत के बाद सरकार ने उसी साल एक डाक टिकट जारी करके इतिश्री कर दी। लेकिन उनके कामों और योगदान को देखते हुए क्या वाकई में इंसाफ हुआ उनके साथ? आप खुद तय करिए। राजा महेंद्र प्रताप भी उन्हीं तमाम चेहरों में से हैं, जिनका आजादी के बाद इतिहासकारों ने सही ढंग से मूल्यांकन नहीं किया। दुनिया भले ही नोबेल पुरस्कार के लायक उनको मान ले, लेकिन सरकार उनकी जयंती तक मनाने लायक नहीं समझती आई और यह नाइंसाफी की मार केवल राजा महेंद्र प्रताप ने ही नहीं भुगती, उनके जिले हाथरस ने भी भुगती है।

□

जापान के हर घर में जाने जाते हैं ये 'बोस', भारत में होती रही अनदेखी

2013 की बात है, एक क्रांतिकारी की अस्थियाँ 70 साल बाद जापान से भारत लाई जा रही थीं। न नेशनल मीडिया में किसी ने कोई खास तवज्जो दी और जब उनके शहर पश्चिम बंगाल के चंदन नगर में उनकी अस्थियाँ पहुँचीं, न तो कोई भी बड़ा चेहरा इस मौके पर ही वहाँ पहुँचा। उनकी राख हुगली में प्रवाहित कर दी गई, ये खबर न किसी चैनल की सुर्खियाँ बनीं, न पी.एम. ने तवज्जो दी और न पी.एम. को पता चला। चंदन नगर के मेयर जापान से उन्हें लेकर आए थे। आप देश के बच्चे-बच्चे से पूछ लीजिए, बचपन से पढ़ते-सुनते आते हैं कि जापान के रेनकोजी मंदिर में नेताजी सुभाष चंद्र बोस की अस्थियाँ रखी हैं, भले ही कोई अब भी नहीं मानता कि उनकी मौत हो गई है, लेकिन एक-दूसरे 'बोस' की अस्थियाँ उसी जापान से आती हैं, इलेक्ट्रॉनिक मीडिया के दौर में न कोई खबर बनती है, न कोई विवाद।

यह एक मिसाल भर है कि देश कैसे एक जैसे कद वाले दो व्यक्तियों के साथ अलग-अलग व्यवहार करता है और यह व्यवहार करने की वजह हैं इतिहासकार और राजनेता, जिन्होंने अपनी मर्जी से किसी के भी कद को उठाकर महामानव बना दिया और किसी महामानव को आने वाली पीढ़ियों की जानकारी में भी न आ पाए, ऐसे इंतजाम कर दिए। जापान से सुभाष चंद्र बोस का नाता हमारे देश में सबको पता है, लेकिन आप यह जानकर चौंक जाएँगे कि

जापान में इतिहास पढ़ने-पढ़ानेवाले लोगों और राजनेता-राजनयिकों को छोड़ दिया जाए, तो सुभाष चंद्र बोस को जाननेवाले उँगलियों पर हैं और एक-दूसरे बोस को आज हर जापानी घर में जाना जाता है, और जानने की वजह भी खासी हैरतअंगेज है। वह क्रांतिकारी जिसने 'आजाद हिंद फौज' की नींव रखी, उसका झंडा और नेतृत्व सुभाष चंद्र बोस के हवाले किया, उसको एक खास किस्म की 'करी' को ईजाद करने के लिए सारे जापान में जाना जाता है। ये थे रासबिहारी बोस। बींसवीं सदी के शुरुआती दशकों में जितने बड़े क्रांतिकारी षड्यंत्र हुए थे, उन सबके सूत्रधारों में से एक थे रासबिहारी बोस, गदर क्रांति से लेकर अलीपुर बम कांड केस तक, गवर्नर जनरल हार्डिंग की हत्या की प्लानिंग से लेकर मशहूर क्रांतिकारी संगठन युगांतर पार्टी के उत्तर भारत में विस्तार तक।

लेकिन जापान में उनकी 'क्रांति' पर भारी पड़ गई उनकी 'करी'। इंडियन करी के नाम से मशहूर करी के क्रेज को आप जापान में इस बात से समझ सकते हैं कि हर रेस्तराँ में 'इंडियन करी' नाम से डिश उनके मेन्यू में होती है। रासबिहारी बोस ने इंडियन करी को कैसे ईजाद किया, इसकी कहानी भी खासी दिलचस्प है, लेकिन पहले आपको यह समझना होगा कि क्यों करना पड़ा रासबिहारी को जापान का रुख और कैसे बन गए वो जापान के दामाद…!

आप भारत के मशहूर क्रांतिकारियों के बारे में पढ़ते होंगे कि किसी ने उस कमांडर को गोली मारी, किसी ने उस जनरल की हत्या की, किसी ने ट्रेन डकैती डाली, किसी ने वहाँ बम फोड़ा। रासबिहारी बोस ने अपने समय का सबसे दुस्साहस भरा काम किया, अगर बाकी क्रांतिकारियों की घटनाओं से तुलना करेंगे, तो पाएँगे यह शायद सबसे हिम्मत का काम था। गवर्नर जनरल की हैसियत उस वक्त वही होती थी, जो आज प्रधानमंत्री की है, यानी देश का सर्वेसर्वा। रासबिहारी बोस ने उस वक्त के गवर्नर जनरल की हत्या करने की ही योजना बना ली थी, उस लॉर्ड हार्डिंग की जो देश की राजधानी कलकत्ता से दिल्ली लाया था। उस वक्त रासबिहारी बोस देहरादून की फॉरेस्ट रिसर्च इंस्टीट्यूट में काम कर रहे थे, केमिकल्स के साथ उनका लगाव इस कदर था कि उन्होंने क्रूड बम बनाना सीख लिया था। पश्चिम बंगाल में अलीपुर बम कांड में उनका नाम आने के बाद वह देहरादून चले आए थे, लेकिन देश के लिए कुछ कर गुजरने का जज्बा अभी कम नहीं हुआ था।

रासबिहारी बोस ने लॉर्ड हार्डिंग की हत्या बम से करने की सोची, दिन चुना 23 दिसंबर, 1912 यानी वह दिन जब गवर्नर जनरल लॉर्ड हार्डिंग को नई राजधानी दिल्ली में पहली बार दिल्ली आना था। उसके जोरदार स्वागत की तैयारियाँ पूरी दिल्ली में कर ली गई थीं। रासबिहारी ने 25 नवंबर से 31 दिसंबर तक कुल 37 दिन की छुट्टियाँ फॉरेस्ट रिसर्च इंस्टीट्यूट से पहले ही ले ली थीं। ताकि इस क्रांतिकारी घटना की योजना बेहतर तरीके से बनाई जा सके। हालाँकि कलकत्ता से हटाकर दिल्ली राजधानी बनाने का एलान 12 दिसंबर को ही कर दिया गया था। लॉर्ड हार्डिंग ने बड़े ही भव्य तरीके से अपनी दिल्ली यात्रा की योजना बनाई थी, वह खुद हाथी पर बैठकर शहर में घुसा। रासबिहारी को अंदाज नहीं था कि वह हाथी पर बैठकर आएगा।

बंगाल के एक युवा क्रांतिकारी बसंत कुमार विश्वास को बम फेंकने की जिम्मेदारी दी गई, वह रासबिहारी से ज्यादा मजबूत था। हाथी के ऊपर तक बम वही फेंक सकता था। रासबिहारी बोस ने उसे बम दे दिया। चाँदनी चौक से जब गवर्नर जनरल की सवारी निकली, पाँच सौ पुलिसवाले वर्दी में और 2500 बिना वर्दी के थे। ये दोनों उस वक्त वहीं थे, बम फेंका भी, जोरदार विस्फोट हुआ, अफरा-तफरी मच गई। बहुत देर तक लोगों ने मान लिया कि हार्डिंग की मौत हो गई है, लेकिन वह केवल घायल हुआ, बच गया, लेकिन उसके हाथी का महावत मारा गया। इसी अफरा-तफरी में दोनों बचकर निकल भागे रासबिहारी ने फौरन रात की ट्रेन देहरादून के लिए ली और जल्द ही अपना ऑफिस भी ज्वॉइन कर लिया। महीनों तक अंग्रेजी पुलिस पता नहीं कर पाई कि कौन था मास्टर माइंड, जो खुद उनका मुलाजिम था, एक क्लर्क। इतिहास में इस केस को 'दिल्ली कॉन्स्पिरेसी' के नाम से जाना जाता है।

दिलचस्प बात थी कि जब कुछ महीने के बाद लॉर्ड हार्डिंग छुट्टियाँ मनाने देहरादून पहुँचा तो रासबिहारी बोस ने उनके स्वागत में एक कार्यक्रम भी आयोजित किया और दिल्ली में बम से बचने की बहादुरी का बखान भी किया। इधर इंग्लैंड के ऊँचे हलकों में खौफ फैल गया, अब बात यहाँ तक पहुँच गई कि गवर्नर जनरल तक की हत्या की साजिश होने लगी। इधर कुछ क्रांतिकारी गिरफ्तार हो गए, बसंत विश्वास, अवध बिहारी, अमीर चंद आदि को फाँसी दे गई। रासबिहारी बोस को खतरा दिखा, वे देहरादून से निकल गए

और अज्ञातवास में अपने होम टाउन चंदन नगर और बनारस के बीच आते-जाते रहे। इधर प्रथम विश्वयुद्ध छिड़ गया, किसी की सलाह पर वे 1915 के अप्रैल में जापान निकल गए।

जापान उन दिनों कई देश के क्रांतिकारियों की शरणगाह बना हुआ था, उनकी मुलाकात चीन के क्रांतिकारी नेता सन यात सेन से हुई। कई भारतीयों से भी उनकी मुलाकात हुई, जो देश को आजाद देखना चाहते थे। लेकिन अंग्रेजी सरकार बुरी तरह उनके पीछे थी, उनको पता चला गया कि रासबिहारी बोस टोक्यो में हैं। जापान इंग्लैंड के मित्र देशों में था, जापान सरकार से अंग्रेजों ने रासबिहारी को सौंपने की माँग की। लेकिन एक ताकतवर जापानी लीडर ने उन्हें अपने घर में छुपाया, वह अंग्रेजों से चिढ़ता था। एक दिन पुलिस उसके घर पहुँची, तो पिछले गेट से उसने दो कारों को तेजी से बाहर निकाला। पुलिस ने पीछा किया और रासबिहारी बोस आगे के रास्ते से निकल गए। कुल 17 ठिकाने जापान में बदलने पड़े थे रासबिहारी बोस को।

रासबिहारी को इस बार आम जापानियों ने बचाया, उनको नाकामुराया बेकरी मालिक के घर में छुपा दिया। वे महीनों तक वहाँ छुपे रहे। बाहर निकलना मुमकिन नहीं था, न बाहरी दुनिया से कोई रिश्ता था। ऐसे में वे बेकरी के लोगों और बेकरी मालिक के परिवार के साथ घुल-मिल गए, बेकरी में काम करने लगे। बेकरी के लोगों को इंडियन डिशेज बनाना सिखाने लगे। इसी दौरान उन्होंने एक अभिनव प्रयोग किया और एक जापानी डिश को भारतीय शैली में बनाया, जो सबको काफी पसंद आई। उसे इंडियन करी नाम दिया गया। धीरे-धीरे वह इतनी मशहूर हो गई कि आज जापान के हर रेस्तराँ में मिलती है। सबसे पहले नाकामुराया बेकरी ने ही उसे अपने रेस्तराँ में 1927 में इंडियन करी के नाम से लॉञ्च किया था। बाद में जापान के रंग में ही रँग गए थे रासबिहारी बोस, उनकी संस्कृति, भाषा, व्यवहार को अपना लिया था।

इधर जापान में एक ब्रिटिश शिप में आग लग गई, जिसमें रासबिहारी से जुड़े कागजात भी जलकर खाक हो गए। जापान सरकार ने भी डिपोर्टेशन का ऑर्डर वापस ले लिया, अब रासबिहारी जापान में आजादी से घूमने के लिए आजाद थे। लेकिन बेकरी के मालिक ने उनसे अपनी बेटी तोशिको से शादी करने का आग्रह किया, जो कई सालों से तहखाने में रह रहे रासबिहारी के

लिए खाना लाती थी, उनकी जरूरतों का खयाल रखती थी। एक अनजाना सा रिश्ता उस जापानी लड़की से उनका जुड़ गया था। फिर शादी के बाद अगले कुछ सालों तक रासबिहारी घर-गृहस्थी में मशगूल हो गए, दो बच्चे हुए। अचानक 1925 में उनकी बीवी की निमोनिया से मौत हो गई। तोशिका के शव के पास बैठकर उनकी आत्मा की शांति के लिए संस्कृत के श्लोक पढ़ते-पढ़ते रासबिहारी बोस मोह-माया के भँवर से निकल गए। एक बार फिर बीड़ा उठाया देश को आजाद कराने का।

रासबिहारी ने टोक्यो में इंडिया क्लब बनाया, कैसे देश को गुलामी से मुक्ति मिले, इस पर विचार करना शुरू कर दिया। भारतीय सैनिकों के विदेशी युद्धों में इस्तेमाल करने पर जमकर रासबिहारी बोस ने विरोध किया और जापानी रेडियो और अखबारों में लिखा, अमेरिका के अखबारों में भी लिखा। तब तक देश में गांधीजी सबसे बड़े नेता के तौर पर उभर चुके थे। रासबिहारी ने गांधीजी का पेपर 'यंग इंडिया' जापान में मँगाना शुरू कर दिया, लेकिन उनको लगा कि वह संत हैं, वह बीते कल के नेता हैं, आज और आनेवाले कल का नेता उन्हें एक-दूसरे बोस में दिखाई दिया, सुभाष चंद्र बोस। दूसरा विश्वयुद्ध शुरू हो गया, मोहन सिंह ने जापानियों की मदद से इंडियन नेशनल आर्मी बनाई, फिर से भारत को आजाद करने की आवाजें उठने लगीं, तो रासबिहारी ने भी साउथ-ईस्ट एशिया के देशों के दौरे करने शुरू कर दिए, भारत की आजादी की जंग के लिए समर्थन जुटाने लगे। थाइलैंड जापान के कब्जे में था, बैंकाक में तय किया गया कि मोहन सिंह की आई.एन.ए. को इंडियन इंडिपेंडेंस लीग के अधीन लाया जाए और रासबिहारी बोस को इंडियन इंडिपेंडेंस लीग का प्रेसीडेंट बना दिया गया। जिसका काम था आजादी के लिए दुनिया भर से समर्थन और मदद लेना। यानी सुभाष चंद्र बोस के लिए एक सैनिक यूनिट और पॉलिटिकल यूनिट की आधारशिला उनके वहाँ आने से पहले ही रासबिहारी बोस और मोहन सिंह ने रख दी थी। कुल 1.2 लाख सदस्य बन चुके थे और साउथ-ईस्ट एशिया के देशों से पचास हजार भारतीय सैनिक उसमें शामिल हो चुके थे। इतने दिनों तक उनके सैनिकों के खर्चे उठाना आसान काम नहीं था।

जब नेताजी बोस भारत छोड़कर जर्मनी पहुँचे, तो रासबिहारी बोस को लगा कि सुभाष चंद्र बोस से बेहतर कोई करिश्माई नेतृत्व नहीं हो सकता। वेटरन

बोस ने यंग बोस को आमंत्रित किया। बैंकाक में हुई लीग की दूसरी कॉन्फ्रेंस में रासबिहारी बोस ने नेताजी बोस को आमंत्रित करने का फैसला लिया। जर्मनी से यू-बोट में बैठकर 20 जून, 1943 को सुभाष चंद्र बोस टोक्यो पहुँचे।

जापान पहुँचे तो रासबिहारी बोस उनसे मिले, उनको सुभाष चंद्र बोस से काफी आशाएँ थीं, दोनों बोस थे, बंगाली थे, क्रांतिकारी थे, एक-दूसरे के प्रशंसक थे। 5 जुलाई को वे सिंगापुर पहुँचे, नेताजी का जोरदार स्वागत हुआ और उसी दिन रासबिहारी बोस ने लीग और इंडियन नेशनल आर्मी की कमान नेताजी को सौंप दी, और खुद को सलाहकार के रोल तक सीमित कर लिया, वैसे भी उम्र उन पर अब हावी होने लगी थी। यहाँ से नेताजी बोस की असली लड़ाई शुरू होती है। रासबिहारी बोस उसके बाद उनका ज्यादा साथ नहीं दे पाए, क्योंकि लंग इनफेक्शन के चलते उनको हॉस्पिटल में एडमिट होना पड़ा था, लेकिन जापान में अपने नाम और रिश्तों के जरिए सुभाष चंद्र बोस की जो मदद हो सकती थी, उन्होंने की। जापान सरकार ने जापान के इस भारतीय दामाद को जापान के दूसरे सबसे बड़े अवार्ड 'ऑर्डर ऑफ दी राइजिंग सन' से सम्मानित किया।

आज हालत यह है कि इतिहास विषय के अध्येताओं को छोड़ दिया जाए, तो 'आजाद हिंद फौज' के गठन में नेताजी बोस के अलावा किसी और को कोई जानता तक नहीं है, मोहन सिंह या रासबिहारी बोस के उस योगदान का जिक्र कहीं नहीं होता। किसी ने नहीं सोचा कि सुभाष चंद्र बोस कैसे विदेशी धरती पर जाकर इतनी बड़ी फौज कुछ दिनों में ही तैयार कर लेते हैं। सोचिए, कितना मुश्किल हुआ होगा विदेशी धरती पर विदेशी सेनाओं से भारतीय सैनिकों को इकट्ठा करके इतनी बड़ी 'आजाद हिंद फौज' खड़ी करना, उनका खर्चा, हथियार, वर्दी और विदेशी धरती पर राजनीतिक समर्थन जुटाना।

रासबिहारी बोस के खून में क्रांति थी, युवावस्था से ही वे क्रांतिकारियों के सानिध्य में आ गए थे। बंकिम चंद्र चंटर्जी की किताब आनंद मठ और विवेकानंद से प्रेरणा लेकर वे क्रांतिकारियों से जुड़ तो गए, लेकिन 1908 के अलीपुर बम कांड के बाद क्रांतिकारियों की इतनी तेजी से और बड़े पैमाने पर धर-पकड़ हुई कि उनका भी नाम आ गया। वे वहाँ से शिमला चले गए, कसौली में एक नौकरी की, उसके बाद देहरादून आ गए। उस वक्त बाघा

जतिन युगांतर पार्टी का बंगाल से बाहर विस्तार कर रहे थे। पंजाब और बंगाल उन दिनों क्रांतिकारियों के दो गढ़ थे। रासबिहारी दोनों प्रदेशों के बीच लिंक के तौर पर काम करने लगे। यू.पी. और बिहार में भी क्रांतिकारियों को उन्होंने युगांतर पार्टी से जोड़ा।

अंग्रेजों ने भी बंगाल में क्रांतिकारियों की बढ़ती गतिविधियों को देखकर 1912 में राजधानी दिल्ली ले जाने की योजना बना ली और तब बना लॉर्ड हार्डिंग पर बम फेंकने का मास्टर प्लान, वह भी दिल्ली में प्रवेश के वक्त। जब लॉर्ड हार्डिंग वाला केस हुआ तो कुछ ही महीने में ब्रिटिश पुलिस को पता चल गया कि रासबिहारी मास्टरमाइंड हैं, लेकिन वे अंडरग्राउंड हो गए। उनके ऊपर 75,000 रुपए का इनाम उन दिनों घोषित कर दिया। सोचिए, उसके तिरसठ साल बाद 'शोले' फिल्म में गब्बर सिंह पर रखा पचास हजार रुपए का इनाम उस वक्त कितना बड़ा माना गया था। इधर 'गदर क्रांति' का प्लान बन चुका था, भारत में गदर पार्टी की कमान रासबिहारी के कंधों पर आ गई, अमेरिका से विष्णु पिंगले और करतार सिंह सराभा उनकी मदद के लिए भारत आए। अमेरिका से भारत तक के तमाम क्रांतिकारी 1857 जैसी क्रांति करना चाहते थे। लेकिन एक गद्दार कृपाल सिंह की वजह से गदर फेल हो गया, तमाम क्रांतिकारी पकड़े गए। रासबिहारी बोस टैगोर के एक रिश्तेदार की मदद से ब्रिटिश पासपोर्ट पर जापान निकल भागे।

हालाँकि इतिहास की कुछ किताबों में यह दावा किया गया है कि उनकी अस्थियों को उनकी बेटी तेस्तु हिगुची भारत लेकर आईं, अंतिम श्रद्धांजलि देने के लिए। अगर उस वक्त उनका विसर्जन नहीं हुआ और 2013 में दोबारा उन्हें लाया गया, तो भी देश और मीडिया को इस साइलेंट क्रांतिकारी का सम्मान करना और याद करना तो बनता ही था। बहुत से लोग तो इस लेख को पढ़कर पहली बार रासबिहारी बोस को जानेंगे, इससे बेहतर तो जापानी हैं कम-से-कम जानते तो हैं, भले ही 'करी' की वजह से सही।

□

आजाद और भगत सिंह के मेंटर क्रांतिकारी ने ही दिया था देश में 'राइट टू रिकॉल' का आइडिया

सचींद्रनाथ सान्याल

सैकड़ों ऐसे क्रांतिकारी हैं, जिनको इतिहास से निकाल दिया जाए, तो जिन बड़े चेहरों को आप जानते हैं, पूजते हैं, उनका भी अस्तित्व शायद ही होता। बनारस की सरजमीं से भी एक ऐसा क्रांतिकारी निकला, जिसकी रखी नींव पर भगत सिंह और चंद्रशेखर आजाद ने क्रांति का परचम लहराया। उनकी लिखी किताब को क्रांतिकारियों ने गीता और बाइबल की तरह माना। वह पहला क्रांतिकारी जिसे एक बार नहीं, बल्कि दो-दो बार कालापानी की सजा के लिए अंडमान की सेलुलर जेल भेजा गया, देश की वह पहली हस्ती जिसने देश में आज से 92 साल पहले 'राइट टू रिकॉल' का आइडिया रखा था। आज उसी सचींद्र नाथ सान्याल या सचींद्र सान्याल को कितने स्कूली बच्चे जानते हैं, कभी पूछकर देखिए।

कहा यह जाता है कि गांधी के आने से पहले और आने के दस साल बाद तक जितनी भी क्रांतिकारी गतिविधियाँ हुईं, उन सबमें सचींद्र सान्याल का नाम शामिल था। चाहे वह 1912 में अंग्रेजी वायसराय लॉर्ड हॉर्डिंग पर बम फेंकने

का दिल्ली षड्यंत्र केस हो, या फिर 1915 की गदर क्रांति या फिर रामप्रसाद बिस्मिल और अशफाकउल्लाह खान के साथ काकोरी ट्रेन डकैती का केस हो और या फिर भगत सिंह और आजाद जैसे क्रांतिकारियों को दुनिया के सामने लानेवाली क्रांतिकारी संस्था 'हिंदुस्तान रिपब्लिकन एसोसिएशन (एच.आर.ए.)' का गठन। बचपन से ही सचींद्र में देशभक्ति का जुनून सर पर सवार था, जो देश को आजाद देखने के लिए उन्हें अंदर से व्याकुल कर रहा था। धर्म और अध्यात्म की नगरी काशी में पैदा होने से 'रामायण' और 'गीता' जैसे ग्रंथों को उन्होंने बार-बार पढ़ा था। अन्याय के खिलाफ जंग और जुल्म के खिलाफ विद्रोह उनकी आत्मा में भर गया था। उन दिनों बनारस बंगाल के क्रांतिकारियों की शरणस्थली बन गया था। 1909 में अनुशीलन समिति की बनारस शाखा से वे जुड़ गए थे, इन्हीं दिनों उनकी मुलाकात बाघा जतिन और रासबिहारी बोस से हुई। रासबिहारी बोस लगातार बनारस आ रहे थे, इधर जैसे ही अंग्रेजों ने देश की राजधानी कलकत्ता से हटाकर दिल्ली करने का एलान किया, तो रासबिहारी बोस ने दिल्ली में वायसराय लॉर्ड हार्डिंग पर बम फेंकने की योजना बना ली।

सचींद्र सान्याल भी उस योजना का हिस्सा थे, दिल्ली और बंगाल के कुछ क्रांतिकारियों को भी शामिल किया गया। 1912 में जब वायसराय नई राजधानी दिल्ली में हाथी पर बैठकर घुसा, तो चाँदनी चौक में उसके हाथी पर बम फेंक दिया गया। महावत मारा गया, हाथी और वायसराय घायल हो गए। रासबिहारी कुछ दिनों बाद बनारस भाग आए, और वहीं छुपकर रहे। सचींद्र सान्याल उन दिनों उनके प्रमुख सहयोगी के तौर पर सारा काम सँभालते रहे। पुलिस लॉर्ड हार्डिंग बम केस में उनका हाथ साबित नहीं कर पाई। फिर योजना बनी 'गदर क्रांति' की, लंदन, कनाडा और अमेरिका में मौजूद देशभक्तों ने विदेशी मदद के सहारे भारत को आजाद होने का बड़ा प्लान बनाया। शायद आजादी से पहले इतनी बड़ी सशस्त्र क्रांति की योजना पहले कभी नहीं बनी थी। उत्तर भारत के यू.पी., दिल्ली और पंजाब की कमान रासबिहारी बोस और सचींद्र सान्याल के हाथों में थी, तो बंगाल में बाघा जतिन ने मोरचा सँभाल रखा था। अमेरिका से करतार सिंह सराभा और विष्णु गणेश पिंगले जैसे कई क्रांतिकारी मदद के लिए आ चुके थे। योजना थी कि भारत में एक साथ कई

सैनिक छावनियों में विद्रोह करवाकर देश आजाद करवाया जाएगा। लेकिन एक गद्दार ने सारी योजना अंग्रेजों को बता दी और काफी कम समय में बहुतों को गिरफ्तार कर लिया गया। करतार सिंह सराभा जैसे क्रांतिकारियों को फाँसी दे दी गई, तो बाघा जतिन एक एनकाउंटर में मारे गए। सचींद्र सान्याल ने रासबिहारी बोस को देश से बाहर जाने के लिए राजी किया और वे रविंद्र नाथ टैगोर के एक करीबी रिश्तेदार की मदद से जापान निकल गए और वहीं बस गए। बाद में रासबिहारी ने वहाँ 'आजाद हिंद फौज' की कमान सँभाली और उसका नेतृत्व युवा नेता सुभाष चंद्र बोस के हाथों में सौंपा।

अब देश में गिनती के क्रांतिकारी रह गए, प्रथम विश्वयुद्ध के खत्म होने तक और गांधीजी के शुरुआती आंदोलनों के दौरान थोड़ी शांति रही। 'चंपारन सत्याग्रह' और 'खिलाफत आंदोलन' के बाद गांधीजी ने 'असहयोग आंदोलन' शुरू किया। अंग्रेज सरकार को गांधीजी के आगे थोड़ा झुकता देखकर कई क्रांतिकारियों ने कांग्रेस का दामन भी थाम लिया था। रामप्रसाद बिस्मिल भी उन्हीं में से थे। 'असहयोग आंदोलन' के दौरान फरवरी 1922 में चौरी-चौरा की घटना क्रांतिकारी गतिविधियों को दोबारा उभारने के लिए बड़ी कारक मानी जाती है। गोरखपुर के चौरी-चौरा में विरोध प्रदर्शन कर रहे किसानों पर पुलिस ने गोलियाँ बरसा दीं, कई किसान मर गए, गुस्से में किसानों ने थाना फूँक दिया और कुल 22 पुलिसवाले मारे गए। गांधीजी ने फौरन 'असहयोग आंदोलन' वापस ले लिया। देश का युवा गांधीजी के फैसले से काफी आहत हुआ, रामप्रसाद बिस्मिल की अगुआई में 1922 के गया अधिवेशन में गांधीजी का खुलकर विरोध किया गया और मोतीलाल नेहरू और चितरंजन दास ने 'स्वराज पार्टी' का एलान कर दिया। लेकिन अब युवाओं का शांतिपूर्ण आंदोलनों से भरोसा उठ गया। इंडिया हाउस के लाला हरदयाल भी बिस्मिल के संपर्क में थे। सचींद्र सान्याल ने बिस्मिल के साथ मिलकर अपने क्रांतिकारी संगठन की योजना बनाई, 1923-24 में इसे मूर्त रूप दिया गया, नाम रखा गया—हिंदुस्तान रिपब्लिकन एसोसिएशन (एच.आर.ए.)।

सचींद्र सान्याल ने इसका मेनीफेस्टो तैयार किया और उसी में दिया गया देश में पहली बार राइट टू रिकॉल का आइडिया, यानी आपके चुने हुए एम.एल.ए. या एम.पी. अगर आपकी उम्मीदों पर खरे नहीं उतरते हैं, तो उनका

कार्यकाल खत्म होने से पहले ही उनको वोटिंग के जरिए पद से हटाने का अधिकार। एच.आर.ए. के मेनीफेस्टो में लिखा था, "In this (new) Republic the electors shall have the right to recall their representatives, if so desired, otherwise the democracy shall become a mockery." इस मेनीफेस्टो में सचींद्र नाथ सान्याल ने भविष्य के भारत की बहुत खूबसूरत तसवीर बनाई थी। 3 अक्तूबर, 1924 के दिन कानपुर में सचींद्र सान्याल की अध्यक्षता में सभी बड़े क्रांतिकारियों की एक मीटिंग बुलाई गई, जिसमें बिस्मिल को शाहजहाँपुर जिले के डिस्ट्रिक्ट कॉ-ऑर्डीनेटर के पद के साथ-साथ आर्म्स डिवीजन का चीफ बना दिया गया, साथ ही यूनाइटेड प्रॉविंस (आगरा और अवध) के संगठक की जिम्मेदारी भी दे दी गई। सचींद्र सान्याल को एच.आर.ए. का नेशनल ऑर्गेनाइजर बनाया गया और जोगेश चंद्र चटर्जी को अनुशीलन समिति का कॉ-ऑर्डिनेटर बनाया गया। इसी मीटिंग में एच.आर.ए. का नाम तय किया गया और इसी मीटिंग में चंद्रशेखर आजाद, भगत सिंह, भगवती चरण बोहरा और बटुकेश्वर दत्त जैसे कई युवा चेहरों को एच.आर.ए. में शामिल किया गया। क्रांतिकारी गतिविधियों के मामले में सचींद्र सान्याल को इन सभी क्रांतिकारियों का मेंटर माना जाता है, वैसे भी बाघा जतिन की मौत और रासबिहारी बोस के जापान चले जाने के बाद सचींद्र सान्याल ही सबसे वरिष्ठ क्रांतिकारी थे। इस मीटिंग के बाद जोगेश और सचींद्र बंगाल में एच.आर.ए. की जड़ें मजबूत करने निकल गए।

भगत सिंह उन दिनों लाहौर से सीधे कानपुर आए थे, 6 महीने यहीं रहे, घरवाले उनकी शादी करवाना चाहते थे। कानपुर में वे पिता के मित्र वरिष्ठ पत्रकार गणेश शंकर विद्यार्थी से मिले, जो 'प्रताप' नाम का अखबार निकालते थे। वहीं से उनको एच.आर.ए. के बारे में पता चला, सभी क्रांतिकारी साथियों से मुलाकात हुई। सचींद्र सान्याल ने जो पार्टी का मेनीफेस्टो लिखा था, उसको नाम दिया गया 'द रिवोल्यूशनरी' और सभी युवा क्रांतिकारियों को काम दिया गया कि इस मेनीफेस्टो को ज्यादा-से-ज्यादा शहरों में युवाओं के बीच पहुँचाया जाए। इसे पैंफलेट के तौर पर किसी विजय कुमार के नाम से छापा गया और इसमें गांधीजी की अहिंसावादी नीतियों की आलोचना करते हुए युवाओं से क्रांति का आह्वान किया गया था। इसी पैंफलेट को बाँटते वक्त बाँकुरा में सचींद्र को पुलिस ने गिरफ्तार कर लिया। दो साल जेल की सजा दी गई।

उसके बाद एच.आर.ए. ने योजना बनाई काकोरी ट्रेन डकैती की। इस केस में पं. रामप्रसाद बिस्मिल, अशफाकउल्लाह खान, राजेंद्र लाहिड़ी और ठाकुर रोशन सिंह को फाँसी की सजा हुई और सचींद्र सान्याल समेत कई क्रांतिकारियों को कालापानी की सजा हुई। चंद्रशेखर आजाद और कुंदन लाल गुप्ता जैसे क्रांतिकारियों को पुलिस गिरफ्तार नहीं कर पाई तो भगत सिंह को काकोरी केस में शामिल ही नहीं किया गया था, उनको लाहौर में एच.आर.ए. की टीम खड़ा करने के लिए लाहौर भेज दिया गया था।

काकोरी केस के बाद बिस्मिल को फाँसी और सचींद्र सान्याल के जेल चले जाने के बाद एक बार फिर क्रांतिकारी आंदोलन सुप्तावस्था में चला गया, जिसे बाद में आजाद, भगत सिंह, भगवती चरण बोहरा, बटुकेश्वर दत्त और सुखदेव ने दूसरा जीवन दिया। दिल्ली के फिरोज शाह कोटला मैदान में एच.आर.ए. की मीटिंग बुलाई गई और एच.आर.ए. में सोशलिस्ट शब्द जोड़कर उसका नाम 'हिंदुस्तान रिपब्लिकन सोशलिस्ट एसोसिएशन' यानी एच.आर.एस.ए. कर दिया गया, आजाद को उसका अध्यक्ष बना दिया गया। इधर सचींद्र सान्याल को अंडमान की सेल्युलर जेल भेज दिया गया। सचींद्र ने जेल में ही अपनी किताब 'बंदी जीवन' लिखनी शुरू कर दी। किसी तरह किताब जब छपकर आई तो क्रांतिकारियों को मानो संजीवनी मिल गई, युवाओं के लिए वह 'गीता' और 'बाइबिल' बन गई। लाखों युवाओं के मन पर उस किताब ने अपनी छाप छोड़ी। उसी किताब में उनकी धार्मिक प्रवृत्ति के होने का पता चलता है। हालाँकि भगत सिंह ने अपने लेख 'Why I am athiest' में सचींद्र सान्याल के धार्मिक होने का जिक्र किया है, वेदों और उपनिषदों के बारे में उनकी आस्था के बारे में लिखा है। उस वक्त के लोगों के बीच चर्चा थी कि सचींद्र भगत सिंह के लेख का जवाब देते अगर वे जेल में न होते और इसे पढ़ पाते। यह अलग बात है कि सचींद्र के भाई जितेंद्र सान्याल ने ही 1931 में भगत सिंह की पहली जीवनी लिखी थी।

गांधीजी से यों तो कई लोगों ने विरोध जताया, लेकिन बाकायदा उनके विचारों का लिखकर विरोध और उसके बाद गांधीजी के जवाब तीन ही लोगों के साथ चर्चा में रहे। इनमें से एक खुद सचींद्र सान्याल थे, दूसरे उनके कनिष्ठ सहयोगी मन्मथ नाथ गुप्त थे, काकोरी कांड में जिनकी गोली से गलती से

हुई एक मौत के चलते सारे क्रांतिकारी गिरफ्त में आ गए थे, तीसरे सचींद्र के शिष्य भगवती चरण बोहरा थे, जो गांधी को लिखे अपने पत्र 'फिलॉसफी ऑफ बम' के चलते चर्चा में आए थे। 'असहयोग आंदोलन' के वापस लेने से आहत सचींद्र सान्याल ने गांधीजी को लिखा था, "आप बताते हैं कि अहिंसा हिंदुत्व की अवधारणा है, लेकिन हमारे ऋषि-मुनियों ने अंत तक अहिंसा की कोई बात नहीं की है, आपद्काल में या फिर आखिरी विकल्प के तौर पर विश्वामित्र से लेकर परशुराम तक ने शस्त्र उठाए हैं। 'गीता' में भी युद्ध करने का संदेश है। आप कहते हैं कि हम उनसे मुकाबला नहीं कर पाएँगे, क्योंकि वे ताकतवर हैं, तो क्या मुट्ठी भर अंग्रेज हम पर हथियारों के बल पर और बिना हमारी सहमति के शासन करते रहें? हम हथियार उठाएँगे तभी मुकाबला हो पाएगा।" गांधीजी ने भी सचींद्र को लिखकर जवाब भेजा, "अहिंसा के साथ कमजोर व्यक्ति भी लड़ सकता है और इससे वह आम जन की लड़ाई बन जाती है, जबकि हथियार के साथ लड़नेवाले बहुत कम हैं, और उनके किए का खामियाजा आम जनता को भुगतना पड़ता है।"

सान्याल को बाकी काकोरी आरोपियों के साथ 1937 में जेल से छोड़ दिया गया, लेकिन वे कहाँ माननेवाले थे, उस पर उनकी किताब 'बंदी जीवन' के चलते वे युवाओं की प्रेरणा बन चुके थे। सरकार उन पर नजर रख रही थी, जैसे ही उन्हें सान्याल के ब्रिटिश विरोधी गतिविधियों में शामिल होने के पुख्ता सुबूत मिले, उनको न केवल फिर से गिरफ्तार कर लिया गया, बल्कि उनके वाराणसी वाले घर की कुर्की कर दी गई। दूसरे विश्वयुद्ध के दौरान उनके विरोध प्रदर्शन में शामिल होने से सरकार थी नाराज। परिवार पर तो मानो आफत आ गई। सचींद्र को फिर से अंडमान जेल भेज दिया गया। उनके बेटे और पत्नी को सचींद्र के साथ समय बिताने का मौका ही नहीं मिला, देश पर उन्होंने जीवन कुरबान कर दिया। हालाँकि गिरफ्तारी से पहले वे इतने ज्यादा चर्चा में थे कि 1938 में सुभाष चंद्र बोस ने खुद उनके लखनऊ वाले घर पर जाकर उनसे मुलाकात की थी। अंग्रेजों के खिलाफ सशस्त्र क्रांति की योजना को लेकर चर्चा करने आए थे बोस।

दिलचस्प तथ्य यह भी था कि तब तक उनके बाद के क्रांतिकारियों की पीढ़ी यानी भगत सिंह, आजाद, सुखदेव, भगवती चरण बोहरा, मदन लाल

ढींगरा, रामप्रसाद बिस्मिल, अशफाकउल्ला खान आदि सब माँ भारती के लिए अपनी जान गँवा चुके थे और बटुकेश्वर दत्त, वीर सावरकर आदि जेल में थे। अगर सचींद्र सान्याल गिरफ्तार नहीं होते, खुलेआम प्रदर्शन में हिस्सा न लेकर फिर युवाओं की फौज खड़ी करते तो शायद कुछ और हालात होते।

लेकिन उनकी दूसरी जेल यात्रा ने उनके मनोबल और स्वास्थ्य दोनों पर असर डाला, आधी जिंदगी जेल में ही गुजर चुकी थी। उनको जेल में टी.बी. की बीमारी लग गई थी, जो तब तक लाइलाज थी। गंभीर हालत में उन्हें गोरखपुर में टी.बी. हॉस्पिटल भेजा गया, लेकिन कामयाबी हाथ नहीं लगी, हालत ज्यादा बिगड़ चुकी थी। 1945 की शुरुआत में ही गोरखपुर में उनकी मौत हो गई। वे उस आजाद भारत को अपनी आँखों से देखने का सपना तक न पूरा कर सके, जिसके भविष्य की तसवीर उन्होंने 'द रिवोल्यूशरी' में यूनाइटेड रिपब्लिक स्टेट्स ऑफ इंडिया के तौर पर बड़े करीने से बनाई थी। कहा जाता है कि उनका जो खानदानी घर ब्रिटिश सरकार ने कुर्क किया था, आजादी के बाद वह सालों तक उनके परिवार को वापस नहीं मिल पाया था।

□

हर क्रांतिकारी ने जिसका सपना देखा, उसे शेर अली अफरीदी ने पूरा किया…!

शेर अली अफरीदी

जी हाँ…यह सच है। न किसी कोर्स की किताब में इस व्यक्ति का जिक्र किया गया है और न उसकी याद में कोई उसकी जयंती मनाता है। यहाँ तक कि क्रांतिकारियों या देशभक्तों की किसी भी सूची में उसका नाम नहीं है। इसके पीछे कई वजह हैं, लेकिन यह भी सच है कि आजादी से पहले देश में तमाम बड़े क्रांतिकारियों ने जिसकी योजना बनाई, हमला भी किया, लेकिन कामयाब नहीं हो पाए, वह काम उस अकेले शख्स ने कर दिखाया, वह भी बिना किसी क्रांतिकारी संगठन की मदद के। उसका नाम था शेर अली अफरीदी।

उसके किए काम के महत्त्व को समझने के लिए आपको पहले यह समझना होगा कि उसने जिस अंग्रेज अधिकारी की हत्या की, वह हैसियत और ताकत में कितना बड़ा था। आज देश में प्रधानमंत्री की जो हैसियत है, उस वक्त वही हैसियत अंग्रेजी राज के गवर्नर जनरल की थी, यह अलग बात है कि वायसराय के रूप में वह ब्रिटेन की सरकार को रिपोर्ट करता था। शेर अली अफरीदी ने उस वक्त के गवर्नर जनरल लॉर्ड मेयो की हत्या कर दी थी, जो वाकई में पूरे अंग्रेजी राज के लिए बड़ा शॉक था। देश में उस वक्त

अगर सबसे ज्यादा किसी की सुरक्षा के पुख्ता इंतजामात थे, तो वह अंग्रेजी गवर्नर जनरल के, 8 फरवरी, 1872 को शेर अली ने तमाम सुरक्षा बंदोबस्तों को ध्वस्त करते हुए चाकू से गोद गोद कर लॉर्ड मेयो की हत्या कर दी थी।

लॉर्ड रिचर्ड बुर्क (सिक्स्थ अर्ल ऑफ मेयो) की हत्या कितना बड़ा काम था, आप इसी बात से जान सकते हैं कि भगत सिंह ने जिस सांडर्स की हत्या की, वह डी.एस.पी. स्तर का ऑफिसर था, पुणे में चापेकर बंधुओं ने कमिश्नर स्तर के अधिकारी की हत्या की थी, रासबिहारी बोस और विश्वास ने वायसराय लॉर्ड हार्डिंग के हाथी पर दिल्ली में घुसते वक्त बम फेंका था, महावत की मौत हो गई लेकिन हार्डिंग बच गया। वायसराय लॉर्ड इरविन की स्पेशल ट्रेन पर भगवती चरण बोहरा, यशपाल और साथियों ने आगरा से दिल्ली आते वक्त बम फेंका था, वह बच गया। ऐसे कितने ही क्रांतिकारी हुए जिन्होंने जान की बाजी लगाकर कई अंग्रेज अधिकारियों पर हमले किए, कइयों को मौत के घाट उतारा भी। लेकिन कोई उतना कामयाब नहीं हुआ, जितना शेर अली अफरीदी। फिर शेर अली अफरीदी को आप या देश की जनता क्यों नहीं जानती और क्यों इतना सम्मान नहीं देती… !

इसको समझने के लिए आपको शेर अली अफरीदी के बारे में जानना पड़ेगा, लेकिन उससे पहले यह समझना होगा कि अंग्रेजी राज में तमाम ऐसे बड़े नाम थे, जो देशभक्त होने के बावजूद अंग्रेजी राज को क्रांतिकारियों की तरह एकदम जड़ से उखाड़ने के समर्थक नहीं थे। खुद कांग्रेस पार्टी ने स्थापना के चौवालीस साल बाद 1929 में पहली बार पूर्ण स्वतंत्रता की बात की, खुद गांधीजी ने पहली बार 1942 में जाकर 'अंग्रेजों भारत छोड़ो' का नारा दिया। गांधीजी से तो क्रांतिकारियों का झगड़ा ही इस बात का था कि क्यों न 1914 के प्रथम विश्वयुद्ध और 1939 के दूसरे विश्वयुद्ध को मौका मानकर अंग्रेजों पर अंदर से ही हमला बोल दिया जाए। गांधीजी अंग्रेजों की मजबूरी का लाभ उठाने के सख्त खिलाफ थे। बल्कि पहले विश्वयुद्ध में तो खुद गांधीजी ने अंग्रेजी सेना में भर्ती होने के लिए भारतीय युवाओं से आह्वान किया था, तब लोग उन्हें भर्ती करनेवाले सार्जेंट कहने लगे थे। गुरुदेव टैगोर ही नहीं चितरंजन दास, मोतीलाल नेहरू, दादा भाई नौरोजी जैसे तमाम कांग्रेसी नेताओं पर सरकारी उपाधियाँ थीं। कांग्रेस को एक अंग्रेज ए.ओ. ह्यूम

ने ही शुरू किया था और पहले ही सेशन में वायसराय डफरिन ने पूरी कांग्रेस को दावत दी थी।

ऐसे में शेर अली का राजा राममोहन राय या वंदेमातरम् लिखनेवाले बंकिम चंद्र चटर्जी की तरह अंग्रेजी सरकार की नौकरी करना कोई बड़ी बात नहीं थी। 1857 का प्रथम स्वतंत्रता संग्राम में अहम भूमिका निभानेवाले नाना साहेब के दीवान अजीमुल्लाह खान और आजाद हिंद फौज को खड़ा करनेवाले कमांडर मोहन सिंह भी अंग्रेजों के खिलाफ जाने से पहले ईमानदारी से अंग्रेजी सरकार की नौकरी निभा रहे थे। शेर अली पेशावर के अंग्रेजी कमिश्नर के ऑफिस में काम करता था और खैबर पख्तून इलाके का रहनेवाला था और पठान था। वह अंबाला में ब्रिटिश घुडसवारी रेजीमेंट में भी काम कर चुका था। यहाँ तक कि 1857 के प्रथम स्वतंत्रता संग्राम में रोहेलखंड और अवध के युद्ध में ब्रिटिश ईस्ट इंडिया कंपनी की तरफ से हिस्सा भी ले चुका था। अंग्रेजी कमा़ंडर रेनेल टेलर उसकी बहादुरी से इतना खुश हुआ कि उसको तोहफे में एक घोड़ा, एक पिस्टल और बहादुरी का बखान करते हुए एक सर्टिफिकेट भी दिया।

जिस तरह अजीमुल्लाह खान कानपुर में अंग्रेजों और यूरोपियंस के बीच लोकप्रिय था, उसी तरह पेशावर के यूरोपियन अधिकारी शेर अली को भी काफी पसंद करते थे। टेलर ने तो उसे अपने बच्चों की सुरक्षा में लगा दिया। तब तक अंग्रेजी राज उसे बुरा नहीं लगता था, देश और देशभक्ति क्या है, शायद उसे पता नहीं था। स्वामिभक्ति और बहादुरी की भावनाओं से लबालब था वह। लेकिन जिस तरह गांधीजी को साउथ अफ्रीका में ट्रेन से उतारने पर उनको नस्ल भेद के खिलाफ गुस्सा आया, जिस तरह करतार सिंह सराभा ने सैनफ्रांसिस्को में अपमान झेला और गदर आंदोलन से जुड़े, जिस तरह लाला लाजपत राय पर लाठियाँ बरसने से कई क्रांतिकारियों का खून खौल उठा, ठीक वैसा ही शेर अली अफरीदी के साथ हुआ। एक खानदानी झगड़े में शेर अली पर अपने ही रिश्तेदार हैदर का कत्ल करने का इल्जाम लगा, उसने पेशावर में मौजूद अपने सभी अधिकारियों के सामने खुद को बेगुनाह बताया। लेकिन किसी ने उसकी बात नहीं मानी और उसे 2 अप्रैल, 1867 को मौत की सजा सुना दी गई। उसका भरोसा अंग्रेजी अधिकारियों से,

अंग्रेजी राज से एकदम उठ गया। उसको लगा कि जिनके लिए उसने न जाने कितने अनजानों और बेगुनाहों के कत्ल किए, आज वे ही उसे बेगुनाह मानने को तैयार नहीं थे। पहली बार उसे अहसास हुआ कि कभी भी किसी अंग्रेज पर कत्ल का मुकदमा चलने से पहले ही उसे ब्रिटेन वापस भेज दिया जाता था, लेकिन आज उसे बचानेवाला कोई नहीं, क्योंकि वह अंग्रेज नहीं बल्कि भारतीय है।

उसने फैसले के खिलाफ अपील की, हायर कोर्ट के जज कर्नल पॉलाक ने उसकी सजा घटाकर आजीवन कारावास कर दी और उसे कालापानी यानी अंडमान निकोबार भेज दिया। तीन से चार साल सजा काटने के दौरान उसकी तमाम क्रांतिकारियों से कालापानी की जेल में मुलाकात हुई, हालाँकि उस वक्त तक क्रांतिकारी आंदोलन इतना भड़का नहीं था। फिर भी अंग्रेज विरोधी भावनाएँ मजबूत हुईं, जो भी लोग कैद थे उनमें से ज्यादातर अंग्रेजी राज के दुश्मन थे। जेल में उसके अच्छे व्यवहार की वजह से 1871 में उसे पोर्ट ब्लेयर पर नाई का काम करने की इजाजत दे दी गई, एक तरह की ओपन जेल थी वह। लेकिन वहाँ से भागने की हिम्मत कोई नहीं कर सकता था। हालाँकि उसने अंग्रेजी राज को दी गई अपनी सेवाओं के बारे में लिखते हुए वायसराय से अपील की थी कि उसकी बाकी सजा को माफ कर दिया जाए, लेकिन वायसराय ने उसकी अपील खारिज कर दी। इससे उसके मन में वायसराय को लेकर काफी गुस्सा था, वह साफ देख रहा था कि छोटे-से-छोटे अंग्रेजी सैनिक को बड़े-से-बड़े जुर्म के बावजूद कोई सजा नहीं दी जाती थी, और उसे कालापानी भेज दिया गया था तिल-तिल कर मरने के लिए। उनके तय कर लिया था कि उसे दो व्यक्तियों की हत्या करनी है एक उसका सुपरिंटेंडेंट और दूसरा अंग्रेजी राज का वायसराय।

उसे यह मौका मिल भी गया, जब गवर्नर जनरल लॉर्ड मेयो ने अंडमान निकोबार के पोर्ट ब्लेयर में सेलुलर जेल के कैदियों के हालात जानने और सुरक्षा इंतजामों की समीक्षा करने के लिए वहाँ का दौरा करने का मन बनाया। शायद मेयो का काम पूरा हो भी चुका था। शाम 7 बजे का वक्त था, लॉर्ड मेयो अपनी बोट की तरफ वापस आ रहा था। लेडी मेयो उस वक्त बोट में ही उसका इंतजार कर रही थी। वायसराय का कोर सिक्योरिटी दस्ता जिसमें

12 सिक्योरिटी ऑफिसर शामिल थे, वे भी साथ-साथ चल रहे थे। इधर शेर अली अफरीदी ने उस दिन तय कर लिया था कि आज अपना मिशन पूरा करना है, जिस काम के लिए वह सालों से इंतजार कर रहा था, वह मौका आज उसे मिल गया है और शायद सालों तक दोबारा नहीं मिलना है। वह खुद चूँकि इसी सिक्योरिटी दस्ते का सदस्य रह चुका था, इसलिए बेहतर जानता था कि वह कहाँ चूक करते हैं और कहाँ लापरवाह हो जाते हैं। हथियार उसके पास था ही, उसके नाई वाले काम का खतरनाक औजार उस्तरा या चाकू। उसको मालूम था कि अगर वायसराय बच गया, तो मिशन भी अधूरा रह जाएगा और उसका भी बुरा हाल होगा, वैसे भी उसे यह तो पता था कि यहाँ से बच निकलने का तो कोई रास्ता है ही नहीं।

वायसराय जैसे ही बोट की तरफ बढ़ा, उसका सिक्योरिटी दस्ता थोड़ा बेफिक्र हो गया कि चलो पूरा दिन ठीक-ठाक गुजर गया। वैसे भी वायसराय तक पहुँचने की हिम्मत कौन कर सकता है, जैसे कि आज के पी.एम. की सिक्योरिटी बेधने की कौन सोचेगा! लेकिन उनकी यही बेफिक्री उनकी जिंदगी की सबसे बड़ी भूल हो गई। पोर्ट पर अँधेरा था, उस वक्त रोशनी के इंतजामात बहुत अच्छे नहीं होते थे। फरवरी के महीने में वैसे भी जल्दी अँधेरा हो जाता है, बिजली की तरह एक साया छलावे की तरह वायसराय की तरफ झपटा, जब तक खुद वायसराय या सिक्योरिटी दस्ते के लोग कुछ समझते, खून में सराबोर हो चुका था लॉर्ड मेयो कि उसने मौके पर ही दम तोड़ दिया। शेर अली को मौके से ही पकड़ लिया गया, पूरे ब्रिटिश साम्राज्य में दहशत फैल गई। लंदन तक बात पहुँची तो हर कोई स्तब्ध रह गया। जब वायसराय के साथ यह हो सकता है, तो कोई भी अंग्रेज हिंदुस्तान में खुद को सुरक्षित नहीं मान सकता था।

शेर अली अफरीदी से जमकर पूछताछ की गई, उसने मानो एक ही वाक्य रट रखा था, "मुझे अल्लाह ने ऐसा करने का हुक्म दिया है, मैंने अल्लाह की मर्जी पूरी की है बस।" अंग्रेजों ने काफी कोशिश की यह जानने की कि क्या कोई संगठन इसके पीछे है या फिर कोई ऐसा राजा जिसका राज उन्होंने छीना हो या फिर ब्रिटिश राज के खिलाफ किसी विदेशी ताकत का हाथ हो। लेकिन ऐसा कुछ नहीं मिला। हालाँकि शेर अली ने जो सेलुलर

जेल में तीन चार साल काटे थे, उस वजह से और उसकी नजरों में अंग्रेजों के दोगलेपन की वजह से उसका ब्रेनवॉश की बात की गई थी। जेल में बंद सारे लोग अंग्रेजी सरकार की खिलाफत करनेवाले ही थे। उस वक्त चल रहे 'वहाबी आंदोलन' के भी कुछ अनुयायी उस वक्त इस जेल में थे।

वहीं मुसलिमों को इस बात की भी टीस थी कि अंग्रेजों ने मुगल बादशाह की गद्दी कब्जा ली थी। कुछ इतिहासकारों ने शेर अली अफरीदी को पहला जेहादी बताने की भी कोशिश की है। लेकिन सच यह था कि वह स्वामिभक्त तो था, लेकिन गुलामी का अहसास उसे काफी बाद में जाकर हुआ था, कि कैसे अंग्रेजों की हर खता माफ और उसकी हर खता पर सजा। शेर अली ने अपने बयान में गुलामी और उससे जुड़े बदतर हालात की भी चर्चा की, लेकिन पूरे देश को लेकर उसकी सोच शायद उस वक्त नहीं बनी थी, क्योकि वह लड़ाकू तो था, लेकिन भगत सिंह की तरह पढ़ाकू नहीं। सबसे खास बात थी कि जिस तरह असेंबली बम कांड से पहले भगत सिंह ने अपना हैट वाला फोटो पहले ही खिंचवाकर अखबारों में भेजने की व्यवस्था की थी, उसी तरह शेर अली ने भी गिरफ्तारी के बाद अपना फोटो खिंचवाने में काफी दिलचस्पी दिखाई। शायद वह भी इस बात का ख्वाहिशमंद था कि पीढ़ियाँ उसे याद रखें कि उसने इतना बड़ा काम कर दिया था। 11 मार्च, 1873 को अंडमान निकोबार द्वीप समूह के वाइपर आइलैंड की जेल में उसको फाँसी दे दी गई।

जेल में उसकी सेल के साथियों से भी पूछताछ की गई, एक कैदी ने बताया कि शेर अली अफरीदी कहता था कि अंग्रेज देश से तभी भागेंगे, जब उनके सबसे बड़े अधिकारी को मारा जाएगा और वायसराय ही सबसे बड़ा अधिकारी था। उसकी हत्या के बाद वाकई वे खौफ में आ गए। इसीलिए न केवल इस खबर को ज्यादा तवज्जो देने से बचा गया, बल्कि शेर अली को भी चुपचाप फाँसी पर लटका दिया गया। 'लंदन टाइम्स' के जिस रिपोर्टर ने उस फाँसी को कवर किया था, वह लिखता है कि जेल ऑफिसर ने आखिरी इच्छा जैसी कोई बात उससे पूछी थी तो शेर अली ने मुसकराकर जवाब दिया था, 'नहीं साहिब।' लेकिन फाँसी से पहले उसने मक्का की तरफ मुँह करके नमाज जरूर अदा की थी।

अंग्रेजों की तरह ही बाकी भारतीय इतिहासकारों ने भी इस शेर अली के इस काम को व्यक्तिगत बदला माना, किसी ने यह नहीं सोचा कि बदला लेना होता तो वह गिरफ्तार करनेवाले ऑफिसर या सजा देनेवाले जज से लेता, सीधे वायसराय का खून क्यों करता? वह क्यों अंग्रेजों को भारत से निकालने लायक खौफ उनके मन में पैदा करने के लिए वायसराय के कत्ल का अपना सपना अपने साथी कैदियों को बताता? जो भी हो, लॉर्ड मेयो की याद में उसी साल ढूँढ़े गए एक नए द्वीप का नाम रख दिया गया। दिलचस्प बात यह है कि उन्हीं दिनों महाराष्ट्र में भी एक वीर वासुदेव बलवंत फड़के अंग्रेजों पर अपनी युवा सेना के जरिए कहर ढा रहा था, उसे भी हमारे इतिहासकार सालों तक डकैत ही कहते रहे। शेर अली अफरीदी का नाम तो इतिहास के छात्रों को भी पता हो तो हैरत की बात है।

□

श्यामजी कृष्ण वर्मा : भगत सिंह ने रखी थी शोक सभा, मोदी लाए थे अस्थियाँ

तारीख थी 30 मार्च, 1930 और वक्त था रात के 11.30 बजे। जेनेवा के एक हॉस्पिटल में भारत माँ के एक सच्चे सपूत ने आखिरी साँस ली और उसकी मौत पर लाहौर की जेल में भगत सिंह और उसके साथियों ने शोक सभा रखी, जबकि वे खुद भी कुछ ही दिनों के मेहमान थे। उस महापुरुष की अस्थियाँ जेनेवा की सेंट जॉर्ज सीमेट्री में सुरक्षित रख दी गईं। बाद में उनकी पत्नी का जब निधन हो गया, तो उनकी अस्थियाँ भी उसी सीमेट्री में रख दी गईं। इस घटना को 17 साल गुजर गए, देश आजाद हो गया, किसी को याद नहीं था कि उनकी अस्थियों को भारत वापस लाना है। एक-एक करके पचपन साल और गुजर गए, पीढ़ियाँ बदल गईं। तब इस गुजराती क्रांतिकारी की अस्थियों की सुध ली एक दूसरे गुजराती ने, गुजरात के तत्कालीन मुख्यमंत्री नरेंद्र मोदी ने और इस क्रांतिकारी का नाम था—श्यामजी कृष्ण वर्मा।

22 अगस्त, 2003 को गुजरात के सी.एम. नरेंद्र मोदी ने यह एक बड़ा काम किया, जेनेवा की धरती से श्यामजी और उनकी पत्नी भानुमति की अस्थियाँ लेकर भारत आए। बंबई से श्यामजी कृष्ण वर्मा के जन्मस्थान मांडवी तक भव्य जुलूस के साथ उनका अस्थि 'कलश राजकीय' सम्मान के साथ लेकर आए मोदी। इतना ही नहीं, वर्मा के जन्मस्थान पर भव्य स्मारक क्रांति-तीर्थ बनाया और उसके परिसर के श्यामजी कृष्ण वर्मा कक्ष में उनकी अस्थियों

को सुरक्षित रखा गया। मोदी ने क्रांति-तीर्थ को भी हूबहू बिल्कुल वैसा ही बनाने की कोशिश की जैसा कि श्यामजी कृष्ण वर्मा का लंदन में 'इंडिया हाउस' होता था।

आखिर क्या था यह इंडिया हाउस, विदेशी सरजमीं पर सक्रिय रहे भारतीय क्रांतिकारियों की चर्चा करते ही इंडिया हाउस की चर्चा जरूर होती है। लंदन के महँगे इलाके में श्यामजी कृष्ण वर्मा ने इंडिया हाउस खोला और उसमें 25 भारतीय स्टूडेंट्स के लिए रहने-पढ़ने की व्यवस्था की, ताकि वे वहाँ रहकर लंदन में अपनी पढ़ाई पूरी कर सकें। इसके लिए श्यामजी कृष्ण वर्मा ने बाकायदा कई फेलोशिप भी शुरू कीं। ऐसी ही एक 'शिवाजी फेलोशिप' के जरिए वीर सावरकर भी लंदन हाउस में रहने आए। इसी लंदन हाउस में सावरकर ने क्रांतिकारी मदन लाल ढींगरा को हथियार चलाने की ट्रेनिंग दी, जिसने बाद में भारत सचिव के सलाहकार वाइली की लंदन में ही गोली मारकर हत्या कर दी। भारत सचिव ब्रिटिश सरकार का वह अधिकारी या मंत्री होता था, जिसको भारत का वायसराय रिपोर्ट करता था। वाइली भारत सचिव का राजनीतिक सलाहकार था। इस तरह से किसी भी ब्रिटिश अधिकारी के मारने की अब तक की यह सबसे बड़ी घटना रही है, वह भी उनके घर में घुसकर यानी लंदन में। साफ है कि इंडिया हाउस युवा क्रांतिकारियों का गढ़ बनता चला गया।

श्यामजी कृष्ण वर्मा का जन्म 4 अक्तूबर, 1857 को कच्छ के मांडवी में हुआ था। पिता की जल्दी मृत्यु के बाद उनकी पढ़ाई बंबई के विल्सन कॉलेज से हुई। संस्कृत से उनका नाता यहीं जुड़ा, जो बाद में ऑक्सफोर्ड यूनिवर्सिटी में संस्कृत पढ़ाने के काम आया। उनकी पत्नी भानुमति एक संपन्न परिवार से थीं, इसी दौरान उनका संपर्क स्वामी दयानंद सरस्वती से हुआ और वे उनके शिष्य बन गए। पूरे देश में श्यामजी ने उनकी शिक्षाओं को प्रसारित करने के लिए दौरे किए। यहाँ तक कि काशी में उनका भाषण सुनकर काशी के पंडितों ने उन्हें 'पंडित' की उपाधि दे दी, ऐसी उपाधि पानेवाले वे पहले गैर-ब्राह्मण थे। उसके बाद वो ऑक्सफोर्ड यूनिवर्सिटी में पढ़ने लंदन चले गए, जहाँ संस्कृत के प्रोफेसर मोनियर विलियस ने उन्हें अपना असिस्टेंट बना लिया। वहाँ से श्यामजी ने ग्रेजुएशन किया और एम.ए. और 'बार एट ला' ऑक्सफोर्ड से

करनेवाले वे पहले भारतीय बने। इस दौरान वे एशियाटिक सोसायटी के सदस्य बन गए, बर्लिन कांग्रेस ऑफ ओरियंटलिस्ट में भारत का प्रतिनिधित्व किया और सात साल लंदन रहने के बाद वे 1885 में भारत लौट आए।

यह वही साल था, जब देश में कांग्रेस की स्थापना हुई थी, लेकिन वे कांग्रेस के, उसकी याचना की नीतियों के हमेशा आलोचक बने रहे। भारत आकर उन्होंने बतौर वकील अपना काम शुरू किया। बहुत जल्द उनको रतलाम स्टेट का दीवान बना दिया गया। लेकिन तबीयत खराब रहने के चलते उन्होंने वहाँ से विदा ले ली। उस दौर के उस छोटे से समय की नौकरी की ग्रेज्युटी उन्हें बत्तीस हजार रुपए मिली थी। उन्होंने अपनी रकम कॉटन के बिजनेस में लगा दी और खुद अपने गुरु स्वामी दयानंद के प्रिय शहर अजमेर में बस गए और बिटिश कोर्ट में प्रैक्टिस करने लगे। इसी दौरान वे दो साल तक उदयपुर स्टेट के काउंसिल मेंबर भी रहे। फिर वो गुजरात में जूनागढ़ स्टेट के दीवान भी बने। लेकिन एक ब्रिटिश एजेंट से इस कदर उनका झगड़ा हुआ कि ब्रिटिश सरकार के प्रति उनका मन नफरत से भर गया और उन्होंने इस नौकरी से भी इस्तीफा दे दिया।

श्यामजी कृष्ण वर्मा कांग्रेस के गरम दल को पसंद करते थे, लोकमान्य तिलक उनके आदर्श थे। 1890 में 'एज ऑफ कंसेंट बिल' वाले विवाद में तिलक का उन्होंने जमकर साथ दिया, पुणे के प्लेग कमिश्नर रैंड की हत्या के केस में भी वे चापकर बंधुओं का समर्थन करने से पीछे नहीं हटे। लेकिन उनको लग गया था कि देश में रहकर अंग्रेजों का विरोध करना आसान नहीं, यह काम लंदन में रहकर थोड़ा आसानी से हो सकता है। 1900 में उन्होंने लंदन के पॉश इलाके हाईगेट में एक महँगा घर खरीदा और उसका नाम इंडिया हाउस रख दिया। फिर तो वह घर भारत से लंदन आनेवालों की सराय बन गया। गांधी से लेकर भगत सिंह, लाला लाजपत राय से लेकर तिलक और गोखले भी इंडिया हाउस में रुके, एक बार लेनिन भी। शुरुआत में 25 भारतीयों को उस इंडिया हाउस में बतौर हॉस्टल रुकने का ठिकाना दिया गया, जो वहाँ रहकर पढ़ रहे थे। बाद में दुनिया के कई शहरों में इंडिया हाउस शुरू किए गए, पेरिस, सैनफ्रांसिस्को और टोक्यो में भारतीय क्रांतिकारियों ने अपनी रणनीतियाँ बनाने के लिए इनका उपयोग किया। इसके साथ ही श्यामजी कृष्ण वर्मा ने

'इंडियन सोशियोलॉजिस्ट' नाम का अखबार शुरू किया, जिसकी कॉपियाँ पूरे यूरोप में भेजी जाती थीं और बाद में इंडियन होमरूल संगठन की भी स्थापना की।

इंडिया हाउस ने कई क्रांतिकारियों को शरण दीं, जिनमें भीखाजी कामा, वीर सावरकर, मदन लाल ढींगरा, वीरेंद्र चट्टोपाध्याय आदि प्रमुख थे। बाद में लाला हरदयाल भी जुड़ गए और अमेरिका से भगत सिंह के गुरु करतार सिंह सराभा और विष्णु पिंगले की अगुआई में अमेरिका से गदर आंदोलनकारियों का जत्था 1915 में एक बड़ी क्रांति के लिए भारत भी आया। एक गद्दार की वजह से वह योजना विफल हो गई। उस गदर क्रांति को भी लाला हरदयाल और श्यामजी कृष्ण वर्मा ने सहायता दी थी। 'इंडियन सोशियोलॉजिस्ट' में उनके लिखे अंग्रेज सरकार विरोधी लेखों को लेकर श्यामजी अंग्रेजों के निशाने पर आ गए और साथ में उनका इंडिया हाउस भी। सीक्रेट सर्विस के एजेंट उन पर नजर रखने लगे। यहाँ तक कि उन पर कई तरह की पाबंदियाँ लगा दी गईं। इधर वीर सावरकर वहाँ आकर रहने लगे और कई साल तक रहे भी। उन दिनों वो मदन लाल ढींगरा को हथियार चलाने की ट्रेनिंग भी दे रहे थे।

श्यामजी ने इंडिया हाउस की जिम्मेदारी वीर सावरकर को सौंपी और वे 1907 में पेरिस निकल गए। हालाँकि अंग्रेजी सरकार ने उनको वहाँ भी परेशान किया, लेकिन श्यामजी ने कई फ्रांसीसी राजनेताओं से संपर्क बना लिया और वे वहीं से पूरे यूरोप के भारतीय क्रांतिकारियों को एकजुट करने, उनको मदद करने, कई भाषाओं में अखबार छपवाने आदि में मदद करने लगे। लेकिन ब्रिटेन और फ्रांस के बीच एक सीक्रेट समझौते के चलते उन्होंने पेरिस को भी छोड़ना बेहतर समझा और वे प्रथम विश्वयुद्ध से ठीक पहले स्विट्जरलैंड की राजधानी जेनेवा के लिए निकल गए। हालाँकि वहाँ उन पर थोड़ी पाबंदियाँ थीं, फिर भी वे जितना हो सकता था, यूरोप में सक्रिय भारतीय क्रांतिकारियों की मदद करते रहे। यह वही वक्त था, जब दुनिया भर में मौजूद भारतीय विश्वयुद्ध का फायदा उठाकर अंग्रेजी सरकार पर हमला करना चाहते थे, गदर क्रांतिकारियों और बाघा जतिन, रासबिहारी बोस ने भी ऐसी ही कोशिश की थी।

श्यामजी कृष्ण वर्मा को यह बाद में पता चला कि जिस प्रो इंडिया कमेटी के प्रेसीडेंट डॉक्टर ब्रीस से वे सबसे ज्यादा बातचीत करते थे, वह एक ब्रिटिश

सीक्रेट एजेंट था। इधर मदन लाल ढींगरा ने जैसे ही भारत सचिव वाइली की हत्या की, इंडिया हाउस अंग्रेजी सरकार के निशाने पर आ गया और 1910 में इसे बंद कर दिया गया। लेकिन आज इंडिया हाउस को श्यामजी की बजाय वीर सावरकर की वजह से ज्यादा जाना जाता है, इंडिया हाउस की सामने की दीवार पर ही लिखा हुआ है, "Veer Sawarkar—Indian Patriot and Philosopher lived here."

इधर जेनेवा में श्यामजी कृष्ण वर्मा की तबीयत खराब रहने लगी थी। उन्होंने लोकल प्रशासन और सेंट जॉर्ज सीमेट्री के साथ अपनी और पत्नी की अस्थियाँ सौ साल तक रखने का करार किया, इसके लिए उन्होंने फीस भी चुकाई। इस करार में यह भी था कि इस दौरान देश आजाद होता है, तो उनकी अस्थियाँ उनके देश वापस भेज दी जाएँ, वे वतन की मिट्टी में ही मिलना चाहते थे। देश आजाद हुआ, तो किसी को उनकी सुध ही नहीं रही। इंदिरा गांधी के समय जरूर पेरिस के एक भारतीय विद्वान् प्रथवेंद्र मुखर्जी ने कोशिश की, लेकिन कामयाब नहीं हो पाए। तब नरेंद्र मोदी 2003 में उनकी अस्थियों को वापस भारत लाए और उनका शानदार स्मारक इंडिया हाउस की शक्ल में ही मांडवी में बनवाया। मोदी अपने गुजराती क्रांतिकारी श्यामजी कृष्ण वर्मा से इतने ज्यादा प्रभावित रहे हैं कि यह माना जाता है कि जो दाढ़ी वाला लुक मोदी का है, वह दरअसल श्यामजी कृष्ण वर्मा के ही लुक से प्रभावित होकर रखा गया है, सच मोदी ही बेहतर जानते होंगे।

□

स्वामी विवेकानंद की सबसे खास शिष्या की कहानी, जिसने लॉर्ड कर्जन को साबित कर दिया था झूठा, मँगवाई माफी

सिस्टर निवेदिता

लॉर्ड कर्जन को भारत के इतिहास में बंग भंग के लिए जाना जाता है, जिसने बंगाल के दो टुकड़े करके 1905 में एक तरह से अलग बांग्लादेश की नींव रख दी थी। इस अंग्रेजी वायसराय ने 1905 में कलकत्ता यूनिवर्सिटी में एक भाषण भी दिया, जिसमें इसने बताया कि कैसे पश्चिम में सत्य को नैतिक पायदानों पर सबसे ऊँचा दर्जा दिया जाता है, जबकि पूर्व में ऐसा बिल्कुल नहीं है। पूरी यूनिवर्सिटी भारतीयों को झूठा कहने पर भी सुनती रही, कोई विरोध की आवाज नहीं उठी। ऐसे में पश्चिम में ही पैदा हुई, पली-बढ़ी और पैदाइशी अंग्रेज एक महिला ने कर्जन के इस भाषण के खिलाफ एक किताब लिखी, 'प्रॉब्लम्स ऑफ द फार ईस्ट'। जिसमें उसने खुलासा किया कि लॉर्ड कर्जन ने कोरिया के फॉरेन ऑफिस को अपनी उम्र और शादी के बारे में क्या-क्या झूठा बयान दिया था। लंदन से लेकर भारत तक इस किताब के आने के बाद हंगामा मच गया था उन दिनों, कर्जन को माफी माँगनी पड़ गई।

यह महिला थी मार्गरेट एलिजाबेथ नोबेल, स्वामी विवेकानंद की सबसे खास शिष्या, जिसने उन्होंने नाम दिया था भगिनी निवेदिता।

'द स्टेट्समेन' और 'अमृत बाजार पत्रिका' जैसे समाचार-पत्रों ने इस किताब के अंशों को जमकर छापा। कर्जन को अपने भाषण के लिए और भारतीयों को झूठा कहने के लिए माफी माँगनी पड़ गई। आयरलैंड से स्वामी विवेकानंद के व्यक्तितत्त्व से प्रभावित होकर अपना देश छोड़कर पूरी जिंदगी भारत और भारतीयों के नाम करनेवाली इस महिला ने भारत के लिए कई मोरचों पर काम किया। जाने-माने भारतीय वैज्ञानिक जगदीश चंद्र बोस की सिस्टर निवेदिता ने काफी मदद की, न केवल धन से बल्कि विदेशों में अपने रिश्तों के जरिए। बोस की मदद करने के लिए रवींद्र नाथ टैगोर ने भी निवेदिता की जमकर तारीफ की थी। इसके अलावा निवेदिता अनुशीलन समिति के युवा क्रांतिकारियों के संपर्क में भी थीं, सीधे क्रांतिकारी गतिविधियों में भाग न लेकर वे अलग-अलग तरीकों से उनकी मदद करती थीं। भगिनी निवेदिता की किताब 'काली : द मदर' से ही प्रभावित होकर अवनींद्र नाथ टैगोर ने पहली बार भारतमाता की पेंटिंग बनाई थी।

साउथ के जाने-माने कवि सुब्रह्मण्यम भारती 1906 में थोड़ी सी देर के लिए निवेदिता से मिले थे, जिसमें निवेदिता ने भारती को भारत की महिलाओं के लिए कुछ करने को कहा, भारती ने पूरी जिंदगी फिर उसी में लगा दी। भारती की कविताओं ने तमाम राष्ट्रभक्तों को प्रेरित किया। बहुत कम लोगों को पता होगा कि भगिनी निवेदिता ने भी आजाद भारत के लिए पहले राष्ट्रीय झंडे को डिजाइन किया था, केसरिया रंग की बैकग्राउंड वाले इस झंडे के बीचोबीच वज्र बना था। इतना ही नहीं, उन्होंने अपने स्कूल में वंदेमातरम् का गान छात्राओं और अध्यापकों के लिए अनिवार्य कर दिया था। 1899 में कलकत्ता में प्लेग फैलने पर निवेदिता ने जमकर गरीबों की मदद की।

आखिर कौन थी यह महिला, जिसने भारत को, उसकी आकांक्षाओं को, भारतीयों के सपनों को, उनकी परंपराओं को, उनकी भावनाओं को इतने अंदर तक आत्मसात् कर लिया था कि वे अपने ही देश के लोगों का झूठ और भारतीयों को झूठा कहना बरदाश्त नहीं कर पाती थीं? किसने उसे भारतीयता के आध्यात्मिक रंग में इतना सराबोर कर दिया था कि उसने पूरी जिंदगी भारत

के नाम करने की ठान ली और इसे अंत तक निभाया भी। यह 1895 की बात है, अमेरिका की यात्रा करके स्वामी विवेकानंद लंदन चले आए। आयरलैंड की मार्गरेट एक स्कूल में टीचर थीं और विचारों से सामाजिक-धार्मिक होने के चलते लंदन के कई पत्र-पत्रिकाओं में लिखती थीं। लंदन में स्वामी जिसके घर पर रुके थे, उन्होंने मार्गरेट को भी मिलने बुलाया और पहली ही मुलाकात में वे विवेकानंद के व्यक्तित्व से काफी प्रभावित हुईं। शादी करने जा रहीं मार्गरेट के मंगेतर की मौत एक एक्सीडेंट में हो गई थी। उसके बाद से सांसारिक दुनिया से उनका ध्यान हट गया था।

28 जनवरी, 1898 को वे स्वामी विवेकानंद की शरण में कलकत्ता पहुँची। स्वामी की दो और विदेशी शिष्याएँ उन दिनों कलकत्ता में थीं, जिनमें से एक नॉर्वे के मशहूर संगीतकार ओले बुल की बीवी सारा सी बुल और अमेरिका की जोसफिन मेकलॉड। जबकि 1902 में जर्मनी से सिस्टर क्रिस्टीन भी आ गईं, क्रिस्टीन ने ही निवेदिता की मौत के बाद उनका स्कूल सँभाला था, विवेकानंद उन्हें बेटी मानते थे। इन सभी के साथ विवेकानंद ने कश्मीर समेत पूरे देश की और अमेरिका की यात्रा भी की थी। मार्गरेट को विवेकानंद ने ब्रह्मचर्य की दीक्षा दी और उनका नाम रखा भगिनी (बहन) निवेदिता। निवेदिता ने स्वामी विवेकानंद और अपने रिश्तों को लेकर एक किताब लिखी, 'द मास्टर, एज आई सॉ हिम'। निवेदिता ने उन्हें किंग और खुद को उनकी आध्यात्मिक बेटी की तरह लिखा है। स्वामी विवेकानंद ने भी निवेदिता को लेकर एक कविता लिखी थी—

The mother's heart, the hero's will
The sweetness of the southern breeze,
The sacred charm and strength that dwell
On Aryan altars, flaming, free;
All these be yours and many more
No ancient soul could dream before-
Be thou to India's future son
The mistress, servant, friend in one.

जब विवेकानंदजी की मौत हुई, तो सुबह 7 बजे से लेकर दोपहर 1 बजे तक सिस्टर निवेदिता हाथ का पंखा लेकर उनके शव पर हवा करती रहीं, बिना रुके। स्वामी के शरीर को भगवा कपड़े से ढक दिया गया था। निवेदिता

ने कोशिश की कि इस भगवा कपड़े का एक टुकड़ा उनके पास भी हो, ताकि स्वामी की अंतिम स्मृति के तौर पर रख सकें, लेकिन उनको भारतीय परंपराओं का खासा डर था। ऐसे में स्वामी के शिष्य स्वामी सर्वदानंद ने इजाजत भी दे दी, लेकिन उनकी हिम्मत नहीं हुई। स्वामी की चिता की राख पूरी तरह शांत होने तक वे श्मशान में ही रुकी रहीं कि उसी कपड़े का एक टुकड़ा उन्हें वहीं उड़ता मिला। निवेदिता ने स्वामी का उपहार समझकर उसे रख लिया।

विवेकानंद निवेदिता को महिलाओं की एजुकेशन के क्षेत्र में काम करने के लिए लेकर आए थे, कलकत्ता में निवेदिता ने एक गर्ल्स स्कूल खोला। वे घर-घर जाकर गरीबों से लड़कियाँ स्कूल भेजने की गुहार लगाने लगीं, विधवाओं और कुछ गरीब औरतों को भी वे सिलाई, कढ़ाई आदि काम स्कूल के बचे समय में सिखाने लगीं। स्कूल के फंड जुटाने के लिए वे कई पत्र-पत्रिकाओं में लिखने लगीं, लेक्चर देने जाने लगीं। फंड के लिए वो कई बार अमेरिका और लंदन भी गईं। इसके बावजूद उसी कलकत्ता की मदर टेरेसा को तो दुनिया जानती है, निवेदिता को भारतीय भी नहीं जानते। जबकि जमशेदजी टाटा ने विवेकानंदजी के आग्रह पर जिस विश्वस्तरीय शिक्षा संस्थान को खड़ा करने की योजना बनाई, उसको अनुमति दिलाने के लिए निवेदिता ने लंदन में काफी मेहनत की। आज वह संस्थान रैकिंग में इंडिया की नंबर वन यूनिवर्सिटी है—बैंगलोर का इंडियन इंस्टीट्यूट ऑफ साइंस (आई.आई.एस.सी.)।

भारतीयता को लेकर उनके मन में इतना गहरा गौरव था कि भारतीयों को आज भी न हो, एक बार उन्होंने 'कर्म योगिन' पत्रिका में अपने लेख में सीधे-सीधे लिखा कि क्या भास्कराचार्य और शंकराचार्य के देशवासियों को न्यूटन और डार्विन के देशवासियों के सामने खुद को हीन समझना चाहिए? ये हैं उनके इस लेख की पंक्तियाँ—

"The whole history of the world shows that the Indian intellect is second to none. This must be proved by the performance of a task beyond the power of others, the seizing of the first place in the intellectual advance of the world. Is there any inherent weakness that would make it impossible for us to do this? Are the countrymen of Bhaskaracharya and Shankaracharya inferior to the countrymen of Newton and Darwin? We trust not. It is for us, by the power of our thought, to break down the iron walls of opposition that confront us, and to seize and enjoy the intellectual sovereignty of the world."

स्वामी विवेकानंद की तरह ही उनकी भी कम उम्र में ही मृत्यु हो गई। 2011 में वे दार्जिलिंग के दौरे पर थीं, जब उनकी मौत हुई। उनकी मौत के बाद बने मेमोरियल पर लिखा है—"Here reposes Sister Nivedita who gave her all to India." स्कूल टीचिंग को लेकर उनके अभिनव प्रयोगों की वजह से 2010 में वेस्ट बंगाल बोर्ड ऑफ सेकेंडरी एजुकेशन के ऑफिस का नाम उनके नाम पर रख दिया गया। चेन्नई में भी सिस्टर निवेदिता एकेडमी स्थापित की गई। स्वामी रामकृष्ण की पत्नी शारदा उन्हें अपनी बेटी की तरह मानती थीं, तभी दक्षिणेश्वर, कलकत्ता में बने ब्रिज का नाम निवेदिता ब्रिज रखा गया। अलीपुर कलकत्ता में एक सरकारी डिग्री कॉलेज भी दो साल पहले उनके नाम पर खोला गया। 1962 में एक बंगाली फिल्म भी बिजॉय बसु ने बनाई 'भगिनी निवेदिता', जिसे नेशनल फिल्म अवार्ड भी मिला। फिर भी कलकत्ता के अलावा भारत में स्वामी विवेकानंद की इस सबसे खास शिष्या को जानने वाले गिनती के मिलेंगे।

□

जज ने पूरी नहीं की डायर को उसके शहर में जाकर मारनेवाले ऊधम सिंह की आखिरी ख्वाहिश?

ऊधम सिंह

1940 की गरमियों में लंदन की एक कोर्ट का माहौल और भी ज्यादा गरम हो गया था। जज एटकिंसन चाहता था कि आरोपी केवल वे वजहें कोर्ट को बताए, जिसके लिए उसे फाँसी न दी जाए। लेकिन आरोपी जो एक भारतीय युवा था, वे तो कोई सफाई देने को तैयार ही नहीं था, न वह यह कह रहा था कि उसे फाँसी मत दो या उसने कोई गुनाह नहीं किया। वह तो कोर्ट में अपनी बात रखना चाहता था, इसलिए जेल में तैयार ऐसे कई नोट्स लेकर आया था, जिन्हें वह भरी कोर्ट में मीडिया के सामने बोलना चाहता था। इसी बातचीत में उसने अपनी आखिरी ख्वाहिश भी कोर्ट में बताई कि वह 23 तारीख को ही अपनी फाँसी चाहता है। फिर भी कोर्ट ने उसकी ये आखिरी ख्वाहिश पूरी नहीं की।

यह क्रांतिकारी युवा था ऊधम सिंह, जिसने लंदन जाकर जलियाँवाले बाग हत्याकांड के लिए जिम्मेदार जनरल डायर के बॉस और उस वक्त पंजाब के गवर्नर रहे माइकिल ओ डायर के सीने में उसके अपने लोगों के बीच कई गोलियाँ दाग दी थीं। जज चाहता था कि वह अपनी सफाई दे, जबकि ऊधम

सिंह यह बताना चाहता था कि उसने यह हत्या क्यों की। आखिरकार जज मान गया, ऊधम सिंह ने जो एक बार बोलना शुरू किया, वहाँ खड़े सभी पुलिस अधिकारियों, कोर्ट अधिकारियों, वकीलों और जज के अंदर तक आग लग गई।

"तुम लोग भारत जाते हो, तो काम करके लौटकर आने के बाद तुम्हें हाउस ऑफ कॉमंस में सजाया जाता है, मोटे-मोटे इनाम दिए जाते हैं और एक हम लोग हैं, जो भारत से यहाँ आते हैं और अपना काम करने के बाद हमें फाँसी पर लटका दिया जाता है। मैंने उसे मारा केवल विरोध जताने के लिए, भारतीयों को और तुम अंग्रेजों को यह दिखाने के लिए कि मैं मरूँगा केवल इसलिए, ताकि हजारों भारतीय युवा आएँ और अपने देश को आजाद करवाने के लिए अपने प्राणों की आहुति दें। क्या करूँगा बूढ़ा होकर जब देश पर मरने के लिए, कुरबान होने के लिए मुझे मौका जवानी में ही मिल रहा है? मैंने उसे मारा, ताकि पूरी दुनिया के सामने ब्रिटिश कुत्तों की गुलामी में रह रहे देशवासियों की गंदी हकीकत को सामने ला सकूँ, बता सकूँ कि आप लोग जिस देश को सभ्य करने का श्रेय ले रहे हैं, असलियत में उसको लूट-खसोटकर आप लोग अपनी तिजोरियाँ भर रहे हैं और भारतीयों पर क्रूर अत्याचार कर रहे हैं।"

ऊधम सिंह के इस बयान से जज भड़क उठा, उसने फौरन मीडिया को आदेश किया—'I give a direction to the Press not to report any of the statement made by the accused in the dock. You understand, members of the press?' इस तरह सालों तक ऊधम सिंह का यह प्रेरणादायी भाषण कोर्ट की चाहरदीवारी में ही कैद रहा, सालों बाद पुलिस रिकॉर्ड से यह बाहर आया। लेकिन तब तक देश के बच्चों को पढ़ाने के लिए जो इतिहास लिखा जा चुका था और उसमें ऊधम सिंह का ढंग से जिक्र भी नहीं था। आज भी बहुत कम लोग ऊधम सिंह की हिम्मत और कुरबानी के बारे में जानते हैं।

ऊधम सिंह पंजाब के संगरूर के एक गरीब किसान के परिवार में 26 दिसंबर, 1899 को पैदा हुए थे। उनके पिता एक रेलवे क्रॉसिंग पर चौकीदार थे। युवावस्था से ही वे देश की आजादी की जंग में शामिल हो गए थे। जलियाँवाला बाग हत्याकांड के वक्त भी ऊधम सिंह वहीं थे और भीड़ को बाकी युवाओं के साथ पानी पिला रहे थे। आँखों के सामने इतने निरीह लोगों की हत्या ने ऊधम सिंह को अंदर तक हिला दिया। उसकी वक्त ऊधम सिंह ने उसका बदला लेने की ठान ली।

ऊधम सिंह की दोस्ती भगत सिंह से थी। उस वक्त भगत सिंह के पास एक बोतल रहती थी, जिसमें जलियाँवाले बाग की खून से सनी मिट्टी भरी थी, उसे ऊधम सिंह को उन्होंने दिखाया भी था। ऊधम सिंह गदर पार्टी से जुड़ गए और कई देशों में भारतीयों को आजादी की लड़ाई में जोड़ने के मिशन में लग गए। कई देशों में ऊधम सिंह ने भारतीय युवाओं का अच्छा ग्रुप तैयार कर लिया था। 1927 में भगत सिंह के कहने पर वे 25 युवाओं को हथियारों के साथ लेकर भारत आए। लेकिन पुलिस को खबर मिल गई, गदर पार्टी का साहित्य और हथियार मिलने पर पुलिस ने उन्हें पकड़ लिया और पाँच साल के लिए जेल भेज दिया। वरना भगत सिंह की क्रांतिकारी गतिविधियों में ऊधम सिंह की अहम भूमिका होती। उनके जेल में रहते-रहते पहले भगत सिंह को फाँसी पर चढ़ा दिया गया, फिर आजाद की भी मौत हो गई। भारत में क्रांतिकारी गतिविधियाँ कमजोर पड़ गईं। लेकिन भगत सिंह, आजाद के साथ-साथ लंदन में मदन लाल ढींगरा की फाँसी ने उनको भी कुछ करने के लिए प्रेरित किया।

1933 में आजाद होकर ऊधम सिंह मन में जलियाँवाला बाग के गुनहगारों को सजा देने का मिशन लेकर कश्मीर निकल गए। पंजाब पुलिस के जासूस उनके पीछे थे। उन्होंने तीन महीने कपड़े की एक दुकान में श्रीनगर में काम भी किया और एक दिन वहाँ से मौका देखकर लाहौर और फिर कराची। वहाँ से शिप में बैठकर जर्मनी। 1934 में ऊधम सिंह लंदन पहुँचे। वहाँ एक मोटर गैराज में काम करना शुरू किया। 1934 के अंत में उन्होंने यह कहकर यूरोप के कई देशों की यात्रा की इजाजत माँगी कि उनकी भारत में स्पोर्ट्स का सामान बनाने की कंपनी है, जिसके लिए उन्हें कई देशों में जाना है। लेकिन रूस जाने के बाद वहाँ से उन्होंने इंग्लैंड जाने की इजाजत माँगी, जब पता चला कि उसके लिए ब्रिटिश सरकार की अनुमति लेनी होगी, तो उन्होंने अपनी अप्लीकेशन वापस ले ली। फिर कुछ दिनों बाद उन्होंने आयरलैंड की इजाजत माँगी, जो आसानी से मिल गई और आयरलैंड से इंग्लैंड पहुँचना आसान था, इस तरह करीब दो साल उन्हें भारत से लंदन पहुँचने में लग गए।

लंदन में उन्होंने एक इंजीनियरिंग कॉलेज में ऊदै सिंह के नाम से एडमिशन भी ले लिया। कॉलेज के बाद वे माइकल ओ डायर के बारे में जानकारी जुटाया करते थे, फिर उन्होंने फेरी लगाना शुरू कर दिया। जिससे थोड़ा पैसा हाथ आया तो उन्होंने लंदन में एक छोटी कार ले ली, फिर वे कार से फेरी भी

लगाने लगे। अपने सर्च मिशन में भी लग गए। फेरी के काम में एक भारतीय के स्टोर नैयर ब्रदर्स ने उनकी काफी मदद की थी। फिर उन्होंने 6 चैंबर वाला एक रिवॉल्वर भी खरीद लिया। ऊधम सिंह ने दोनों डायर के खिलाफ तब तक काफी जानकारी जुटा ली थी, जनरल रिगिनॉल्ड डायर तो बीमारी से जलियाँवाला बाग हत्याकांड के 8 साल बाद ही मर गया था, लेकिन उसको अमृतसर में नियुक्त करनेवाला, उसे बचानेवाला और लंदन लौटकर उसका सम्मान करनेवाला पंजाब का गवर्नर रहा माइकल ओ डायर अभी जिंदा था।

ऊधम सिंह उसको घर में नहीं, बल्कि जनता के सामने मारकर अपनी गिरफ्तारी देना चाहते थे, ताकि पूरी दुनिया में उसका मैसेज जाए। 13 मार्च, 1940 को यह मौका मिला। उस दिन कैक्सटन हॉल लंदन में ईस्ट इंडिया एसोसिएशन और सेंट्रल एशियन सोसायटी की ज्वॉइंट मीटिंग थी, जिसमें डायर को बोलना था। ऊधम सिंह ने दो गोलियाँ उसके सीने में उतार दीं और वहाँ से भागे नहीं, उनका मिशन जो पूरा हो चुका था। वे कोर्ट से भगत सिंह की फाँसी की तारीख यानी 23 तारीख को ही फाँसी चाहते थे, लेकिन कोर्ट ने 31 जुलाई, 1940 को फाँसी दी। उस वक्त नेहरू ने माइकल ओ डायर को इस तरह मारने की निंदा की और 'नेशनल हेराल्ड' में लिखा, "[The] assassination is regretted but it is earnestly hoped that it will not have far-reaching repercussions on [the] political future of India." लेकिन अपनी मौत से एक-डेढ़ साल पहले नेहरू जी ने 1962 में अपना बयान बदला और एक पब्लिक स्टेटमेंट में बोला, "I salute Shaheed-i-Azam Udham Singh with reverence who had kissed the noose so that we may be free."

भगत सिंह की जेल डायरी, उनके कोर्ट केस की सारी सुनवाई फिल्मों और मीडिया के जरिए आम लोगों तक पहुँचती रही और बच्चा-बच्चा भगत सिंह को जानता है। लेकिन सालों तक ऊधम सिंह की कहानी देश के युवाओं तक पहुँची ही नहीं कि केवल एक मैसेज देने के लिए, एक बदला लेने के लिए, एक सबक सिखाने के लिए, अपनी फाँसी से लाखों लोगों को प्रेरित करने के लिए उसने कितनी साहसिक और लंबी लड़ाई लड़ी और देश के दुश्मन को धैर्य के साथ उसके घर में जाकर ढेर किया, अपनी जान की, जवानी की कुरबानी देकर।

□

एक क्रांतिकारी, जिसके लिए संशोधित करने पड़े वंदेमातरम् वाली किताब 'आनंदमठ' के पाँच एडिशन

वासुदेव बलवंत फड़के

सन् 1857 की लड़ाई को प्रथम स्वतंत्रता संग्राम कहा गया। वीर सावरकर ने इसको लेकर एक किताब लिखी और बताया कि यह कैसे भारत का पहला स्वतंत्रता संग्राम था। लेकिन फिर भी लोगों ने सवाल उठाए कि सैनिक सूअर या गाय की चर्बीवाले कारतूसों से परेशान थे और मुगल बादशाह, लक्ष्मीबाई, नाना साहेब, हजरत महल आदि अपने राज छिन जाने की वजह से परेशान थे, इसलिए यह जंग हुई। कई इतिहासकारों ने लिखा कि आम जनता इस संग्राम से नहीं जुड़ी, ऐसे में 1857 के ठीक बाद महाराष्ट्र की धरती से एक आजादी का मतवाला उठा, जिसका न किसी राजपरिवार से कोई ताल्लुक था और न ही महाराष्ट्र में तमाम तरह के आंदोलनों में सक्रिय रहे चितपावन ब्राह्मणों से। आर्थिक, सामाजिक और जातीय स्थिति में सबसे नीचे के तबके से उठा था वह योद्धा, जिसे अंग्रेजों ने डाकू कहा और आज की पीढ़ी उसे रॉबिनहुड से भी बेहतर पाएगी, नाम था—वासुदेव बलवंत फड़के।

फड़के का न पेशवा से कोई लेना-देना था और न ही शिवाजी के वंशजों

से, न ही शिवाजी और बाजीराव की तरह उसे युद्धकला विरासत में हासिल हुई थी। उसे तो उसकी माँ ने योद्धा बनने पर मजबूर कर दिया। अपनी माँ की वजह से वह माँ भारती के करोड़ों लालों के लिए खड़ा हो गया, सबकुछ दाँव पर लगाकर। उसने शिवाजी की तरह ही एक अंडरग्राउंड आर्मी खड़ी कर दी, वह भी तब जब पेशवा किनारे लग चुके थे, शिवाजी के वंशज पेंशन पर थे और अंग्रेजों का पूरे देश पर एकच्छत्र राज था। आर्मी भी उन लोगों की जो समाज के हाशिए पर थे। भील, डांगर, कोली, रामोशी आदि जातियों के युवाओं को मिलाकर खड़ी की गई यह आर्मी। शुरू से ही वासुदेव को कुश्ती और घुड़सवारी का शौक था, यहाँ तक कि स्कूल छोड़ दिया, हालाँकि बाद में वासुदेव ने एक क्लर्क की नौकरी कर ली, पुणे के मिलिटरी एकाउंट्स डिपार्टमेंट में। माँ उसे उसके नाम का अर्थ बताती थी, तो उसे लगता था कि उसकी भी अपनों के लिए कुछ जिम्मेदारी है। लेकिन एक दिन माँ काफी बीमार थी, मरने से पहले अपने बेटे से मिलना चाहती थी, लेकिन अंग्रेज अफसर ने छुट्टी देने से मना कर दिया, वह अगले दिन बिना छुट्टी के घर चला गया, लेकिन इतनी देर हो गई कि अंतिम वक्त में भी वह अपनी माँ से न मिल सका। पहली बार उसकी समझ में आया कि गुलामी क्या होती है, जिस माँ से वह वीर महापुरुषों की कहानियाँ सुनता था, अपना काम पूरी मेहनत से कर्तव्य की तरह करता था, उसकी माँ से ही अंतिम दिन भी न मिलने दे यह नौकरी, यह जीवन··· उसे सब व्यर्थ लगा। उसे लगा कि न जाने कितनी माएँ हैं, जो भारत माँ की गुलामी के चलते अपने बेटों से नहीं मिल पाती होंगी। 15 साल की सरकारी नौकरी को लात मारकर उसने भारत माँ को अंग्रेजी गुलामी से मुक्त करने का प्रण ले लिया।

बंबई के पास है रायगढ़ जिला, शिवाजी महाराज के साम्राज्य की राजधानी और उस जिले के पनवेल तालुका में आज तमाम फिल्म स्टार्स के फार्म हाउसेज हैं, वहीं पास के एक गाँव में पैदा हुए थे वासुदेव बलवंत फड़के। जैसे शिवाजी की जिंदगी में माँ जीजाबाई और समर्थ गुरु रामदास का अहम रोल था, वैसे ही वासुदेव की जिंदगी में भी उसकी माँ के अलावा एक गुरु का बड़ा रोल था। जब पढ़ाई और फिर नौकरी के लिए पुणे गया वासुदेव तो वहाँ मुलाकात हुई क्रांतिवीर लाहूजी वस्ताद साल्वे से, एक समाज-सुधारक जो

दलित जातियों के युवाओं के बीच कुश्ती की ट्रेनिंग देते थे। वासुदेव का उनके ट्रेनिंग सेंटर में जाना आम हो गया। साल्वे लगातार बताते थे कि देश तब तक आजाद नहीं होगा, जब तक कि आजादी की लड़ाई की कमान ऊपर के वर्गों से निकलकर दलित पिछड़े युवाओं के हाथों में नहीं आती, जब तक इतना बड़ा वर्ग आजादी की जंग से जुड़ेगा नहीं, देश गुलाम ही रहेगा। पढ़े-लिखे नौजवान फड़के ने यह काम सँभाल लिया और दलित पिछड़ी जाति के नौजवानों को देश के लिए बड़ी लड़ाई के लिए तैयार करने का बीड़ा उठा लिया।

लाहूजी ने भी युवाओं को शारीरिक और हथियारों की ट्रेनिंग देने का काम ऐसे ही नहीं शुरू किया था, अंग्रेजों से उनकी पुरानी दुश्मनी इसके लिए जिम्मेदार थी। 1817 का खड़की युद्ध, जिसमें पेशवा और अंग्रेजों के बीच भिड़ंत हुई थी, अंग्रेजी फौज ने पेशवा की तरफ से लड़ रहे लाहूजी के पिता राघोजी को मौत के घाट उतार दिया था, उसी दिन से लाहूजी ने अंग्रेजों को उखाड़कर फेंकने का इरादा कर लिया था। ऐसा नहीं है कि वे केवल वासुदेव बलवंत फड़के के ही गुरु थे, अपनी व्यायामशाला में उन्होंने लोकमान्य गंगाधर तिलक को भी प्रशिक्षित किया था।

इसी दौरान वासुदेव को महादेव गोविंद रानाडे के कुछ व्याख्यान सुनने का मौका मिला, तब वासुदेव को पता चला कि कैसे अंग्रेज देश पर राज ही नहीं कर रहे हैं, देश के अमूल्य संसाधनों और दौलत को धीरे-धीरे अपने देश भेज रहे हैं। 1870 में पहली बार उसने एक आंदोलन में हिस्सा भी लिया। फिर उसने समाज के नौजवानों को पढ़ाने के लिए एक संस्था 'ऐक्या वर्धिनी सभा' भी स्थापित की। जबकि 1960 में वासुदेव ने अपने दो साथियों वामन प्रभाकर और लक्ष्मण नरहर इंद्रापुरकर के साथ मिलकर, जो संस्था स्थापित की थी 'पूना नेटिव एसोसिएशन', वह बाद में महाराष्ट्र एजुकेशन सोसायटी बन गई, जो आज 51 एजुकेशनल इंस्टीट्यूट्स चलाती है।

इसी बीच अकाल ने दस्तक दी, माँ की मौत से अंग्रेजों से पहले से ही खार खाए बैठे वासुदेव बलवंत फड़के ने 'स्वराज' का आह्वान किया, बाल गंगाधर तिलक से भी काफी पहले। वासुदेव ने नारा दिया, "अंग्रेजों ने जितनी बीमारियाँ अब तक देश को दी हैं, उन सारी बीमारियों का एक ही इलाज है—स्वराज।" वासुदेव ने अकालग्रस्त इलाकों का दौरा किया, लोगों से स्वराज

के लिए लड़ाई की अपील की, प्रभावशाली लोगों से इस लड़ाई में जुड़ने का आह्वान किया। लेकिन वासुदेव को अपेक्षित सहयोग नहीं मिला। उन दिनों एक प्रभावशाली संत हुआ करते थे अक्कालकोट (शोलापुर) के समर्थ महाराज। वासुदेव ने उनसे सहयोग और आशीर्वाद माँगा। समर्थ महाराज ने उनसे तलवार लेकर एक पेड़ पर रख दी और कहा कि सशस्त्र क्रांति के लिए यह उपयुक्त समय नहीं है, लेकिन वासुदेव ने पेड़ से तलवार वापस उठाई और निकल गए।

तब उन्हें गुरु साल्वे की बात याद आई, उन्होंने स्वराज की इस लड़ाई के लिए रामोशी जाति के लड़कों को जोड़ा, बाद में भील, डांगर और कोली जाति के युवाओं को भी शामिल किया और 300 ऐसे युवाओं की फौज तैयार की, जो देश पर जान न्योछावर करने को तैयार थे। उन्हें लगा अंग्रेजों से उन्हीं की भाषा में बात करनी होगी, क्रांति बिना खून बहाए नहीं होगी। सरदार भगत सिंह, आजाद और बिस्मिल से वर्षों पहले उन्होंने मान लिया था कि अंग्रेजों में यह खौफ भरना होगा कि इस देश में राज करोगे तो लाशें गिनने के लिए भी तैयार रहो।

बहुत कम लोग यह जानते हैं कि वासुदेव बलवंत फड़के को भारतीय आजादी के इतिहास में 'सशस्त्र क्रांति का पिता' माना जाता है। उसने सारे युवाओं को घुड़सवारी, निशानेबाजी और शिवाजी की तरह गोरिल्ला पद्धति से युद्ध का प्रशिक्षण देना शुरू कर दिया। उनका प्रण देखकर युवा अपने-अपने घर और नौकरी छोड़कर उनकी टीम से जुड़ते जा रहे थे, लेकिन इसी के साथ एक समस्या भी खड़ी हो गई थी कि इतनी बड़ी फौज के खर्चे कैसे उठाए जाएँ, जंगल में, गाँवों में लंबे वक्त तक कैसे छुपते हुए प्रशिक्षण दिया जाए। तब तय किया गया कि खर्च पूरे करने के लिए अंग्रेजों की दौलत को लूटा जाएगा। पहला धावा पुणे के शिरूर तालुका के धमारी गाँव में बोला गया, सेठ बालचंद फौजमल सांकला के घर, जो अंग्रेजों के इनकम टैक्स का कलेक्शन सेंटर था, कुल पैसे मिले चार सौ रुपए। अपने खर्चों के लिए पैसे निकालकर बाकी अकालग्रस्त गाँवों के किसानों में बाँट दिए गए। अब यह रोज का काम हो गया। अकाल से पीड़ित गाँवों में किसानों की सूची बनाई जाती, फिर अंग्रेजी सरकार के पैसों के कलेक्शन सेंटर्स की सूची बनती, रेड होती, अपने खर्च का पैसा निकालकर रॉबिन हुड की तरह सारा पैसा गरीबों में बाँट दिया

जाता, हथियार अपने पास रख लिये जाते। अंग्रेजी सरकार ने वासुदेव बलवंत फड़के को डकैत घोषित कर दिया और गाँववालों ने देवता। गाँववाले न उन्हें अब बचाने लगे, बल्कि उनको सूचनाएँ भी देने लगे। रेड डालने से पहले धन ले जानेवाली टुकड़ी या काफिले का संपर्क हर जगह से काट दिया जाता था, ताकि जल्द कोई मदद न मिल पाए और फिर उन पर हमला किया जाता था।

चार सौ रुपए की पहली लूट अब एक से डेढ़ लाख में तब्दील हो चुकी थी। अकाल से बदहाल गाँवों की तसवीर बदल रही थी। लोग वासुदेव को असली का वासुदेव (कृष्ण) समझने लगे, वह रॉबिन हुड की तरह मशहूर हो चुका था। लेकिन वह बड़े अंग्रेजी अधिकारियों की नजर में तब चढ़ा, जब उसने कुछ दिनों के लिए कभी पेशवाओं की राजधानी रहे शहर पूना पर कब्जा कर लिया, कई दिनों तक अंग्रेजी फौज उसे हटा न सकी। यह खबर इंग्लैंड तक जा पहुँची। इधर वासुदेव की सेना बढ़ती गई, उसने लड़ाकू रोहिल्लों को अपनी सेना में भर्ती करना शुरू कर दिया। लेकिन इसी बीच उसका एक खास आदमी दौलत राव नायक अंग्रेजों के साथ मुठभेड़ में मारा गया। मेजर डेनियल उसका काल बनकर आया, फड़के के लिए यह बड़ी चेतावनी थी। उसकी गोरिल्ला वार अब सबके सामने आ चुकी थी। फड़के ने दक्कन की तरफ रुख किया, अपनी सेना में रोहिल्लों के साथ-साथ अरबों को भी भर्ती करना शुरू किया।

अंग्रेजों ने उसके सर पर एक बड़ी रकम का एलान कर दिया, अलग-अलग स्रोतों में यह इनाम की रकम कहीं पाँच हजार तो कहीं पचास हजार मिलती है। लेकिन इतना तय है कि किसी क्रांतिकारी पर इतना बड़ा इनाम उस वक्त तक नहीं रखा गया था। उस घटना के ठीक 95 साल बाद बॉलीवुड में डाकू गब्बर सिंह को खौफनाक दिखाने के लिए उसके सर पर पचास हजार रुपए का इनाम रखा गया था। हर सात-आठ साल में भी दोगुना करेंगे, तो पाएँगे कि यह कई गुना ज्यादा था। लेकिन इनाम से भी ज्यादा दिलचस्प था अगले ही दिन मुंबई की गलियों में फड़के के हस्ताक्षर वाले इश्तेहार लग जाना, जिसमें उसके सर पर इनाम का एलान करनेवाले अंग्रेज अफसर रिचर्ड के सर पर पूरे 75000 रुपए का एलान किया गया था। अंग्रेज इससे और ज्यादा चिढ़ गए।

इतना ही नहीं, फड़के ने बंबई के अंग्रेजी गवर्नर के सर के साथ-साथ हर

एक यूरोपियन की मौत पर लोगों को इनाम देने का एलान कर दिया। अंग्रेज हैरान थे कि इससे कैसे निपटा जाए। हैदराबाद निजाम का पुलिस कमिश्नर अब्दुल हक और अंग्रेज मेजर डेनियल हक को एक ही काम में लगा दिया गया कैसे भी फड़के को पकड़ा जाए। फिर एक गद्दार ने वह कर दिया, जो लाखों की अंग्रेजी और निजाम फौज नहीं कर पाई। फड़के के कई साथी मारे या पकड़े गए थे, थके-हारे फड़के अकेले पंढरपुर के रास्ते में 20 जुलाई, 1879 को एक देवी मंदिर में रुके, फड़के की सूचना किसी ने डेनियल को पहुँचा दी और उसे गिरफ्तार कर लिया गया। डेनियल ने उनकी छाती पर बूट रखकर पूछा, क्या चाहते हो, फड़के ने मुसकराकर जवाब दिया, 'तुमसे अकेले तलवार के दो-दो हाथ करना चाहता हूँ।'

वहाँ से उन्हें पुणे ले जाया गया, जिला अदालत की उस बिल्डिंग में रखा गया, जहाँ आज महाराष्ट्र सी.आई.डी. का मुख्यालय है। सार्वजनिक काका यानी गणेश वासुदेव जोशी ने फड़के का केस लड़ा। कहीं से भी साबित नहीं हो पा रहा था कि इतनी सैकड़ों लूट की घटनाओं के पीछे वासुदेव बलवंत फड़के का हाथ था, एक भी गवाह सामने नहीं आया। लेकिन फड़के को एक आदत थी, 15 साल क्लर्की करने के बाद उसको हिसाब डायरी में लिखने की आदत बन गई थी। वैसे भी वह लूट के पैसे का पूरा हिसाब रखना चाहता था, ताकि उसकी फौज में विद्रोह न हो। वो डायरी किसी तरह डेनियल के हत्थे चढ़ गई और डेनियल के साथ साथ अंग्रेजी जज भी फड़के का कारनामे पढ़कर दंग रह गए। जिसे वे महज एक डाकू समझ रहे थे, वह तो अंग्रेजों को भारत से ही खदेड़ने की महायोजना में जुटा था। आजीवन कारावास की सजा सुनाकर फड़के को अदन की जेल में भेज दिया गया।

एक बार वह जेल से भाग भी गया, लेकिन जल्द ही पकड़ा गया, यह 1883 फरवरी का वाकया था। अब उसे जेल की रोटी मंजूर नहीं थी। अंदर-ही-अंदर कुछ कर गुजरने को फडक रहा था, 17 मील तक पैदल भागने के बाद वासुदेव को पकड़ लिया गया। पकड़े जाने के बाद वासुदेव ने जेल में भूख हड़ताल शुरू कर दी। 17 फरवरी, 1883 को इसी भूख हड़ताल के चलते वासुदेव बलवंत फड़के ने इस दुनिया को अलविदा कह दिया, माँ भारती को आजाद करवाने के सपने के साथ ही।

लेकिन महाराष्ट्र का यह नौजवान 37 साल की उम्र में ही भारतमाता के लिए मौत को गले लगाकर तमाम क्रांतिकारियों के लिए प्रेरणा-पुंज बन गया, महाराष्ट्र से ज्यादा बंगाल के क्रांतिकारियों के लिए। वंदेमातरम् जैसा राष्ट्रीय गीत रचनेवाले महान् लेखक बंकिम चंद्र चटर्जी की वह किताब 'आनंदमठ' जिसने पढ़ी, उसने वासुदेव बलवंत फड़के के बारे में जान लिया। 1879 में फड़के को गिरफ्तार किया गया था और 1882 में जब वे जेल में थे 'आनंदमठ' का पहला एडीशन छपकर आया था। जबकि 'लंदन टाइम्स' फड़के के बारे में तब से ही छाप रहा था, जब फड़के ने पुणे में पेशवा के उन दो महलों में आग लगा दी थी, जिसमें अंग्रेजी सरकार के दफ्तर थे।

दरअसल 'आनंदमठ' संन्यासियों के अंग्रेजी सरकार के खिलाफ आंदोलन पर आधारित थी, लेकिन बंकिम चंद्र चटर्जी ने उस वक्त के अंग्रेजी राज के खिलाफ जेल में बंद हीरो फड़के से जुड़ी कहानियों और कार्यशैली को अपनी इस किताब में शामिल कर लिया। कई संदर्भ इस तरह के दिए गए, जिससे फड़के का महिमामंडन हो रहा था। अंग्रेज सरकार ने एतराज जताया और यह एतराज 'आनंदमठ' के पाँच एडिशंस तक चलता रहा। बंकिम चंद्र हर नए एडिशन में वासुदेव की वीरता और अंग्रेजों की नाकामी को थोड़ा-थोड़ा कम करते रहे, लेकिन फिर भी जितना बचा, उसने बंगाल में क्रांति की ज्वाला जगा दी और एक दिन वंदेमातरम् क्रांतिकारियों का प्रेरक गान बन गया और आनंदमठ प्रेरणाश्रोत।

□

पिंगले के 10 बम उड़ा देते पूरी रेजीमेंट, खुद ही डाला गले में फाँसी का फंदा

विष्णु गणेश पिंगले

विष्णु गणेश पिंगले, 2015 में जब इस शहीद की शहादत के सौ साल महाराष्ट्र के एक गाँव के लोग मना रहे थे, तो देश भर की मीडिया को इसमें कोई दिलचस्पी नहीं थी, न ही शायद किसी सरकार या राजनीतिक पार्टी को। काश! पिंगले सौ साल बाद की ये हकीकत जान पाते तो अमेरिका में अपना शानदार कॅरियर छोड़कर अपनी मातृभूमि को आजाद करवाने की खातिर अपनी जान देने यहाँ नहीं आते। उस दौर में जब एक-एक पिस्टल को हमारे क्रांतिकारी तरस रहे थे, पिंगले ने अमेरिका से आकर भारत में 300 बमों का इंतजाम किया, यहाँ तक कि गिरफ्तारी के वक्त उनके पास जो 10 बमों का जखीरा पकड़ा गया था, उसके बारे में पुलिस का बयान था कि वह सेना की एक रेजीमेंट को उड़ाने के लिए काफी था।

यह वह दौर था जब गांधी, नेहरू जैसे भविष्य के तमाम बड़े कांग्रेसी नेता, जो अच्छे परिवारों से ताल्लुक रखते थे, विदेशों में बैरिस्टरी आदि की पढ़ाई पढ़ रहे थे या पढ़ने के बाद शांतिपूर्वक अंग्रेजों की नीतियों का विरोध कर रहे थे। गांधीजी उन दिनों साउथ अफ्रीका में एक केस लड़ने गए थे और वहाँ एक आंदोलन से जुड़ गए थे। बड़े परिवारों के बच्चों के लिए विदेश में

पढ़ाई और कांग्रेस आदि संगठनों से जुड़कर कभी अंग्रेजों का विरोध करना तो कभी कुछ मामलों में सरकार को लॉलीपॉप सुधारों का साथ देना एक फैशन बन गया था। ऐसे में दो संपन्न किसान परिवारों के बच्चे अमेरिका में इंजीनियरिंग की पढ़ाई के लिए पहुँचे, एक थे करतार सिंह सराभा जो पंजाब के कपूरथला से ताल्लुक रखते थे तो दूसरे थे विष्णु गणेश पिंगले, जो महाराष्ट्र में पुणे के पास तालेगाँव ढमढेरे के थे। अपने भाई-बहनों में सबसे छोटे विष्णु को काफी स्नेह मिला था। उनके पास अच्छी जिंदगी गुजारने का विकल्प खुला था, बस अंग्रेजी हुकूमत को चैलेंज नहीं करना था।

लेकिन अपने देशवासियों की हालत उनसे नहीं देखी जा रही थी, शुरुआत में ही वह पढ़ाई के दौरान वीर सावरकर के ग्रुप 'अभिनव भारत' से जुड़ गए और अंग्रेजों के विरोध में काम करने लगे। युवाओं के एक समूह में वे अंग्रेजी राज से छुटकारा पाने की योजना बनाने लगे। बचपन से ही पढ़ाकू विष्णु ने अमेरिकी क्रांति को गहराई से पढ़ा था, वह भी अमेरिका की तरह अपने देश को आजाद देखना चाहता था। स्वदेशी आंदोलन से जुड़े, अपनी एक स्वदेशी लूम भी शुरू की। लेकिन मन में कुछ और ही चल रहा था। इसलिए कुछ महीनों के लिए पिंगले ने साधुवेश में भारत भ्रमण भी किया। बाद में उसने सोचा क्यों न अमेरिका ही चला जाए, वहाँ से देश को आजाद करवाने के लिए कुछ मदद मिल सकती है। अमेरिका जाने की योजना विष्णु पिंगले के अलावा बस उसके एक बड़े भाई को मालूम थी, भाई ने भी सोचा कि यहाँ लड़कों के साथ अंग्रेजी हुकूमत के खिलाफ लड़ने से बेहतर तो अमेरिका में इंजीनियरिंग की पढ़ाई करने का विकल्प ज्यादा बेहतर है। 1911 में विष्णु गणेश पिंगले एक जापानी जहाज तोरामारू से अमेरिका की सिएटल यूनिवर्सिटी जा पहुँचे, मेकैनिकल इंजीनियरिंग के एक कॉलेज में एडमिशन भी ले लिया। उन्हीं दिनों करतार सिंह सराभा भी अमेरिका पहुँचे, इंजीनियरिंग करने। लेकिन करतार का पोर्ट पर उतरते ही भारतीय होने के नाते जिस भेदभाव से सामना हुआ, उससे करतार को पहली बार पता चला कि उनका देश गुलाम है।

संपन्नता में पले-बढ़े करतार सिंह ने कसम खा ली कि देश की गुलामी की जंजीरों को किसी भी तरह तोड़ना है। विष्णु पिंगले और करतार सिंह सराभा दोनों का मिशन एक था, मंजिल एक थी तो उस कठिन सफर को साथ

में तय करने की ही योजना बना ली। लेकिन अमेरिका में रहकर कैसे भारत को आजाद किया जाए, इसके लिए भारत तो जाना होगा। उस वक्त गांधी का भी उदय नहीं हुआ था, सो आंदोलनों से आजादी के बारे में सोचा भी नहीं जा सकता था। उनको लगा कि विदेशी मदद से सशस्त्र क्रांति ही एकमात्र रास्ता है और यह पिंगले का आइडिया था कि लड़ भी वही सकते हैं, जिन्हें लड़ना आता है। आम जनता नहीं लड़ेगी, बल्कि अंग्रेजी फौज में शामिल भारतीय फौजियों को अपनी योजना में क्रांति के लिए, विद्रोह के लिए शामिल करना होगा। ठीक वैसा विद्रोह जैसा 1857 में हुआ था। उस वक्त सैनफ्रांसिस्को भारतीय क्रांतिकारियों का गढ़ बना हुआ था, इंडिया हाउस के जरिए सारी गतिविधियाँ चलती थीं। उसी इंडिया हाउस में विष्णु गणेश पिंगले और करतार सिंह सराभा को ठिकाना मिला और विदेशी जमीन पर दिग्गज देशभक्तों का सान्निध्य भी। लाला हरदयाल, सोहन सिंह भाखना, तारकनाथ दास, करतार सिंह सराभा और भारत के क्रांतिकारियों से आपसी संपर्क से यह तय किया गया कि प्रथम विश्वयुद्ध के दौरान ही अगर भारत की छावनियों में 1857 जैसा विद्रोह किया जाए, तो देश आजाद किया जा सकता है, क्योंकि अंग्रेजी फौजें दुनिया भर में अलग-अलग जगहों पर युद्ध लड़ने में व्यस्त हैं। इसके लिए हजारों पंजाबियों ने मातृभूमि की खातिर गदर के लिए भारत जाने की ठान ली, कई जत्थे निकल भी गए। रासबिहारी बोस, बाघा जतिन और सचींद्र सान्याल से हथियारों के इंतजाम के लिए मदद माँगी गई।

करतार सिंह सराभा और विष्णु गणेश पिंगले भी भारत के लिए निकले, अक्तूबर 1914 में। पिंगले बाघा जतिन के सहयोगी सत्येन भूषण सेन के साथ चीन में रुक गए, टहल सिंह जैसे गदर समर्थकों से मिलने के लिए, वहाँ वे चीनी नेता सन यात सेन से भी मिले, लेकिन वे ब्रिटिश सरकार से संबंध खराब नहीं करना चाहते थे। सत्येन ने करतार और पिंगले दोनों को कलकत्ता में बाघा जतिन से मिलवाया, जतिन ने उन्हें बनारस में रासबिहारी बोस से मिलने भेज दिया। जहाँ उनकी मुलाकात सचींद्र सान्याल से भी हुई।

बंदी जीवन में ही सचींद्र नाथ सान्याल ने पिंगले की काफी तारीफ की है, बताया है कि अमेरिका जाने से पहले वे साधु हो गए थे और पूरे देश में भ्रमण किया, देश की हालत उनसे देखी नहीं जाती थी, अमेरिकी क्रांति से

प्रभावित थे, तो वही एक रास्ता उन्हें दिखता था। वे मेकैनिकल इंजीनियरिंग की पढ़ाई करने के लिए अमेरिका चले गए। पूरा देश घूमने के चलते उन्हें पंजाबी अच्छी आती थी, तभी गदर क्रांति वालों के करीब आ गए, सान्याल लिखते हैं, ''हमारा पंजाब से नाता कट सा गया था, ऐसे में पिंगले आए, बलिष्ठ देह के स्वामी, आँखों में ओज था।'' सान्याल के मुताबिक वे बम गोलों के बारे में सबसे पूछताछ कर रहे थे कि कैसे मिल सकते हैं। सचींद्र के मुताबिक उनसे मिलकर लगा कि वे बंगाल को पंजाब से जोड़ लेंगे। एक दिन मनुष्य का आदर्श जीवन कैसा हो, इस बात पर पिंगले और सान्याल की बहस छिड़ गई, तो पिंगले ने 'गीता' के एक-एक श्लोक से उदाहरण दिए, सान्याल दंग रह गए, वे उन्हें अमेरिका से आया विलायती रंग में रँगा कोई बाबू समझ रहे थे।

पिंगले कहते थे कि जितने ज्यादा-से-ज्यादा बमगोले आप हमें पंजाब के लिए दिलवा सकते हैं, दिलवा दीजिए। सचींद्र सान्याल ने समझाया एक बम बनाने में करीब 16 रुपए का खर्च आता है, आपको पैसों का इंतजाम करना होगा। पिंगले जब सचींद्र सान्याल को लेकर पंजाब पहुँचे, तो वहाँ करतार सिंह, मूला सिंह जैसे कुछ कार्यकर्ताओं से मुलाकात हुई। करतार ने वाकई में काफी मदद की, उनको बमों के लिए उस जमाने में पाँच सौ रुपए इकट्ठे करके दिए, जबकि मूला सिंह बेईमान निकला, संगठन के लिए जमा पैसों के साथ भी उसने हेराफेरी कर दी।

लेकिन काम रुका नहीं, रासबिहारी बोस ने भी पंजाब का दौरा किया और 21 फरवरी की तारीख गदर के लिए तय कर दी। लेकिन उससे पहले ही 23वीं कैवलरी के सिपाही बलवंत सिंह के भाई गद्दार कृपाल सिंह ने सी.आई.डी. को खबर कर दी, अमेरिका से लौटा कृपाल उन्हीं का जासूस था। कई लोग गिरफ्तार हो गए, रासबिहारी ने विद्रोह की तारीख 21 की बजाय 19 फरवरी कर दी। लेकिन तब तक अंग्रेज एक्शन में आ चुके थे। रासबिहारी बचकर निकल गए और उनके शुभचिंतकों ने उन्हें जापान भेज दिया। फिरोजपुर, लाहौर और आगरा की छावनियों में समय से पहले ही विद्रोह दबा दिया गया। एक बार तो पिंगले भी करतार के साथ बचकर निकल गए, लेकिन उससे गलत संदेश जाता, तो उन्होंने योजना को पूरा करने की ठानी। पिंगले को मेरठ छावनी में विद्रोह की जिम्मेदारी दी गई थी।

लेकिन विष्णु पिंगले को नादिर खान नामक एक व्यक्ति ने गिरफ्तार करवा दिया। मुसलमान हवलदार नादिर खान ने गद्दारी की थी, ये 18 शक्तिशाली बम लेकर मेरठ आए थे, नादिर खान ने इसकी सूचना अंग्रेजों को दे दी और 23 मार्च, 1915 को पिंगले पकड़े गए। नादिर पिंगले का वह सहयोगी, जिस पर उन्हें काफी भरोसा था, तभी वे उसे लेकर बनारस गए थे और एक बंगाली से 300 बम लेकर आए थे, ठीक वैसा बम जो लॉर्ड हार्डिंग पर फेंका गया था, बाकी सभी बम अलग-अलग शहरों के क्रांतिकारियों को भेज दिए गए और केवल दस बम लेकर नादिर के साथ पिंगले मेरठ पहुँचे, लेकिन नादिर गद्दार साबित हुआ। करतार सिंह सराभा भी गिरफ्तार हो चुके थे। पुलिस चीफ विल्किंसन की रिपोर्ट के मुताबिक पिंगले के बम इतने शक्तिशाली थे कि पूरी मेरठ रेजीमेंट को उड़ा सकते थे।

जब विष्णु की माँ सरस्वती को उसकी गिरफ्तारी की खबर लगी, तो उसी बेटे केशव के साथ मेरठ आई, जिसको बताकर वह अमेरिका निकल गया था। मेरठ पहुँचकर संगीनों के साए में विष्णु से मुलाकात हुई, तो माँ के पैर छूकर वह बोला, ''माँ, फालतू में वकीलों को पैसे मत दे देना, ये लोग हमें फाँसी देनेवाले हैं।'' माँ का कलेजा माँ का होता है, यह सुनते ही आँसू फूट पड़े, बोली, ''मेरे बेटे, तुझे मौत का डर नहीं लगता?'' तब पिंगले का जवाब था, ''माँ...मातृभूमि को स्वतंत्र कराने की उत्कट इच्छा है, यही मेरी अंतिम इच्छा है। इस जन्म में मातृभूमि का कर्ज चुका लूँ, अगले जन्म में फिर तेरे पेट से जन्म लूँगा और तेरा कर्ज चुकाऊँगा।''

जब 16 नवंबर, 1915 को पिंगले को लाहौर की सेंट्रल जेल में लाया गया और फाँसी के प्लेटफॉर्म पर खड़े करके उससे पूछा गया कि आप आखिरी इच्छा के तौर पर कुछ कहना चाहते हैं? पिंगले ने कहा, ''मैं 2 मिनट के लिए प्रार्थना करना चाहता हूँ,'' उसके हाथ खोल दिए गए। पिंगले ने दोनों हाथ जोड़कर आकाश की तरफ देखा और कहा, ''भगवान्, तुम जानते हो कि हमारे मन में क्या है, अब यह तुम्हारे ऊपर है कि हमारे पवित्र काम की रक्षा करो, जिसके लिए हम अपने जीवन का बलिदान कर रहे हैं। हमारी इच्छा देश को आजाद करने की है।'' उसके बाद जैसे ही जल्लाद ने उनके गले में फाँसी का फंदा डालना चाहा, पिंगले ने रोक दिया और कहा, ''मैं खुद अपने गले में इसे

डालूँगा, अपने खुद के हाथों से भारत की विजय का यह हार पहनूँगा,'' मौत का वह फंदा डालकर पिंगले ने तेजी से नारा लगाया—'भारतमाता की जय' और अगले ही पल पिंगले का शरीर हवा में झूल रहा था।

पिंगले उस पीढ़ी के क्रांतिकारी थे, जिन्होंने भगत सिंह, आजाद आदि के लिए आधारशिला रखी, क्रांति की जमीन तैयार की। सचींद्र सान्याल ने तो भगत सिंह और आजाद दोनों क्रांतिकारियों के मेंटर के तौर पर काम किया। लेकिन नई पीढ़ी के आगे क्रांति की नींव के पत्थरों को भुला दिया गया और आज की पीढ़ी में विष्णु गणेश पिंगले, करतार सिंह सराभा, रासबिहारी बोस, बाघा जतिन और सचींद्र सान्याल जैसे उन क्रांतिकारियों को लेकर कोई चर्चा ही नहीं होती, जो अगली पीढ़ियों का भविष्य सुधारने के लिए अपने भविष्य को अंधे कुएँ में झोंककर अपनी जान पर खेल गए थे।

□

अदम्य बहादुरी और अचूक योजना का संगम था अठारह साल का अनंत लक्ष्मण कन्हेरे

अंग्रेजों ने भारत पर शासन करने के इतने पैतरे आजमाए थे कि तमाम भारतीय तो इसलिए विद्रोह नहीं करते थे, क्योंकि वे उन्हें अच्छा मानते थे। इसके लिए कई अंग्रेज अधिकारी खास मेहनत करते थे। ऐसा ही एक अधिकारी थी आर्थर मैसन ट्रिपेट्स जैक्सन। वह उस वक्त नासिक का मजिस्ट्रेट था, लेकिन मराठी और संस्कृत का विद्वान्, लोग उसे पंडित जैक्सन के नाम से पुकारते थे। मराठियों से उन्हीं की भाषा में बात करनेवाले इस अधिकारी से कितने ही भारतीय खुश थे, लेकिन वह कितना शातिर था, इसका बड़ी मुश्किल से पता किया अनंत लक्ष्मण कन्हेरे की अगुवाई में उसके साथियों ने।

पहले वह भी आम भारतीयों के बारे में जैक्सन के भाषा ज्ञान और भारतीय इतिहास-संस्कृति की जानकारी की तारीफ करते थे। लेकिन बतौर नासिक मजिस्ट्रेट जब उन्होंने कई फैसलों का अध्ययन किया, तो उनके पैरों तले जमीन खिसक गई, जिसको सब अच्छा समझ रहे थे, वह तो मीठा जहर था। वह वही कर रहा था, जो अंग्रेजों के हित में था, लेकिन ऐसा वह डंडे के जोर पर नहीं, बल्कि अपनी मीठी जुबान और पद के दुरुपयोग से कर रहा था। अनंत लक्ष्मण कन्हेरे, यों तो पैदा रत्नागिरि जिले में पैदा हुए थे, लेकिन

क्रांतिकारी गतिविधियों से जुड़े अभिनव भारत सोसायटी में शामिल होने के बाद नासिक में रहने लगे। अभिनव भारत को वीर सावरकर ने शुरू किया था और उन दिनों उनके बड़े भाई बाबाराव सावरकर चला रहे थे। सावरकर लंदन में थे और उसी साल उन्हें कालापानी की सजा हुई थी।

यहीं अनंत की मुलाकात दो अन्य क्रांतिकारी युवा साथियों से हुई, जिनके नाम थे कृष्णाजी गोपाल कर्वे और विनायक नारायण देशपांडे। अन्ना कर्वे यानी कृष्णाजी गोपाल कर्वे वकालत कर रहे थे और विनायक इंग्लिश स्कूल में टीचर थे। इनका मित्रता में अनंत ने एक उपन्यास भी लिखा था 'मित्र प्रेम'। मजिस्ट्रेट जैक्सन उन दिनों काफी चर्चा में रहता था, क्योंकि वह सबको बोलता था कि मैं पिछले जन्म में वैदिक ब्राह्मण था, इसलिए इस जन्म में भी उसका झुकाव संस्कृत और वेदों के प्रति था। लेकिन ये तीनों उसके कोर्ट के फैसलों से भी परेशान थे, खासकर अन्ना कर्वे, चूँकि वह तो दिन भर अदालत में रहता था सो हर फैसले को भारत या ब्रिटिश हितों के आधार पर परखता था, और जजों की मंशा के आधार पर भी।

मजिस्ट्रेट जैक्सन के कुछ फैसलों में उन्हें अंग्रेजी मानसिकता की बूआ रही थी, जिसमें पहला केस एक अंग्रेज अधिकारी पर था। उसकी गोल्फ की गेंद को एक भारतीय ने क्या छू लिया, उसने लात, घूँसों और लाठी से पीट-पीटकर उसकी हत्या कर दी। सबको उम्मीद थी कि जैक्सन पिछले जन्म में भारतीय होने का दावा करता है, जज की कुर्सी पर बैठकर भारतीयों के साथ न्याय करेगा। जैक्सन ने केवल उस अंग्रेज अधिकारी के ट्रांसफर का आदेश दिया और फैसले में लिखा कि ज्यादा दस्त होने की वजह से इस भारतीय की मौत हो गई। यह बात किसी के गले नहीं उतरी कि हत्या की सजा केवल ट्रांसफर और मौत की वजह में भी साजिश की गई।

जैक्सन का दूसरा फैसला वंदेमातरम् गाने को लेकर था, कुछ युवा कालिका मेले से लौट रहे थे और ऐसे ही समूह में वंदेमातरम् गा रहे थे। उन सब पर राजद्रोह का केस लगाकर जैक्सन ने सबको जेल भेज दिया। युवा क्रांतिकारियों की टीम को भरोसा हो चला था कि वंदेमातरम् का विरोधी भारतीयों का समर्थक नहीं हो सकता, वह झूठा नाटक रच रहा है। भारतीयों का करीबी होने का दावा करके केवल विद्रोह को सूँघना चाह रहा है। तीसरा

मामला तो एकदम निर्णायक साबित हुआ, क्रांतिकारियों को लगा कि अब तो पानी सर से ऊपर चला गया है।

दरअसल क्रांतिकारियों के केस लड़नेवाले वकील बाबा साहेब खरे को ही गिरफ्तार कर लिया गया और बिना मुकदमे के उसे जेल भेज दिया गया। उसको अपनी सफाई देने या अपने ले कोई वकील खड़ा करने तक की इजाजत नहीं मिली। यहाँ तक कि उसकी संपत्ति की कुर्की तक कर दी गई। अब जैक्सन का नाम पूरी तरह से क्रांतिकारियों की हिटलिस्ट में आ चुका था। उसके ताबूत में आखिरी कील ठोकी वीर सावरकर के सबसे बड़े भाई गणेश दामोदर सावरकर यानी बाबाराव सावरकर की गिरफ्तारी ने। उनकी गिरफ्तारी के पीछे मजिस्ट्रेट जैक्सन ही था। आरोप लगाया गया कि उन्होंने 16 पेजों की गीतों की किताब 'कवि गोविंद' छापी है, इन गीतों में राजद्रोह की बू आती है। बाबाराव सावरकर भाइयों में सबसे बड़े थे और अभिनव भारत सोसायटी वही सँभालते थे। अनंत, अन्ना कर्वे और विनायक बाबाराव की काफी इज्जत करते थे, इस गिरफ्तारी और उसमें जैक्सन की भूमिका से उन्हें काफी गुस्सा आया और उन्होंने मजिस्ट्रेट जैक्सन का खेल खत्म करने की योजना बना ली, वह भी अपनी जान की बाजी लगाकर।

उस उम्र में भी अनंत ने जो फुलप्रूफ प्लान बनाया था, उसमें उनके दोनों साथी कमी निकालने में नाकाम रहे। बस एक ही दिक्कत थी, अनंत किसी भी कीमत पर जिंदा वापस नहीं लौटनेवाला था, हालाँकि बाकी दोनों के हिस्से में जिंदा बचने के मौके थे। उन्होंने इस तरह अनंत को अपनी जान देने की योजना का विरोध भी किया, लेकिन न चंद्रशेखर आजाद भगत सिंह को असेंबली में बम फेंकने से रोक पाए थे, न ही अन्ना कर्वे और विनायक अनंत को रोक पाए। कम उम्र के दोनों क्रांतिकारियों के अंदर एक ही जुनून सवार था, जान देने का जुनून और जान लेने का भी। हालाँकि भगत सिंह ने गलती से स्कॉट की जगह सांडर्स को गोली मार दी थी, लेकिन अनंत नहीं चूके।

इसी बीच 1909 के आखिरी महीने में यह खबर आ गई थी कि मजिस्ट्रेट जैक्सन का ट्रांसफर हो गया है। यह ट्रांसफर उसको प्रमोशन के बाद मिला था, जैक्सन को बंबई का कमिश्नर बना दिया गया था। ये तीनों बैचेन हो उठे थे, जैक्सन के शहर छोड़ने से पहले किसी सार्वजनिक कार्यक्रम में उसको

मारने की योजना बनाई गई। मौका भी मिल गया, उसके जाने से पहले नासिक के लोगों ने जैक्सन के फेयरवेल का कार्यक्रम नासिक के विजयानंज थिएटर में 21 दिसंबर, 1909 को रखा गया। तब अनंत ने अपना फुलप्रूफ प्लान दोस्तों के साथ रखा, उसने कहा मैं जैक्सन को मारूँगा और अपने साथ जगर ले जाऊँगा, ताकि मुझे जिंदा गिरफ्तार न किया जा सके। जिंदा पकड़ा नहीं जाऊँगा, तो किसी का भी नाम सामने नहीं आएगा। लेकिन अगर वह किसी वजह से कामयाब नहीं हो पाया तो दूसरा हमला विनायक करेगा। मान लीजिए विनायक को भी कामयाबी हाथ नहीं लगती तो अन्ना कर्वे के पास भी पिस्तौल होगी। जैक्सन के तीन-तीन हमले में बचने की तो कोई संभावना ही नहीं थी। आमतौर पर ऐसी क्रांतिकारी घटनाओं में एक ही जत्था कवरिंग के लिए होता था, यहाँ तीन स्तर के हमले और कवरिंग की व्यवस्था थी। भगत सिंह जब स्कॉट को मारने गए थे, तो चंद्रशेखर आजाद को यह जिम्मेदारी दी गई थी कि कोई पकड़ने की कोशिश करे, तो उसको गोली मारनी है। लेकिन इन युवाओं ने तो पकड़ने वाले पर फोकस किया ही नहीं था, तीनों टीमों का एक ही ध्येय था मजिस्ट्रेट जैक्सन को किसी भी सूरत में जिंदा नहीं छोड़ना, हम दिन चार रहे न रहें।

जैक्सन के सम्मान में विजयानंद थिएटर में संगीत शारदा नाम का एक कार्यक्रम रखा गया था, कार्यक्रम जैसे ही शुरू हुआ, मंच के ठीक सामने बैठे अनंत लक्ष्मण कन्हेरे ने छलाँग लगाई और ठीक जैक्सन के सामने आकर एक-एक करके चार गोलियाँ उसके सीने में उतार दीं, वह उसको किसी भी सूरत में जिंदा नहीं छोड़ना चाहता था। लेकिन चार गोलियाँ चलाना उसे भारी पड़ गया, उसको देर लगी और एक भारतीय और एक अंग्रेज पुलिस अधिकारी उसकी तरफ झपटे और हमला बोल दिया। अनंत को लाठियों से मारना शुरू कर दिया और उसे जहर खाने का मौका मिल ही नहीं पाया। जिसका खामियाजा उसके दोस्तों ने भी भुगता, उनको भी गिरफ्तार कर लिया गया। कुल 38 लोगों को इस मामले में गिरफ्तार किया गया था, यहाँ तक कि लंदन में रह रहे विनायक दामोदर सावरकर को इस पूरे केस के मास्टर ब्रेन के तौर पर आरोपी बनाया गया।

बंबई कोर्ट में उन पर केस चलाया गया, दिल्ली में भगत सिंह के केस की

तरह उनको कोई सुर्खियाँ नहीं मिलीं। कोई बड़ा वकील या नेता उनके समर्थन में सामने नहीं आया, और केवल चार महीनों के अंदर ही तीनों को थाने जेल में फाँसी की सजा दे दी गई। 38 में से केवल 8 को छोड़ा गया, बाकी सबको सजा हुई। वीर सावरकर की सारी संपत्ति जब्त कर कालापानी की सजा दी गई। जैसा भगत, राजगुरु और सुखदेव के साथ किया गया था, वही इनके शवों के साथ किया गया। इनके शव परिवारों को देने के बजाय जेल अधिकारियों ने खुद जला दिए। इतनी ही नहीं, उनकी अस्थियाँ तक परिवार को नहीं सौंपीं, बल्कि थाने के पास समंदर में बहा दी गईं। अंग्रेज अधिकारियों को डर था कि कहीं उनके शव या अस्थियाँ जनता के बीच विद्रोह या प्रेरणा की प्रतीक न बन जाएँ। आप देश के किसी भी हिस्से में जाएँगे, तो शायद महाराष्ट्र के कुछ इलाकों को छोड़कर पूरे देश में अनंत लक्ष्मण कन्हेरे को जाननेवाले ढूँढ़े नहीं मिलेंगे, जबकि उसने देश के एक दुश्मन की जान लेने के लिए अपनी जान देश पर कुरबान कर दी। एक फिल्मकार ने अनंत को अनोखी श्रद्धांजलि दी, एक फिल्म 1900 के टाइटिल से बनाई और उसका प्रीमियर नासिक के उसी विजयानंद थिएटर में रखा, जिसमें अनंत ने मजिस्ट्रेट जैक्सन को मौत के घाट उतारा था।

□

भारत की टाइटेनिक गाथा का महानायक बाबा गुरदित सिंह

जिसने टाइटेनिक फिल्म देखी होगी, उसे अगर बाबा गुरदित सिंह की कहानी भी पता चले, तो उसे बाबा की जिंदगी की कहानी में टाइटेनिक के मुकाबले ज्यादा रोमांच दिखेगा। चाहे 100 साल बाद ही सही बॉलीवुड ने कहानियों की तलाश में बाबा की रोमांचकारी यात्रा को ढूँढ़ ही निकाला और हो सकता है यह किताब आपके हाथ में आने तक वह फिल्म रिलीज हो चुकी हो, जिसमें बाबा गुरदित सिंह के रोल में हैं मशहूर अभिनेता इरफान खान। फिल्म को सलमान खान के बैनर के तले बनाने का फैसला लिया गया था और नाम रखा गया है, 'लॉयंस ऑफ सी'।

बाबा गुरदित सिंह की अगुवाई में 376 पंजाबियों का जत्था वाकई में समंदर के शेरों का ही तो झुंड था, जिसने कई-कई सरकारों से टक्कर लेने की कोशिश की। दरअसल हम बात कर रहे हैं देश की आजादी की जंग में चर्चित हुए कामागाटामारू केस की। कामागाटामारू एक जहाज का नाम था, इस जापानी जहाज को भारत के इतिहास में एक खास वजह से जाना जाता है। इस जहाज में 376 पंजाबियों ने कनाडा तक सफर किया, लेकिन उन्हें वहाँ उतरने से मना कर दिया गया और जब वे लौटकर आए, तो कलकत्ता के बजबज बंदरगाह पर पुलिस से झड़प के बाद हुई फायरिंग में 19 लोगों की मौत हो गई। ये 1914 की बात है, जब एक तरफ तो दुनिया पहले विश्वयुद्ध के कगार

पर खड़ी थी और दूसरे अमेरिका समेत कई देशों में भारत के क्रांतिकारी गदर क्रांति की तैयारियों में जुटे थे।

बाबा गुरदित सिंह की रगों में ही अन्याय के खिलाफ, विदेशियों के खिलाफ लड़ने का जज्बा था, जो उनके दादा से उन्हें विरासत में मिला था। उनके दादा रतन सिंह संधू पंजाब की खालसा सेना में मिलिटरी जनरल थे और अंग्रेज सिखों के युद्ध में लड़े थे। अंग्रेजों ने उन्हें तोड़ने के लिए एक जागीर भी ऑफर की थी, जो उन्होंने मंजूर नहीं की। हालाँकि सिख सेना के हारते ही उनके लिए मुश्किल हो गई थी, बाद में गुरदित सिंह के पिता हुकुम सिंह संधू सिंगापुर के पास मलाया द्वीप में जाकर बस गए थे और ठेकेदारी का काम करने लगे। गुरदित सिंह का जन्म अमृतसर के सरहाली में हुआ था। पिता देश से बाहर थे, सो शुरू से ही गुरदित सिंह मुश्किल हालात में पले-बढ़े, तो मजबूत हो गए।

गुरदित सिंह भी 1885 में मलाया चले गए, वहाँ उन्होंने काफी मेहनत की और अच्छा खासा बिजनेस खड़ा कर लिया। लेकिन 1909 में वापस लौट आए। यहाँ आकर उन्होंने देखा कि उनके गाँववालों से जबरन बेगार करवाया जाता है, अंग्रेजी सरकार के नुमाइंदे जबरन काम करवाते हैं और पैसा भी न के बराबर देते हैं या नहीं देते तो उन्होंने इसके खिलाफ पहले अंग्रेजों से शिकायत की, जब किसी ने नहीं सुना तो विद्रोह कर दिया। गाँववालों को उन्होंने मुफ्त की बेगार करने से रोका। हालाँकि उनकी जल्द समझ में आ गया था कि अंग्रेजी सरकार के शासन में सिखों का भला नहीं होनेवाला, यहाँ कोई सुनवाई नहीं है। उन दिनों ढेर सारे सिख कनाडा जाकर बसने लगे थे, इससे कनाडा सरकार ने सख्त नियम बना दिए कि आसानी से भारतीय कनाडा में न आने पाएँ।

बाबा गुरदित सिंह क्यों कनाडा ही जाना चाहते थे, इसको लेकर उन्होंने एक बयान दिया था, "The visions of men are widened by travel and contacts with citizens of a free country will infuse a spirit of independence and foster yearnings for freedom in the minds of the emasculated subjects of alien rule." उनका सोचना था कि भारत अंग्रेजी राज में एक ऐसा कुआँ बन चुका है, जहाँ लोगों की सोच पर भी गुलामी का नशा सवार हो चुका है। वह ऐसे देश में जाएँगे, जो अंग्रेजों का

गुलाम नहीं है, तो यात्रा के जरिए वे दुनिया देखेंगे, जिससे उनकी सोच बड़ी होगी, दूसरे आजाद देश में आजादी के मायने समझकर अपने देश की आजादी की जंग को बाहर से धार दे सकेंगे, मदद कर सकेंगे।

बाबा गुरदित सिंह की उम्र उस वक्त 54 साल की थी और गदर क्रांति के नेता उनके संपर्क में थे और पूरी दुनिया में मौजूद भारतीय क्रांतिकारियों के सहयोग से देश में एक और गदर करने की तैयारी थी और बाबा कनाडा पहुँचकर इस गदर क्रांति से जुड़ना चाहते थे। इसका एलान वे हांगकांग में ही कर चुके थे। पहले उन्होंने योजना बनाई कि कलकत्ता से कनाडा तक एक शिप किराए पर लिया जाए, लेकिन तब तक कनाडा भारत से आनेवाले हर जहाज पर पाबंदी लगा चुका था। बाबा का सिंगापुर में पहले से ही बिजनेस था, बाबा ने सिंगापुर से एक जापानी जहाज किराए पर लिया, जिसका नाम था कामागाटामारू, उस जहाज का नाम बदलकर गुरु नानक जहाज कर दिया गया। हालाँकि शिप की यात्रा हांगकांग से शुरू हुई।

जहाज में कुल 376 लोग सवार हुए, जिनमें 340 सिख, 24 मुसलिम और 12 हिंदू थे। इनमें से एक जगतार सिंह थिंड भी था, जो अमेरिका से भारतीयों के कानूनी अधिकारों के लिए कानूनी लड़ाई लड़कर चर्चा में आए लेखक भगत सिंह थिंड का छोटा भाई था। इधर पहला विश्वयुद्ध शुरू हो चुका था और कनाडा के विदेशी मामले अभी भी ब्रिटेन के हाथों में थे, इसलिए वह कनाडा आनेवाले हर भारतीय पर नजर रख रहा था। बाबा गुरदित सिंह के लिए यह सफर आसान नहीं था, उनको जिन यात्रियों को ले जाना था, वह सब अलग–अलग बंदरगाहों से उसमें सवार होने थे, कम्युनिकेशन साधनों की कमी के चलते उनसे संपर्क होना आसान नहीं था। यात्रा शुरू होते ही उससे पहले ही बाबा को इस अवैध यात्रा की टिकटें बेचते गिरफ्तार कर लिया गया, कई महीनों तक जेल में रहना पड़ा। उनका और उनके साथियों का मनोबल इस दौर में बनाए रखना खासा मुश्किल हो गया था। लेकिन बाबा गुरदित सिंह तो अपना सबकुछ दाँव पर लगाकर मन में ठान चुके थे। बाहर निकलकर किसी तरह हांगकांग के गवर्नर से अनुमति ली।

4 अप्रैल, 1914 को 165 यात्रियों के साथ हांगकांग से उस शिप की यात्रा शुरू हुई, 8 अप्रैल को यह शिप शंघाई पहुँचा और 14 अप्रैल को याकोहामा।

सभी जगह से और यात्री सवार हुए और याकोहामा से 3 मई को जब यह चला तो 376 यात्री पूरे हो चुके थे। 23 मई को यह शिप कनाडा के वेंकूवर के पास बुर्राड इनलेट नाम की जगह पर पहुँचा, जहाँ उनसे बरकतुल्लाह और भगवान सिंह ज्ञानी शिप पर आकर मिले। बरकतुल्लाह राजा महेंद्र प्रताप सिंह के सहयोगी थे और 1915 में उन्होंने अफगानिस्तान में पहली अनिर्वासित भारतीय सरकार बनाई थी। भगवान सिंह ज्ञानी वेंकूवर गुरुद्वारा के मुख्य ग्रंथी थे। ज्ञानी लगातार भारतीयों की लड़ाई विदेशों में लड़ रहे थे। गदर पार्टी का साहित्य शिप पर दिया गया और इसी दौरान एक यात्री ने किसी अंग्रेज ऑफिसर को कहा, जो उसने अपनी रिपोर्ट में दर्ज भी किया कि यह शिप पूरे भारत का है, भारत के लोगों के सम्मान का प्रतीक है और अगर इस शिप को कुछ हुआ, तो भारत की सेना छावनियों में विद्रोह हो जाएगा।

कनाडा की समुद्री सीमा से 200 मीटर पहले ही शिप को रोक दिया गया। उसको बंदरगाह पर आने की इजाजत नहीं दी गई। वह शिप समंदर में खड़ा था और कनाडा व ब्रिटेन की राजनीति में ही नहीं अमेरिका तक की राजनीति में हलचल शुरू हो गई। अलग-अलग कनाडाई मंत्रियों के बयान आने लगे, अमेरिका और ब्रिटेन में विरोध प्रदर्शन होने लगे। कनाडा ने एक 'शोर कमेटी' गठित कर दी, जिसमें दो भारतीयों सोहन लाल पाठक और हसन रहीम को भी लिया गया, शिप को चार्टर करने के लिए पहली किस्त 22 हजार डॉलर का चंदा भी कर लिया गया। जहाज के एक यात्री मुंशी सिंह की तरफ से एक केस भी फाइल कर दिया गया और एक वकील जे. एडवर्ड बर्ड की सेवाएँ भी ले ली गईं। अंग्रेजी सरकार के लोग भी किसी तरह जहाज के यात्रियों को वहाँ उतरने से रोकने के लिए पूरी कोशिश में जुट गए। इस तरह करीब दो महीने तक कामागाटामारू पानी के अंदर खड़ा हुआ था, बीच-बीच में शिप के जरिए लोग उनसे जाकर मिलते थे, कनाडाई नौसेना के घेरे में था।

6 जुलाई, 1914 को ब्रिटिश कोलंबिया कोर्ट ऑफ अपील की फुल बेंच ने धक्के देनेवाला फैसला सुनाया कि नए नियमों के तहत उसको डिपार्टमेंट ऑफ इम्मीग्रेशन और कोलोनाइजेशन के मामलों में दखल देने का अधिकार नहीं। पूरी दुनिया की मीडिया इस घटना को कवर कर रही थी। जगह-जगह विरोध होने लगा। कनाडा की सरकार ने नौसेना को आदेश दिया कि शिप

को कनाडा की समुद्री सीमा से काफी बाहर कर दिया जाए। अब तक बड़ी मुश्किल से गुरदित सिंह ने यात्रियों का मनोबल बढ़ाया हुआ था, शिप पर राशन-पानी की भी भारी समस्या हो चली थी। यात्रियों ने विद्रोह कर दिया, काफी झगड़े के बाद कनाडा ने केवल 20 यात्रियों को वहाँ उतरने की इजाजत दी। बाकी यात्रियों को 23 जुलाई को जबरन शिप के साथ वापस भेज दिया गया।

कनाडा के सिखों में इस घटना से इतना गुस्सा बढ़ गया था कि अंग्रेज इम्मीग्रेशन एजेंट को खबरें पहुँचानेवाले दो पंजाबी इनफॉर्मर्स की हत्या कर दी गई, अक्तूबर 1914 में उस अंग्रेज एजेंट हॉपकिंसन को भी गोली मार दी गई। लेकिन बाबा गुरदित सिंह और उनके साथियों के लिए अब भारी मुश्किल हो गई थी, साथ लाया रुपया, पैसा और राशन खर्च हो चुका था। कई दिनों तक उन्हें पानी नसीब नहीं हुआ था, लोग बीमार पड़ते थे तो दवाई नहीं थी।

हालात खराब थे, क्योंकि लॉर्ड हार्डिंग पर हमले और वायली की हत्या के बाद ब्रिटिश सख्त हो चले थे, वापस हांगकांग जाना भी मुश्किल था।

तब जहाज को कलकत्ता की तरफ मोड़ दिया गया, 27 सितंबर को जहाज कलकत्ता के बजबज बंदरगाह पहुँचा। जहाँ ब्रिटिश अधिकारियों ने गुरदित सिंह आदि 20 को गिरफ्तार कर लिया, लेकिन पुलिस से झड़प में 19 यात्री मारे गए। दरअसल अंग्रेजों ने उनकी एक न सुनी, पहले सभी को नजरबंद कर लिया, बाद में उनके साथ बुरा बरताव किया। जब यहाँ भी उतरने की अनुमति नहीं दी गई तो 6 महीने से भी ज्यादा समय से जमीन पर कदम न रखनेवाले यात्री भड़क उठे, अब तक उनका मनोबल भी उनका साथ छोड़ चुका था। गुरुदित सिंह किसी तरह भागने में सफल रहे। करीब आठ साल तक पुलिस उन्हें नहीं पकड़ पाई, तब महात्मा गांधी ने उनसे सरेंडर की अपील की और बाबा गुरदित सिंह की देशभक्ति की तारीफ की। बाबा ने उनकी अपील पर ननकाना साहेब में सरेंडर कर दिया, बाबा को पाँच साल के लिए जेल भेज दिया गया।

हालाँकि इस पूरी घटना ने भारतीय क्रांतिकारियों के दिलों में अंग्रेजों के प्रति नफरत की आग को और भड़का दिया और गदर की तारीख को नजदीक ला दिया। अगले साल यानी 1915 में करतार सिंह सराभा, रासबिहारी बोस,

विष्णु पिंगले और बाघा जतिन ने विदेशों में बसे गदर नेताओं के सहयोग से गदर क्रांति करने की कोशिश की। करतार सिंह सराभा और विष्णु पिंगले विदेश से सिखों के जत्थे लाकर बाघा जतिन, रासबिहारी बोस और सिख नेताओं से मिले और एक साथ कई छावनियों में विद्रोह की तैयारी भी हो गई, विद्रोह की एक तारीख भी तय हो गई। लेकिन एक गद्दार की वजह से रासबिहारी बोस को छोड़कर बाकी सभी पकड़े गए, बाघा जतिन एक मुठभेड़ में मारे गए। करतार सिंह और पिंगले को फाँसी हो गई। ऐसे में 1914 और 1915 काफी घटनाओं वाला साल भारत के लिए रहा है और बाबा गुरदित सिंह ने इस पूरी क्रांति के लिए पहली अलख जलाने का काम किया था। 2014 में जब कामागाटामारू कांड के 100 साल हुए थे, तो कनाडा सरकार ने भारत से इस घटना के लिए माफी भी माँगी थी। 1952 में भारत सरकार ने बजबज पोर्ट कलकत्ता में कामागाटामारू स्मारक बनवाया तो बाबा गुरदित सिंह भी कलकत्ता में रहने चले गए, लेकिन 1954 में उनकी मौत उनके अमृतसर के गाँव में हुई। देश भले ही अब तक इस असाधारण जीवट वाले नायक से अनजान रहा हो, लेकिन पंजाब और कनाडा के लोग नहीं भूले हैं।

□

आसान नहीं था जज जगमोहन लाल सिन्हा के लिए इंदिरा गांधी के खिलाफ फैसला देना…!

जगमोहन लाल सिन्हा

भारत के इतिहास में कुछ गुमनाम नायक ऐसे भी हैं, जो न अंग्रेजों के खिलाफ लड़े और न मंगोलों, मुगलों या तुर्कों के खिलाफ, वे अपनों के खिलाफ ही लड़े, वह भी उस वक्त जब वे गलत हो गए। तमाम धमकियों और जान के खतरे के बीच देश की सबसे ताकतवर हस्ती के खिलाफ जाना आसान काम नहीं था। उस ताकतवर हस्ती को उसकी गद्दी से उतार देना तो और भी नामुमकिन जैसा काम था। ऐसा ही एक नामुमकिन काम किया था इलाहाबाद हाईकोर्ट के जज जगमोहन लाल सिन्हा ने 12 जून, 1975 को। 12 जून कांग्रेस के इतिहास में एक ऐसी तारीख है, जिसका जिक्र कांग्रेस के नेता नहीं चाहते कि किसी भी तौर पर हो। दरअसल 1975 की यह वह तारीख थी, जिस दिन इलाहाबाद हाईकोर्ट के जज जगमोहन लाल सिन्हा ने इंदिरा गांधी के खिलाफ राजनारायण के केस में बड़ा फैसला दिया था। न केवल इंदिरा गांधी का रायबरेली से चुनाव रद्द कर दिया था, बल्कि उनके अगले 6 साल तक चुनाव लड़ने पर पाबंदी भी लगा दी थी।

तारीख थी 12 जून, इलाहाबाद हाईकोर्ट की कोर्ट नंबर 24 वकीलों, नेताओं और पत्रकारों से खचाखच भरी हुई थी। चार साल से चल रहे इस केस पर पूरे देश ही नहीं दुनिया भर के लोगों की नजर थी। हालाँकि केस की सुनवाई 23 मई को ही खत्म हो गई थी, लेकिन जज जगमोहन लाल सिन्हा ने फैसला सुनाने के लिए 12 जून की तारीख तय की थी। काफी ईमानदार और सख्त जज थे जगमोहन लाल और उनको ऐसी पी.एम. के खिलाफ फैसला सुनाना था, जो 1971 के युद्ध में पाकिस्तान को हराकर और बांग्लादेश जैसे नए देश को बनवाकर जनता के बीच महानायिका के तौर पर उभर चुकी थीं। सो आसान काम नहीं था। राजनारायण की तरफ से यह केस मशहूर वकील शांतिभूषण ने लड़ा था और आम पब्लिक के बीच यह आम धारणा केस का फैसला आने से पहले बन चुकी थी कि जज में इतनी हिम्मत नहीं कि इंदिरा गांधी के खिलाफ फैसला दे सके।

जब 23 मई को केस की सुनवाई पूरी हो गई, तो सालों से जज के विश्वासपात्र रहे प्राइवेट सेक्रेटरी से जज ने कहा, मैं नहीं चाहता कि फैसला लीक हो, यहाँ तक कि तुम्हारी बीवी को भी नहीं, यह एक बड़ी जिम्मेदारी है, क्या तुम लोगे? उसने जज के सामने शपथ खाई कि किसी को नहीं बताएगा। जज सिन्हा शांति से इस फैसले को लिखना चाहते थे, जो लिखते-लिखते 258 पेज का फैसला बन गया था। उनको पता था पी.एम. का मामला है और इसकी बाल की खाल निकाली जाएगी, तमाम बड़े लोग दुश्मन बन जाएँगे। लेकिन अगले दिन से ही उनको मिलने इलाहाबाद के तत्कालीन सांसद किसी-न-किसी बहाने से घर आने लगे। सिन्हाजी ने अपने पड़ोसी जज पारेख साहब से भी कहा कि उनको समझाओ कि यहाँ न आया करें। लेकिन बात बनी नहीं। तब जज ने एक अनोखी तरकीब निकाली, उन्होंने अपने घर के स्टाफ और परिवार से कह दिया कि बाहर वालों को बताओ कि वह उज्जैन चले गए हैं और 28 मई से लेकर 7 जून तक वे घर में इस तरह से बंद हो गए कि घर के बाहर निकलना तो दूर अपने बरामदे तक में नहीं दिखे।

हालाँकि कोई बड़ा आदमी उनसे मिला, जिसका नाम उन्होंने कभी बताया नहीं, जिसने उन्हें बताया कि उनका नाम सुप्रीम कोर्ट के जज के तौर पर दिल्ली में चर्चा में है। लेकिन सिन्हा ने यह कहकर टाल दिया कि वह

अभी इतने बड़े पद के लायक नहीं हैं। फिर आखिरी चरण में उनके पास फोन आया इलाहाबाद हाईकोर्ट के चीफ जस्टिस डी.एस. माथुर का, उन्होंने कहा कि होम मिनिस्ट्री के एडिशनल सेक्रेटरी पी.पी. नायर का फोन आया था और रिक्वेस्ट कर रहे थे कि यह फैसला जुलाई तक टाल दिया जाए। राजनारायण के मुताबिक माथुर पी.एम. के फिजीशियन के संपर्क में थे और जज सिन्हा को कई ऊँचे पदों का ऑफर किया गया था। लेकिन जगमोहन लाल सिन्हा समझ रहे थे कि एक बार अगर यह फैसला टल गया, तो सच सामने नहीं आएगा। वे तुरंत हाईकोर्ट पहुँचे और मीडिया को खबर की कि फैसला 12 जून को ही आएगा। इंदिरा पर चुनाव जीतने के लिए सरकारी मशीनरी की मदद लेने का आरोप था।

वकील शांतिभूषण के बेटे प्रशांतभूषण ने अपनी किताब 'The Case That Shook India' में लिखा है कि उसके बाद सरकार ने एक सी.आई.डी. की टास्क फोर्स फैसला पता करने में लगा दी, जो जज सिन्हा के पी.ए. मन्ना लाल के घर जा पहुँची, जब उसने मना किया कि मेरे पास फैसला नहीं है, तो उसे धमकी देकर आधे घंटे बाद आने की कहकर चले गए। मन्ना लाल डर गया, उसने फौरन पैकिंग की और निकल पड़ा जज सिन्हा के घर। लेकिन यहीं मामला खत्म न हुआ, जब सुबह लौटा तो 8 बजे सी.आई.डी. टीम फिर हाजिर थी। हाईकोर्ट का मसला था, टीम डरा ही सकती थी, कुछ कर नहीं सकती थी, टी.वी. चैनल्स उन दिनों होते तो शायद वह भी न कर पाती। मन्ना लाल को समझाया गया कि हॉटलाइन पर सीधे पी.एम. इंदिरा गांधी को फैसला बता दो, हमें नहीं बताना तो कोई बात नहीं। कई दिन तक मन्ना लाल को इसी तरह परेशान किया जाता रहा।

इंदिरा गांधी कितनी परेशान थीं इस फैसले को लेकर इस बात से अंदाजा लगाया जा सकता है कि बाद में शांतिभूषण ने बताया कि मुझे भी उस वक्त के अटॉर्नी जनरल ने एडिशनल अटॉर्नी जनरल की पोस्ट का ऑफर दिया था। सी.आई.डी. ने जज की दिनचर्या, हाल की के दिनों में लाइफ स्टाइल में बदलाव आदि के बारे में भी मन्ना लाल से पूछताछ की थी। सी.आई.डी. को यह भी लग रहा था कि कहीं विरोधी पार्टियाँ तो जज को इंदिरा के खिलाफ फैसला दिलवाने के लिए दबाव नहीं डाल रहीं। जज चाहते तो ऐसी हरकतों

पर किसी के भी खिलाफ एक्शन लेने का ऑर्डर जारी कर सकते थे, लेकिन उनको लगा कि इससे मामला उलझ जाएगा और इस आधार पर इंदिरा का जज केस के ट्रांसफर या फिर तारीख आगे बढ़ाने का दबाव बना सकता था। सो वह फैसले तक खामोश रहे, हालाँकि उनको अंदाजा था कि मन्ना लाल के जरिए उन्हीं को निशाने पर लिया जा रहा है।

फिर दिन आया ऑर्डर का यानी 12 जून, ठीक 10 बजे जज सिन्हा कोर्ट में मौजूद थे। अभिवादन आदि के बाद उन्होंने फैसला पढ़ना शुरू कर दिया, उन्होंने कहा, "In view of my findings on Issue No. 3 and Issue No. 1 read with additional issue No. 1, additional issue No. 2 and additional issue No. 3, the petition is allowed and the election of Smt. Indira Nehru Gandhi, respondent No. 1, to the Loksabha is declared void." उससे आगे का फैसला तो शोर में दब गया, न कोई सुनना चाहता था और न ही शोर में सुनाई पड़ा। नारे लगने लगे राजनारायण जिंदाबाद, शांतिभूषण जिंदाबाद। जबकि इंदिरा गांधी के वकील एस.सी. खरे के चेहरे पर हवाइयाँ उड़ रही थीं। इस फैसले में इंदिरा गांधी का न केवल इलेक्शन रद्द किया गया था, बल्कि उन्हें अगले 6 साल के लिए चुनाव लड़ने से भी रोक दिया गया था। यानी अगले 6 साल वे पी.एम. नहीं बन सकती थीं। हालाँकि जज सिन्हा ने राजनारायण के लगाए 7 आरोपों में से पाँच को खारिज कर दिया था और केवल दो में ही इंदिरा को दोषी पाया था।

इतना ही नहीं, जब इंदिरा गांधी को कोर्ट में पेश होना था, जज सिन्हा ने सारे कोर्ट अधिकारियों को साफ निर्देश दिए थे कि कोर्ट की गरिमा को बरकरार रखा जाए। इसके लिए इंदिरा गांधी के साथ किसी भी पुलिसवाले या सिक्योरिटी ऑफिसर को कोर्ट में अंदर आने की इजाजत नहीं थी। कोर्ट के वकीलों ने इंदिरा की सिक्योरिटी सँभाली और एक मानव श्रृंखला बनाकर वे सब इंदिरा को घेरे में कोर्ट के अंदर लाए और ऐसे ही बाहर ले गए। सिन्हा ने निर्देश जारी किए कि एक भी व्यक्ति कोर्ट रूम में इंदिरा के आने पर कोर्ट में खड़ा होकर सम्मान नहीं देगा, यह सम्मान केवल जज के लिए ही होता है, वही रहना चाहिए। तीसरा निर्देश जज ने यह दिया कि किसी भी सूरत में इंदिरा की कुरसी जज की कुरसी से ऊँची नहीं होनी चाहिए, जैसी कि बाकी केसेज में होती है। हालाँकि फिर भी इंदिरा की कुरसी जज के मुकाबले तो

नीची रही, लेकिन वकीलों के मुकाबले थोड़ी ऊँची थी। इस तरह सिन्हा ने वी.वी.आई.पी. मुलजिम के कोर्ट में मौजूदगी के बावजूद कोर्ट की गरिमा पर आँच नहीं आने दी।

इतना ही नहीं, इतना बड़ा फैसला भी उन्होंने उसी संजीदगी से सुनाया जैसा कि वे आम केसेज में सुनाते थे। उसके बाद पूरे दिन उनकी वही दिनचर्या रही, शाम तक उस केस को लेकर किसी से भी चर्चा नहीं की। इतना ही नहीं कभी किसी पॉलिटिकल या ऐसे मंच पर नहीं गए, जहाँ इंदिरा की आलोचना होनी हो या इंदिरा के खिलाफ फैसला देने पर उनका सम्मान किया जाना हो। हालाँकि इसके बाद उनका प्रमोशन आदि नहीं हुआ, लेकिन 1982 में रिटायरमेंट के बाद उन्होंने अपनी जिंदगी पढ़ने और गार्डनिंग करने में गुजार दी। इस तरह से 2008 में अपनी मौत तक उन्होंने कभी इस फैसले को लेकर न मीडिया को प्रतिक्रिया दी और न कभी शेखी बखारी, इस तरह से उन्होंने अपने पद और व्यक्तित्व की गरिमा जिंदगी भर बरकरार रखी और यही एक वजह है कि वे ऐसे निर्विवाद नायक हैं, जिनकी कांग्रेस भी आलोचना नहीं कर पाती। यह जरूर हुआ कि उनके बारे में लोगों ने लिखने से परहेज किया और उनकी बहादुरी की चर्चा युवाओं में नहीं होती।

इधर इस फैसले के बाद इंदिरा की उलटी गिनती शुरू हो चुकी थी, देश में एक नए तरह का माहौल बनने लगा। जो इंदिरा गांधी बांग्ला देश के गठन के बाद लोकप्रियता के शिखर पर पहुँच चुकी थीं, उसी इंदिरा की बेईमानी की चर्चा अब हर गली में होने लगी थी। जब सुप्रीम कोर्ट से भी राहत नहीं मिली, तो अगले 13 दिन के अंदर तो इंदिरा ने इमरजेंसी का एलान भी कर दिया। इस तरह से देश का एक और काला अध्याय शुरू हो गया। इंदिरा ने जज सिन्हा के फैसले को तानाशाही और इमरजेंसी के जरिए पलटने की कोशिश की। लेकिन जनता ने इंदिरा की इस कोशिश को नकार दिया और 1977 के चुनाव में इंदिरा को उखाड़ फेंका। न जज सिन्हा हिम्मत के साथ यह फैसला देते, न इमरजेंसी लगती और न इंदिरा की सत्ता को उखाड़ फेंका जाता और सोचिए न ही अटल, आडवाणी, जेटली, लालू, नीतिश, शरद, जॉर्ज फर्नांडीज जैसे तमाम आजादी के नायक अस्तित्व में आते।

□

जल, जंगल, जमीन के अधिकार के लिए जान दे दी कोमारम भीम ने

यह नारा आदिवासियों के हितों के लिए काम करनेवाली हर संस्था लगाती है, सरकारी कार्यक्रमों में भी इस नारे का जमकर इस्तेमाल होता है। लेकिन किसी ने जल, जंगल और जमीन के अधिकारों के लिए अपनी जान दे दी थी, वह नायक जिसे कम-से-कम उत्तर भारत के लोग तो नहीं ही जानते हैं। वह नायक जिसने जल, जगंल और जमीन का नारा इस पढ़े-लिखे समाज को पहली बार दिया था, तब जब देश 'असहयोग आंदोलन' और 'सविनय अवज्ञा आंदोलन' के बीच जूझ रहा था। क्रांतिकारियों की आखिरी टोली चंद्रशेखर आजाद और भगत सिंह की अगुवाई में अंग्रेजी सरकार से मोरचा ले रही थी। उसी 1925-30 के बीच कोमारम भीम आदिवासियों के अधिकारों के लिए लड़ रहा था, ठीक अल्लूरी सीताराम राजू की तरह।

कोमारम भीम उस वक्त 15 साल का था, हैदराबाद स्टेट में उन दिनों आसफजाही निजाम का राज चलता था। उसने लगभग हर जागीर में अपने जमींदार नियुक्त कर रखे थे। कोमारम भीम को विद्रोह के बीज अपने पिता से विरासत में मिले थे। आदिवासी हमेशा से जंगल पर अपना अधिकार समझते आए हैं। लेकिन निजाम ने आदिवासियों से कई तरह के कर लेने शुरू कर दिए और कई नए तरह के प्रतिबंध लगा दिए। इसका विरोध कोमारम भीम के पिता ने किया तो उन्हें जान से हाथ धोना पड़ा। कोमारम भीम को बड़ा आघात

पहुँचा, उसने अपना गाँव छोड़ दिया और परिवार समेत दूसरे गाँव चला गया। लेकिन कसम खा ली कि निजाम शाही के खिलाफ जल, जंगल, जमीन और आजादी की जंग अंजाम तक लड़ी जाएगी।

कोमारम ने आदिवासी युवाओं का एक दल बना लिया और उन्हें गोरिल्ला छापामार पद्धति से युद्ध का कौशल सिखाने लगा। इधर अब्दुल सत्तार नाम के निजामशाही जागीरदार ने जंगल में आदिवासियों के पशुओं के चरने तक पर टैक्स लगा दिया। इतना ही नहीं, वनों में आदिवासियों के बीच प्रचलित झूम खेती पर भी टैक्स माँगा। जो अनाज वे उगाते थे, उसमें से भी हिस्सा माँगा जाने लगा। आदिवासियों ने कभी भी जंगल की किसी भी चीज पर टैक्स नहीं दिया था, वे हमेशा उस पर अपना अधिकार समझते थे। उनकी कमाई का कोई साधन नहीं था, भूखे मरने की नौबत आ गई। कर न देने पर धर्मपरिवर्तन के लिए लालच और बहू-बेटियों को उठाने की धमकियाँ मिलने लगीं। जागीरदार के सैनिक अकसर महिलाओं के साथ बदसलूकी करने लगे।

ऐसे में कोमारम भीम ने उनके खिलाफ गोरिल्ला वार शुरू कर दी। शुरुआत हुई सिद्दीकी नाम के एक जमींदार से। उसे मारकर पेड़ पर लटका दिया गया। भीम ने एलान कर दिया कि अब से जल, जंगल और जमीन पर कोई टैक्स नहीं दिया जाएगा। जो भी जमींदार इसे जबरन वसूलने की कोशिश करता, उसका नाम कोमारम भीम के पास पहुँचा दिया जाता और कोमारम उसे अपने तरीके से सजा देता। जमींदारों और निजाम की पुलिस के बीच मौत का खौफ फैल गया। कोकारम आदिवासियों के रॉबिनहुड की तरह मशहूर होने लगा। एक-एक करके न जाने कितने जमींदार और पुलिसवालों को मौत के घाट उतार दिया गया।

यह कोई आसान बात नहीं थी कि कोई खुलेआम निजाम को चुनौती दे रहा था, वह भी सालों से और निजाम उसका कुछ नहीं बिगाड़ पा रहा था। पूरे 12 साल हो गए थे कोमारम भीम को निजाम को चुनौती देते हुए, उसका बाल तक बाँका नहीं हो पा रहा था। उसकी वजह भी थी, जंगल में कोमारम भीम के खिलाफ कोई नहीं जा सकता था और जंगल के अंदर अँधेरे में छुपकर वार करना कोमारम की आर्मी को बखूबी आता था। निजाम ने अपने जागीरदार अब्दुल सत्तार को केवल इसी मिशन पर लगा दिया। उन दिनों जागीरदार सत्तार

90 सिपाहियों को लेकर साथ चलता था। अब केवल एक ही मिशन था हाथ में और निजाम ने मनचाहे जितने सिपाहियों को ले जाने का अधिकार दे दिया तो सत्तार ने आदिवासियों को, जंगल में अकसर जानेवाले लोगों को कोमराम भीम का ठिकाना पता करने के काम में लगाया, उन्हें ढेर सारा लालच दिया और धमकी भी। किसी भी तरह सत्तार ने कोमारम भीम का मुख्य ठिकाना पता कर ही लिया।

अब मुश्किल यह थी कि वहाँ कौन से समय हमला किया जाए, क्योंकि वह जंगल के अंदरूनी हिस्से में जैसे ही घुसते थे, तो कोमारम को खबर हो जाती थी। दिन में स्थानीय लोग अलग-अलग पारंपरिक तरीकों से सचेत कर देते थे, तो रात में मशालों की आग दूर से ही दिखती थी। उसका एक तरीका ढूँढ़ा गया, इस हमले को चाँदनी रात में अंजाम देने की योजना बनाई गई। कोमारम भीम को इतने साल जंगल पर राज करते हुए हो गए थे कि वह निश्चिंत था कि निजाम की सेना को उसका पता नहीं चलेगा और पता चल भी जाएगा किसी तरह तो उसकी हिम्मत नहीं कि जंगल में इतने गहरे आकर हमला करे। वैसे भी उसे अपने गुप्तचर सूचना तंत्र पर बहुत भरोसा था।

लेकिन अब्दुल सत्तार अपने सिपाहियों को लेकर बिना शोर-शराबे के सोते हुए कोमारम भीम के ठिकाने पर पहुँच ही गया, सत्तार ने सरेंडर करने की चेतावनी दी, लेकिन कोमारम भीम जानता था कि पकड़े जाने पर अंजाम क्या होगा। उसने आखिरी दम तक लड़ने का संकल्प लिया। एक तो निजाम की सेना कई गुनी थी, दूसरे वे लोग तैयार नहीं थे, निजाम के पास अत्याधुनिक बंदूकें थीं, तीसरे उनको पहले ही चुपचाप चारों तरफ से घेरा जा चुका था और भाग निकलने के सारे रास्ते बंद थे। कोमारम भीम अपने साथियों के साथ मारा गया। यह 9 अक्तूबर, 1940 की घटना थी। उसकी मौत के बाद पूरे जंगल में, हैदराबाद रियासत में हंगामा हो गया। हैदराबाद रियासत की आसफशाही निजाम के शासन से आजादी के लड़नेवालों के लिए कोमारम भीम एक बड़ा नाम था। उसके जाते ही कई तरह के विद्रोह शुरू हो गए।

घबराए निजाम ने उसकी मौत के फौरन बाद लंदन यूनिवर्सिटी में एंथ्रोपोलॉजी के ऑस्ट्रियाई प्रोफेसर क्रिस्टोफ को आदिलाबाद इलाके में आदिवासियों की समस्या की स्टडी करने भेजा। वह उन्हीं के बीच रहने लगा,

उसने गोंड लैंग्वेज सीखी, उनकी समस्याएँ समझीं, इतनी ही नहीं उनको लेकर एक किताब भी लिख डाली। बाद में उसकी बीवी की मौत हो गई तो उसकी इच्छानुसार वहीं अंतिम संस्कार भी कर दिया।

आज भी जब हैदराबाद के निजाम के शासन से मुक्ति की बात होती है, तो विद्रोह की पहली आवाज के तौर पर तो कोमारम भीम को याद किया ही जाता है, पूरी दुनिया को जल, जंगल और जमीन के अधिकारों के प्रति जागरूक करने और यह नारा अमर करने में भी कोमारम भीम का योगदान कोई नकार नहीं सकता। आजादी के बाद कोमारम भीम के नाम पर सरकार ने आदिवासी इलाकों में कई प्रोजेक्ट शुरू किए, जिनमें आदिलाबाद जिले में 4500 एकड़ का वह प्रोजेक्ट भी शामिल है, जिसके तहत बाँध बनाया गया है।

□

हर गोली पर जिसके मुँह से निकला वंदे मातरम्

मातंगिनी हाजरा

1977 में कलकत्ता में एक महिला की पहली बार सार्वजनिक मूर्ति लगाई गई, तो आप यह जानकर चौंक जाएँगे कि वह महिला एक अनपढ़ थी। लेकिन वंदेमातरम् की धरती पश्चिम बंगाल से उसने वंदेमातरम् का वह मंत्र दिया कि उसकी मौत से आहत लोगों ने अगले दस दिन के अंदर उसके शहर में अंग्रेजी सरकार का अंत कर दिया, वो भी आजादी से पाँच साल पहले ही यानी 1942 में। अंग्रेज भी उस जगह दोबारा अगले दो साल अपनी सरकार बनाने की हिम्मत नहीं जुटा पाए थे। गांधीजी की अपील पर 1944 में लोगों ने सरकारी ऑफिसों पर से अपना कब्जा छोड़ा था और जब आप यह जानेंगे कि ऐसी क्रांति की ज्वाला जलानेवाली उस महिला की उम्र क्या थी, 72-73 साल।

मातंगिनी हाजरा नाम था उनका, एक गरीब किसान की बेटी थीं। पिता ने एक साठ साल के वृद्ध से उनकी शादी कर दी, उसकी एक पहले से पत्नी थी, जिसकी मौत के बाद मातंगिनी से शादी की थी। जब मातंगिनी 18 साल की हुईं, तो पति मर गया। अब वे विधवा हो गईं, पिता के घर पर भी उनके लिए आसरा नहीं था और उनके कोई बच्चा भी नहीं था। सौतेले बच्चों ने घर पर रहना मुश्किल कर दिया, तो वे पश्चिम बंगाल के मिदनापुर के तामलुक में

ही एक झोंपड़ी बनाकर रहने लगीं, छोटा-मोटा काम करके अपना पेट पालती रहीं। एक दिन 1932 में उनकी झोंपड़ी के बाहर से गांधीजी के 'सविनय अवज्ञा आंदोलन' का एक जुलूस निकला। तो बंगाली रीति-रिवाज के मुताबिक मातंगिनी ने उस जुलूस का शंख बजाकर स्वागत किया। वैसे भी वे गांधी का नाम अरसे से सुनती आ रही थीं, जुलूस में कोई महिला नहीं थी, उनके मन में जो गुलामी की टीस थी, वह परिवार न होने के चलते और भी गहरी थी। वे उस जुलूस में खुद ही शामिल हो गईं। उस वक्त उनकी उम्र कुल 62 साल थी। उसके बाद उन्होंने नमक विरोधी कानून भी नमक बनाकर तोड़ा जिसके चलते उन्हें गिरफ्तार कर लिया गया। उनको सजा मिली, कई किलोमीटर तक चलते रहने की। तपती धूप में और वह भी नंगे पैर।

गांधीजी उन दिनों अलग-अलग इलाकों में अलग-अलग टैक्सों के खिलाफ आंदोलन चला रहे थे, वहाँ चौकीदार कर का विरोध करने का आह्वान किया था। मातंगिनी हाजरा ने अपना एक ही उद्देश्य बना लिया था, गांधीजी के सभी आह्वानों के पालन करने का, उन्होंने भी चौकीदारी कर रोको प्रदर्शन में हिस्सा लिया। वह काला झंडा लेकर सबसे आगे चलने लगीं। उनको गिरफ्तार करके 6 महीने के लिए जेल में डाल दिया गया। जेल में वह और भी कई गांधीवादियों के संपर्क में आ गईं, अनपढ़ मातंगिनी पर अब देशभक्ति का रंग पूरी तरह चढ़ने लगा था। चूँकि उनका अपना परिवार नहीं था, तो वे दुःख-दर्द में हर महिला के काम आती थीं, तो महिलाओं को भी अपने आंदोलन से जोड़ने के काम में जुट गईं, अब धीरे-धीरे बाकी महिलाएँ भी उनके प्रदर्शनों में हिस्सा लेने लगीं।

अब वे पूरी तरह गांधीवादी बन गईं, उन्होंने एक चरखा ले लिया और खादी पहनने लगीं, बाकी महिलाओं को भी प्रेरित करने लगीं। वे कांग्रेस के कार्यक्रमों में भी शामिल होने लगीं, ऐसे ही सेरामपुर में एक विभागीय सम्मेलन में भाग लिया तो वहाँ लाठी चार्ज हो गया, मातंगिनी भी इसकी शिकार हो गईं। लेकिन इससे क्षेत्र के लोगों में उनका सम्मान बढ़ गया और वे प्रशासन की आँखों में खटकने लगीं। इसी दौरान उस इलाके में चेचक, हैजा जैसी बीमारियाँ फैलीं तो बिना बच्चोंवाली मातंगिनी सबके लिए माँ बन गईं और पूरी तन्मयता से लोगों की सेवा में जुट गईं और रात-दिन इसके लिए एक कर दिया। इलाके

के लोग उन्हें 'गांधी बूढ़ी' के नाम से पुकारने लगे, उनके लिए वे लेडी गांधी थीं। एक अनपढ़ महिला को लोगों से इतने प्यार और सम्मान की इतनी उम्मीद नहीं थी, वे और जोश से समाज-सेवा और देश-सेवा में जुट गईं। उम्र के इस पड़ाव पर मिले इस सम्मान से उनकी सारी जिंदगी के पहाड़ जैसे गम मानो कुछ दिनों में ही एकदम से गायब हो गए थे। ईश्वर से जो उनको नाराजगी थी, वह भी लगभग दूर हो गई थी। अब वे उससे बस देश की आजादी की प्रार्थना ही करती थीं, यही एक सपना उनका बाकी रह गया था।

फिर 1942 में गांधीजी ने 'अंग्रेजों भारत छोड़ो' आंदोलन का एलान कर दिया, और नारा दिया 'करो या मरो'। मातंगिनी हाजरा ने मान लिया था कि अब आजादी का वक्त करीब आ गया है, वे 'करो या मरो' नारे को दिल में आत्मसात् कर चुकी थीं। उन्होंने तामलुक में 'भारत छोड़ो आंदोलन' की कमान सँभाल ली, उनकी उम्र 72 पार कर चुकी थी, लेकिन जोश इतना था कि रातों को भी गाँव-गाँव जाकर वहाँ के लोगों के इस आंदोलन में जुटने का आह्वान करने लगीं। तय किया गया कि मिदनापुर के सभी सरकारी ऑफिसों और थानों पर कब्जा कर लिया जाए और वहाँ से अंग्रेजी राज खत्म कर दिया जाए, वहाँ तिरंगा फहरा दिया जाए। लेकिन ये सब काम बिना हथियार के, अहिंसा से ही होगा।

मातंगिनी हाजरा के आह्वान पर हजारों महिलाएँ अपने-अपने घरों से निकलकर उनके मार्च में शामिल हो चुकी थीं। 29 सितंबर, 1942 का दिन था, कुल 6000 लोगों का जुलूस था, इसमें ज्यादातर महिलाएँ थीं। वह जुलूस तामलुक थाने की तरफ बढ़ने लगा, प्रशासन ने पूरे इलाके में धारा 144 लागू कर दी, यानी लोग इकट्ठे नहीं हो सकते, जुलूस का तो सवाल ही नहीं था। थाने से काफी दूर पर ही जुलूस रोक लिया गया। पुलिस ने चेतावनी दी, लोग पीछे हटने लगे। मातंगिनी लोगों का उत्साह कम होते नहीं देखना चाहती थीं, वे बीच से निकलीं और सबके आगे आ गईं। उनके दाएँ हाथ में तिरंगा था और कहा मैं फहराऊँगी तिरंगा, आज कोई मुझे कोई नहीं रोक सकता। वंदेमातरम् के उद्घोष के साथ वे आगे बढ़ीं। पुलिस की चेतावनी पर भी वे नहीं रुकीं, तो एक गोली उनके दाएँ हाथ पर मारी गई, वे घायल तो हुईं, लेकिन तिरंगे को नहीं गिरने दिया। घायल कराहती मातंगिनी ने तिरंगा दूसरे हाथ में ले लिया और फिर आगे बढ़ने लगीं। एक अनपढ़ महिला की यह दूरदर्शिता और हिम्मत की

पराकाष्ठा ही तो थी कि अपने अलावा किसी और को मामूली खरोंच तक नहीं आने दी और अंग्रेजी अफसरों की हिम्मत को पानी में मिला दिया।

देशभक्ति का जुनून 72 साल की मातंगिनी हाजरा पर इस कदर हावी था कि पहली गोली लगते ही बोला वंदेमातरम्, पुलिस ने फिर दूसरे हाथ पर भी गोली मारी, वे फिर बोलीं वंदेमातरम्, लेकिन किसी तरह झंडे को सँभाले रखा, गिरने नहीं दिया, वंदेमातरम् बोलती रहीं, झंडा ऊँचा किए रहीं और थाने की तरफ बढ़ती रहीं। तब एक पुलिस ऑफिसर ने तीसरी गोली चलाई, सीधे उस भारतमाता के माथे पर…बीचोबीच। वे नीचे तो गिरीं लेकिन झंडा जमीन पर नहीं गिरने दिया, अपने सीने पर रखा और जोर से फिर बोला…वंदे…मातरम्, भारतमाता की जय। जो लोग वंदेमातरम् का विरोध करते हैं, इस देशभक्त वृद्धा की जिंदगी के ये आखिरी पलों को सुनेंगे या पढ़ेंगे तो आँखों में भी आँसू आने से नहीं रोक पाएँगे। जैसे वहाँ मौजूद हजारों लोग नहीं रोक पाए थे।

मातंगिनी हाजरा की मौत ने क्रांति की मशाल में तेल का काम किया, कुछ ही दिनों के अंदर पूरे इलाके में सभी सरकारी दफ्तरों पर लोगों ने कब्जा कर लिया। हर पुलिस थाने पर ताला जड़ दिया गया, सभी सरकारी अधिकारियों को वहाँ से भगा दिया गया। स्थानीय निवासियों ने वहाँ अपनी खुद की सरकार घोषित कर दी। पाँच साल पहले ही अपने इलाके को अंग्रेजों से आजाद घोषित कर दिया। मातंगिनी की मौत की हृदय-विदारक घटना की खबर गांधीजी को भी लगी, गांधीजी मातंगिनी हाजरा की देशभक्ति के आगे नतमस्तक हो गए। दिल्ली के नेताओं के बीच मातंगिनी की चर्चा होने लगी। अंग्रेज भी अब कोई और बड़ा पुलिसिया एक्शन लेने की हिम्मत नहीं जुटा पा रहे थे। अंग्रेजों ने गांधीजी से गुजारिश की और गांधीजी ने मिदनापुर के लोगों से, तब जाकर उन लोगों ने सरकारी दफ्तरों से अपना कब्जा छोड़ा।

साउथ कलकत्ता में मातंगिनी के नाम पर एक रोड का नाम हाजरा रोड रख दिया गया। कई स्कूल उनके नाम पर खोले गए, उनके नाम से टिकट जारी किया गया। जब 1974 में इंदिरा गांधी तामलुक आईं, तो खासतौर पर मातंगिनी की मूर्ति पर माल्यार्पण करने पहुँचीं। उनकी कई मूर्तियाँ अलग-अलग शहरों में बनाई गई हैं और खास बात यह है कि हर मूर्ति में उनके हाथों में झंडा जरूर होता है, वह झंडा जिसके लिए उन्होंने अपनी जान दे दी।

□

संदर्भ सूची

1. Advance Studies in The History of Modern India (volume 1- 1707 to 1803)- Delhi march at page no. 25-26
2. Montgomery, Bernard Law. A Concise History of Warfare, Great Britain : William Collins Sons, 1968, ISBN 1-84022-223-9—Montgomeryon Bajirao1's war techniques at page no. 132
3. A History of MarathasGrantt Duff, online book covering history from Shahaji Bhonsle till end of Peshwa regime
4. http://ijaps.usm.my/wp-content/uploads/2012/06/HelenJames_LordMayoAssassination.pdf- Jehad Theory for mayo murder by Helen james
5. http://www.executedtoday.com/2013/03/11/1872-sher-ali-afridi-assassin-of-the-viceroy/ - Quoted London Times Report on Sher Ali Afridi's hanging
6. The History and Romance of Crime : Oriental Prisons From The Earliest Times—Arthur George Frederick Griffiths on Sher Ali Afridi hanging
7. Disciplining Punishment : Colonialism and Convict Society in the Andaman Islands by Satadru Sen, Sher Ali Afridi on page–67, 68, 194
8. Two Great Indian Revolutionaries : Rash Behari Bose and Jyotindra Nath Mukherjee by Uma Mukherjee, 1966, p. 101
9. http://ramachandraguha.in/archives/the-bose-whom-japan-still-remembers-the-telegraph.html-Ramchandra Guha on Japani kari by Ras Behari Bose
10. Bose of Nakamuraya : An Indian Revolutionary in Japan by

by Takeshi Nakajima

11. http://timesofindia.indiatimes.com/city/kolkata/Ex-cop-traces-lost-Rash-Behari-Bose-records/articleshow/48507376.cms News Report on New Files in British Library on Ras Behari Bose
12. 'Nixon Report', in Terrorism in Bengal, [abbreviation Terrorism] Edited and Compiled by A.K. Samanta, Government of West Bengal, Calcutta, 1995, Vol. II, page–625.
13. Militant Nationalism in India, by Bimanbehari Majumdar, Calcutta, 1966, page–167
14. Bagha Jatin, the Revolutionary Legacy, by Prithwindra Mukherjee, Indus Source Books, Mumbay, 2015
15. Śrīkr̥shṇa Sarala (1999). Indian Revolutionaries : A Comprehensive Study, 1757-1961. Ocean Books. Page–110
16. Complete Works of Sister Nivedita, volume-1, edited by Sankari Prasad Basu, Nababharat publication, Kolkata, 1992
17. Life And Philosophy Of Swami Vivekananda By G.S. Banhatti
18. http://www.vivekananda.net/PPlHeKnew/SVDisciples/Nivedita.html
19. 'After 80 yrs, posthumous degrees for revolutionaries'. The Times of India. 22 March, 2012. Retrieved 18 December, 2012.
20. Geraldine Forbes (28 April, 1999), Women in Modern India, Cambridge University Press. pp. 140
21. Raja Mahendra pratap's nomination for Nobel— http://www.nobelprize.org/nomination/archive/show.php?id=6519
22. 'Mahendra Pratap (Raja)' in Dictionary of National Biography, 1974, Vol.III, pp.10–11
23. Lutfullah, Syed. Azimullah Khan Yusufzai : The man behind the war of independence 1857, Karachi : Mohamedali Educational Society, second edition, 1970
24. Ramesh Chandra Majumdar, History of the Freedom Movement in India, III, Calcutta. 1963
25. 'The Philosophy of Bomb', www.shahidbhagatsingh.org.

26. Bakshi, S. R. (1988), Revolutionaries and the British Raj. Atlantic Publishers, p. 61
27. Sadhak biplabi jatindranath, Prithwindra Mukherjee pp, 283-84.
28. 'New, thinking, agile, and patriotic: 'Hindu' students at the University of Washington, 1908-15", University of Washington Libraries.
29. Chhabra, G.S. (2005), Advance Study In The History Of Modern India (Volume-2 : 1803-1920)
30. Vasudev Balwant Phadke by Jessi Russel, Ronald Kohn
31. Gupta, Amit Kumar (Sep–Oct 1997), 'Defying Death : Nationalist Revolutionism in India, 1897-1938'] Social Scientist
32. Udham Singh, alias, Ram Mohammed Singh Azad : a saga of the freedom movement and Jallianwala Bagh, B. Chattar Singh Jiwan Singh
33. Manmath Nath Gupta (1970), Bhagat Singh and his Times, Delhi, p. 18.
34. Chandra, Bipan (1989). India's Struggle for Independence, New Delhi : Penguin Books India. p. 145
35. Times of India report of Shyamji Krishna Verma— http://timesofindia.indiatimes.com/city/rajkot/Modi-dedicates-Kranti-Teerth-memorial-to-Shyamji-Krishna-Verma/articleshow/7095227.cms
36. Maity, Sachindra (1975), Freedom Movement in Midnapore, Calcutta : Firma, K.L, pp. 112–113
37. Chakrabarty, Bidyut (1997), Local Politics and Indian Nationalism : Midnapur (1919-1944), New Delhi : Manohar, p. 167
38. Swantrya Yadnyatil Tajasvi Agnishalaka Hutatma Anant Laxman Kanhere by Davendranath N. Pandya, Shree Vade Publication, Nashik
39. Government of Bombay Source Material for A History of the Freedom Movement in India- Vol. 2, 1920
40. http://bombayhighcourt.nic.in/libweb/historicalcases/cases/Nasik_Conspiracy_Case_-1910.html

41. https://web.archive.org/web/20120309151210/http://www.expressindia.com/latest-news/aaJustice-Sinha-who-set-aside-Indira-Gandhis-election-dies-at-87/287227/
42. The Case that shook India by Prashant Bhushan, Vikas Publishing House Pvt Ltd (3 April, 1978)
43. http://www.frontline.in/static/html/fl2508/stories/20080425250808200.htm
44. Singh Duggal, Kartar (1998), Philosophy and Faith of Sikhism, Himalayan Institute Press, pp. 61–62, ISBN 0-89389-109-06.
45. Waraich, Malwinderjit Singh (ed.), Sidhu, Gurdev Singh (ed.), Komagata Maru : A Challenge to Colonialism Key Documents (Unistar Books, 2005)
46. http://etelangana.org/ebooks/ebook_view/32/Komaram_Bheem_2014-03-19_112218/2014-03-19_112637_Biography_of_Great_Freedom_Fighter_komaram_Bheem.pdf
47. http://www.adivasiresurgence.com/komaram-bheem-a-forgotten-adivasi-leader-who-gave-the-slogan-jal-jangal-jameen.

□□□

* 9 7 8 9 3 5 2 6 6 5 5 2 5 *

MAN - #0691 - 230726 - C0 - 216/140/9 - PB - 9789352665525 - Matt Lamination